ANKE CLAUSEN

Mordsee-kreuzfahrt

LEINEN LOS! Die rüstige Rentnerin Marianne und ihre Enkelin Laura checken auf der »Dalia Ocean« ein. Das Kreuzfahrtschiff wird in Hamburg von Supermodel Vivien Sander getauft. Nach der Zeremonie beobachten Marianne und Laura eine aufgebrachte junge Frau, die Vivien und deren Partner verbal attackiert. Auf der Jungfernfahrt machen Großmutter und Enkelin die Bekanntschaft einiger Mitreisender, darunter auch die von Lilly Marino, der Exfreundin von Viviens Ehemann. Als das Model ermordet aufgefunden wird, gerät Lilly unter Tatverdacht: Sie soll ihre verhasste Konkurrentin aus Eifersucht getötet haben. Nur Marianne und Laura wissen von dem wasserdichten Alibi der jungen Frau und machen sich eigenständig auf die Suche nach dem Mörder. Bald schon wird klar, dass Lilly nicht der einzige Passagier mit einem Motiv auf der »Dalia Ocean« ist. Mit Hilfe ihrer Enkelin stellt Marianne den Verdächtigen eine Falle und wird mit einer Wahrheit konfrontiert, die ihre schlimmsten Vermutungen noch übertrifft.

Anke Clausen lebt mit ihrem Mann und ihren zwei Kindern in Hamburg. Nach 20 Jahren in der Fernsehwelt als Kamerafrau und Regieführende Bildmischerin für Nachrichten, Magazine und Talkshows arbeitet sie heute als freie Autorin. 2007 startete sie ihre Krimi-Reihe um die ebenso hübsche wie neugierige Hamburger Klatschreporterin Sophie Sturm, die auf der Ostseeinsel Fehmarn herumschnüffelt. Nach mehreren Kreuzfahrten mit ihrer Familie beschloss Anke Clausen zur Abwechslung mal an Bord eines Schiffes zu morden. Die ehemalige Reporterin Marianne Larsen und ihre Enkelin Laura decken ein Verbrechen auf der »Dalia Ocean« auf.

ANKE CLAUSEN

Mordsee-kreuzfahrt

KRIMINALROMAN

GMEINER

Personen und Handlung sind frei erfunden.
Ähnlichkeiten mit lebenden oder toten Personen
sind rein zufällig und nicht beabsichtigt

Immer informiert

NEWSLETTER

Spannung pur – mit unserem Newsletter informieren wir Sie
regelmäßig über Wissenswertes aus unserer Bücherwelt.

Gefällt mir!

Facebook: @Gmeiner.Verlag
Instagram: @gmeinerverlag
Twitter: @GmeinerVerlag

FSC www.fsc.org
MIX
Papier aus verantwortungsvollen Quellen
FSC® C014496

Besuchen Sie uns im Internet:
www.gmeiner-verlag.de

Im Ehnried 5, 88605 Meßkirch
Telefon 07575/2095-0
info@gmeiner-verlag.de

1. Auflage 2022

Lektorat: Claudia Senghaas, Kirchardt
Herstellung: Mirjam Hecht
Umschlaggestaltung: U.O.R.G. Lutz Eberle, Stuttgart
unter Verwendung eines Fotos von: © haiderose / stock.adobe.com und
Sina Ettmer / stock.adobe.com
Druck: GGP Media GmbH, Pößneck
Printed in Germany
ISBN 978-3-8392-0180-0

Für Andreas

PROLOG

»Wenn du dich entscheiden müsstest? Arm, aber schön? Oder reich, aber hässlich?«

»Ich würde mich immer für reich und schön entscheiden.«

»Aber wenn es diese Option nicht geben würde?«

»Es gibt immer Möglichkeiten.«

»Wie?«

»Man muss dafür kämpfen.«

»Wie sehr?«

»Mit allen Mitteln.«

»Wie weit würdest du gehen?«

»Sehr weit.«

»Würdest du dafür töten?«

Schweigen.

»Nicht einfach so.«

»Sondern?«

»Ich würde mir Gedanken machen und dann den perfekten Mord begehen.«

4 WOCHEN VOR REISEANTRITT

1.

Dennis Heinze wusste, dass sie es gründlich vermasselt hatten. Jetzt musste er irgendwie gute Miene zum bösen Spiel machen und die Wogen glätten. Er saß mit seinem Assistenten und der weltberühmten Kundin in der *The Bridge Bar* des Hotels *The Westin Hamburg* in der spektakulären *Elbphilharmonie*. Gerade hatten sie die Wohnung der Dame besichtigt und den Stand der Dinge überprüft. Die Wände waren in der falschen Farbe gestrichen, und die Küche war noch nicht eingebaut. Nichts war im Ansatz fertig. Der Zeitplan war im Grunde kaum noch einzuhalten. Heinze wunderte sich nicht, dass Vivien Sander ausgesprochen verstimmt wirkte. Er hatte Champagner bestellt und versuchte, die Situation zu entspannen.

»Wir werden das Kind schon schaukeln«, versicherte er lächelnd und strich dabei lässig sein leicht ergrautes Haar zurück. Er habe diesen Clooney-Charme, hatten manche Damen erwähnt. Dennis Heinze befürchtete aber, dass Madame Sander dafür nicht empfänglich war. Vivien, diese wunderschöne Frau, hatte keine Ähnlichkeit mehr mit dem engelsgleichen Wesen, das auf Hochglanzseiten für Luxusprodukte warb. Ihre langen Beine steckten in einem weißen Hosenanzug. Die blonde Mähne war streng zurückgesteckt, und sie starrte ihn aus ihren eisblauen Augen an.

»Herr Heinze, wollen Sie mich eigentlich für dumm verkaufen? Sie haben total versagt«, bellte sie ihm entgegen.

Er schluckte. »Frau Sander. Es ist sicher nicht alles ganz glücklich gelaufen, aber wir haben ja noch ein paar Wochen Zeit. Und ich werde alles Menschenmögliche tun, damit Ihr Apartment zur Abnahme Ihren Wünschen entspricht«, beteuerte er eindringlich.

»Meinen Wünschen?« Sie neigte sich zu ihm wie eine Schlange, die ein Kaninchen schnappen wollte. Er selbst war das verdammte Kaninchen. »Wir haben einen Vertrag«, erinnerte sie ihn ohne Gnade. »Ich gehe selbstverständlich davon aus, dass Sie diese Kleinigkeiten in den Griff kriegen. Sie werden sonst eine Menge Ärger bekommen. Ich habe sehr gute Anwälte. Habe ich mich da klar ausgedrückt?«

Dennis Heinze sah in das makellose Gesicht. Ihre Augen waren hart und entschlossen. Sie machte ihm Angst. Und das mit Recht. Die berühmte Vivien Sander hatte eine Wohnung in der *Elbphilharmonie* gekauft und wollte in vier Wochen einziehen. Alles hätte längst fertig sein sollen, aber es gab Probleme mit einigen Lieferanten. Ihr sehr exklusiver Geschmack war nicht so leicht zufriedenzustellen.

»Also, das wird ja jetzt unser Nummer-eins-Projekt«, erklärte sein Assistent Linus Noehten unglücklicherweise. Dennis Heinze strafte ihn mit einem bösen Blick. Der junge Mann verstummte und starrte in sein Glas.

»Ich bin natürlich davon ausgegangen, dass es das immer war«, bemerkte Vivien spitz.

»Er hat das ironisch gemeint. Kleiner Scherz«, behauptete Dennis Heinze. Er lachte und merkte selbst, wie künstlich das klang. Sein Assistent zuckte mit den Schultern und wuschelte sich verlegen den blonden Lockenkopf.

»Schön, dass Sie noch lachen können«, entgegnete Vivien Sander. Sie hatte den Champagner nicht angerührt. Das war reine Geldverschwendung gewesen. »In vier Wochen bin ich wieder in Hamburg und dann möchte ich in meine Wohnung einziehen. Ich gehe doch davon aus, dass sie dann bezugsfertig ist.«

»Natürlich. So und nicht anders«, versprach Dennis Heinze und lächelte breit. »Machen Sie sich da keine Sorgen.«

Vivien nickte nur. Sie griff nach ihrem Autoschlüssel, an dem ein Porscheemblem baumelte, und nach der sündhaft teuren Handtasche von *Hermès*.

»Wir sehen uns in vier Wochen«, erwiderte sie. Ohne ein weiteres Wort stolzierte Vivien Sander zu den Fahrstühlen. Dennis Heinze und Linus Noethen sahen ihr nach und atmeten tief durch.

»Das ist sie also. Das Supermodel Vivien Sander«, meinte Linus Noethen ernüchtert.

»Ja, Vivien. Anfangs fand ich es noch spannend, sie kennenzulernen«, gestand Dennis Heinze. Er griff zum Glas und trank es in einem Zug leer. »Wir hätten den Auftrag nicht annehmen sollen.«

»Was mache ich nur falsch in meinem Leben?«, überlegte Linus Noethen kopfschüttelnd. »Wie kann sich eine so junge Frau überhaupt ein Apartment leisten, das ein paar Millionen Euro kostet?«

Dennis Heinze atmete tief durch. »Sie ist das Gesicht einiger der exklusivsten Marken der Welt und seit Jahren im Business. Außerdem ist sie von Haus aus reich. Ihre Eltern gehören zur High Society Hamburgs. Sollten wir diesen Auftrag vermasseln, haben wir nicht nur eine Klage am Hals. Wenn sich das in Viviens Kreisen rumspricht, können wir alle einpacken. Ich weiß gar nicht, wie ich das Alexander erklären soll.«

»Das ist ungerecht. Manche haben alles«, jammerte Linus weiter.

»Was ist schon gerecht. Auf jeden Fall dürfen wir Vivien Sander nicht enttäuschen, sonst macht die uns das Leben zur Hölle. Der Zeitplan ist knapp«, machte Dennis Heinze deutlich. Er entnahm einige Seiten aus einem Ordner und überreichte sie seinem Assistenten. »Hier ist deine Liste. Farben, Möbel, Fliesen, Küche. Wir müssen das irgendwie schaffen. In vier Wochen steht Madame wieder auf der Matte.«

»Wir kriegen das schon hin«, meinte Linus ermutigend.

»Müssen wir. Einen Plan B gibt es nicht.«

»Sonst bin ich meinen Job als Erster los, oder?«

Heinze nickte und blickte auf die Elbe. Eigentlich war er davon ausgegangen, sich in ein paar Jahren eine Segeljacht leisten zu können. Aber jetzt? Sie alle würden keinen Job mehr haben, wenn es zum Schlimmsten käme. Dennis überlegte, wie er seinem Chef die Situation erklären sollte. Alexander Harder, sein Boss und Geschäftsführer von *Elbe-Interieur* ging davon aus, dass er alles im Griff hatte. Dennis Heinze stöhnte und schenkte sich noch einmal nach. Der Champagner war schließlich bezahlt. Vielleicht würde er sich bald keinen mehr leisten können.

2.

Marianne Larsen betrat den Friseursalon in der Kieler Altstadt. Dietmar, der Salonleiter, begrüßte sie herzlich. »Marianne, wie schön, dass du da bist.« Er verpasste ihr zwei Luftküsschen rechts und links. »Du siehst wirklich ganz fantastisch aus. Wunderschöne Bluse.«

Marianne grinste. »Ach, das alte Ding?«

»Steht dir und schmeichelt deinem Teint«, versicherte Dietmar begeistert. »Käffchen?«

»Sehr gerne.«

Die hübsche Auszubildende nahm ihr den Mantel ab und brachte sie zu ihrem Platz. Marianne betrachtete sich im Spiegel. Was sie sah, gefiel ihr. Sie war für ihre 68 Jahre gut in Schuss und dafür tat sie auch viel. Sie schwamm im Sommer täglich in der Ostsee und im Winter hielt sie sich mit Gymnastik fit. Marianne lehnte sich entspannt zurück und wartete auf ihren Friseur. Wenige Minuten später stellte Dietmar eine dampfende Tasse Kaffee vor ihr ab und legte einen Stapel Zeitschriften daneben. »Was machen wir denn Schönes?«, erkundigte sich Dietmar, während er Marianne durch das Haar wuschelte. »Farbe? Ja, die Ansätze könnten was vertragen.«

Während Dietmar die Farbe anmischte, blätterte Marianne in einer der Illustrierten. Eine Doppelseite fiel ihr ins Auge, und sie begann zu lesen.

Berühmte Taufpatin.
Vivien Sander wird in vier Wochen das neue Kreuzfahrtschiff Dalia Ocean taufen.
Das deutsche Topmodel, das bereits in Hollywoodproduktionen zu sehen war, wird bei der fünftägigen Jungfernfahrt sogar selbst Gast an Bord sein. Ob sie wohl ihren Freund, Oscar-Gewinner Ken Fisher, mitbringt?

»Ach, die Vivien. Was für eine Erscheinung. So schön sind unsere norddeutschen Mädels, oder?«, schwärmte Dietmar. Marianne blickte durch den Spiegel in sein verzücktes Gesicht. »So 'ne Hamburger Deern. Ich liebe solche Geschichten. Und das Schiff erst. Die *Dalia Ocean* kommt ja am Ende der Jungfernfahrt nach Kiel. Die schaue ich mir dann an. Natürlich leider nur von außen, aber irgendwann mache ich auch mal eine Kreuzfahrt. Wenn ich nur die Zeit hätte. Aber ich kann ja den Salon nicht alleine lassen.«

»Natürlich nicht, Dietmar. Stell dir vor, du bist mal drei Tage weg. Wahrscheinlich steht dann kein Stein mehr auf dem anderen.«

»Du sagst es, meine Liebe.« Marianne schmunzelte. Dietmar war ein herzensguter Mensch, aber Ironie war ihm tatsächlich fremd. Der Friseurmeister begann damit, die Farbe auf Mariannes Haaransätzen zu verteilen. »Gleich glänzt die Pracht wieder kastanienrot.«

»Ich bin bei der Taufe dabei«, verkündete Marianne.

Dietmar starrte sie an. »Was?«

Marianne grinste. »Ich habe diese Jungfernfahrt von Hamburg über Oslo und Kopenhagen zurück nach Kiel gebucht.«

Dietmar warf den Pinsel in den Farbtopf und drehte den Stuhl, damit er ihr direkt in die Augen sehen konnte. »Das ist doch nicht dein Ernst. Wie toll! Ich flipp gleich aus.« Marianne musste lachen. Wenn einer übertreiben konnte, dann Dietmar. »Fährst du alleine?«, fragte Dietmar nun mit einer Spur Sorge in der Stimme.

»Nein«, beruhigte Marianne ihn und tätschelte kurz seinen Arm. »Ich fahre mit meiner Enkelin Laura. Sie hat sich die kleine Auszeit wirklich verdient. So ein Medizinstudium ist kein Spaziergang. Und ich freu mich so sehr, mal wieder ein paar Tage Zeit mit ihr zu verbringen.«

»Wie wunderbar«, freute sich Dietmar. »Aber dann musst du vorher unbedingt noch einmal vorbeikommen. Dann machen wir die Farbe noch mal frisch und schneiden die Spitzen. Vielleicht lernst du sogar noch einen Kerl kennen.«

Marianne schüttelte schmunzelnd den Kopf. »Ach,

Dietmar, ein Kerl ist das Letzte, was ich brauche. Ich war 40 Jahre lang verheiratet. Jetzt genieße ich mein Singledasein.«

Dietmar verschränkte die Arme vor der Brust und seufzte. »Also gut, kein Mann. Egal. Es werden trotzdem vier sehr aufregende und spannende Tage werden.«

Dietmar konnte ja nicht ahnen, wie recht er damit haben sollte.

3.

Lilly Marino saß erschöpft an ihrem Schreibtisch in ihrer kleinen Modelagentur. Entschlossen strich sie sich eine Haarsträhne zurück und fixierte sie mit eine Spange. Sie liebte ihre Frisur. Mit dem kinnlangen schwarzen Bob hatte sie etwas von einer Pariserin. Lilly blickte konzentriert auf den Bildschirm. Heute hatte sie 30 Kinder für ein Casting zu Gast gehabt. Es ging darum, das perfekte Gesicht für einen bekannten Süßigkeitenhersteller zu finden. Es waren noch weitere Agenturen im Boot.

Die Konkurrenz war groß, und die Luft wurde immer dünner. Vor einigen Jahren hatte sie sich selbstständig gemacht und die Räume in dem hübschen Hinterhof im Hamburger Stadtteil Winterhude angemietet. Wenn sie nicht bald einen größeren Auftrag an Land ziehen könnte, wären die Tage ihrer kleinen Agentur gezählt. Obwohl Lilly jeden Tag hart arbeitete, ließ der große Durchbruch auf sich warten. Die Agentur brachte ihr gerade die Miete und die Kosten für Versicherungen und Lebensmittel ein. An ihren letzten Urlaub konnte sie sich kaum noch erinnern und Klamotten kaufte sie bei günstigen Ketten oder secondhand. Lilly atmete tief durch. Sie hatte nicht die Zeit, in Selbstmitleid zu versinken. Sie musste arbeiten. Lilly sah sich die Aufnahmen des heutigen Castings genauer an. Ein paar coole Kids waren dabei. Sie traf eine Auswahl, schickte diese per Mail an den Kunden und sprach ein kleines Gebet ans Universum. Zumindest ging es ihr privat sehr gut. Seit sie mit Noah zusammen war, war das Leben schön. Sehr schön sogar. Sie hatte den gut aussehenden Fotografen bei einem Shooting kennengelernt und sich im Augenblick total verknallt. Als Noah sie gefragt hatte, ob sie später zusammen noch was essen gehen wollen, hatte sie sofort zugestimmt. Es war die beste Entscheidung ihres Lebens gewesen. Sollte sich die Agentur nicht mehr rechnen, wäre sie bereit für ein neues Leben. Vielleicht war es langsam Zeit, über eine eigene Familie nachzudenken. Für heute war jedenfalls Feierabend. Lilly schaltete den Computer aus und griff nach ihrem Smartphone. Sie öffnete *Instagram* und scrollte durch die neuesten Posts.

»Wow. Vivien, du bist hier?«, stellte Lilly überrascht fest. Die aktuellen Fotos zeigten das Model in der HafenCity. Im Hintergrund strahlte die *Elbphilharmonie*.

#BackinHamburg
#MeinePerle
#Zuhause

Sie war also in Hamburg. Lilly starrte auf die neu geposteten Bilder und wunderte sich. Warum hatte sich Vivi denn nicht gemeldet? Kaum zu glauben, dass Vivien Sander einmal bei ihr unter Vertrag gestanden hatte. Nicht lange natürlich. Diese außergewöhnliche Frau war nicht für kleine Werbekampagnen geboren. Vivien war auf der Welt, um die edelsten Designerklamotten zu präsentieren oder sehr reichen Menschen unterbewusst zu vermitteln, dass sie so wunderschön sein könnten wie das Model selbst, wenn sie nur die gleiche Creme benutzten. Mit einer Vivien Sander ließ sich der ganz teure Kram verkaufen, egal ob Taschen, Mode oder Kosmetik. Unglaublich, dass Vivi sogar eine Weile bei ihr gewohnt hatte. Sie hatten sich abends Käsetoasts und billigen Wein geteilt. Lilly fiel auf, dass es bei ihr auch heute noch oft Toast und Discounterwein gab, während Vivien in der First Class um die Welt jettete und ein Vermögen verdiente. Es war höchste Zeit, mal wieder persönlich miteinander zu quatschen, überlegte sie. Entschlossen suchte sie in ihren Kontakten nach Vivien.

»Lilly?«, meldete sich Vivien nach dem dritten Klingeln.

»Hey, du bist in Hamburg?«

»Ja, allerdings nur kurz«, erklärte das Model. »Übermorgen muss ich schon wieder zurück nach New York. Wie schön, deine Stimme zu hören. Ich wollte dich eigentlich anrufen, aber ich habe so viele Termine.«

Lilly schmunzelte. Die Gute lebte wirklich auf der Überholspur. »Alles fein. Ist doch nicht schlimm. Ich sehe ja auf *Instagram*, wie du um die Welt hetzt.«

»Ach Süße, manchmal weiß ich nicht mal mehr, in welcher Stadt ich gerade aufwache«, stöhnte Vivien. »Wie geht es dir denn?«

Lilly seufzte zufrieden. »Mir geht es super. Ich bin total verknallt. Wir haben uns vor ein paar Wochen bei einem Shooting kennengelernt. Noah ist Fotograf. Es war Liebe auf den ersten Blick.«

»Mein Gott, wie romantisch«, freute sich Vivien. »Du musst mir alles genau erzählen.«

»Aber nicht am Telefon. Kannst du nicht vorbeikommen?«, bettelte Lilly.

»Ich habe leider noch ein Meeting.«

»In deiner schicken Agentur?«, maulte Lilly. Sie wollte nicht neidisch klingen, doch sie hatte das Gefühl, dass ihr das nicht gelungen war.

»Das kannst du mir nun wirklich nicht übelnehmen«, beschwerte sich Vivien.

Lilly riss sich zusammen. »Ach, Vivi, das mach ich doch gar nicht. Mir ist immer klar gewesen, dass ich eine Agentur für Hamburger Freizeitmodels habe und nicht eine für internationale Supermodels«, erklärte sie und bemühte sich, gut gelaunt zu klingen. »Ich bin total stolz auf dich. Wirklich.«

»Danke. Ich kann ja auch nichts dafür. Es lief einfach zu gut.«

»Das weiß ich doch. Ach, Vivi, ich würde dich so gerne treffen und dir alles von Noah erzählen. Was ist denn mit heute Abend? Komm doch zu mir.« Lilly wartete gespannt auf eine Antwort.

»Also gut«, stimmte Vivien nach ein paar Sekunden zu. »Wo wohnst du denn jetzt?«

»Immer noch in derselben Wohnung in Winterhude.«

»In der süßen kleinen Bude?«

»Ja, die kann ich mir immerhin leisten. Und wer weiß, vielleicht suchen mein Freund und ich uns bald etwas Größeres zusammen.« Lilly schämte sich nicht für ihr kleines Nest. Sie liebte die entzückende Altbauwohnung. Trotzdem hatte sie gerade das Gefühl, sich rechtfertigen zu müssen.

»Dann sehen wir uns später. Um Champagner und Sushi kümmere ich mich«, verkündete Vivien. »Und dann erzählst du mir alles über deinen Freund. Ich bin richtig gespannt. Das scheint ja was Ernstes zu sein.«

Lilly konnte kaum glauben, dass ihre viel beschäftigte Freundin sich tatsächlich Zeit für sie nahm. »Super, ich freu mich.«

Was Ernstes? Es war mehr als das. Mit Noah konnte sie sich alles vorstellen.

4.

Karl-Friedrich Behrens saß auf der Terrasse seiner Villa an der Elbchaussee und genoss die Abendsonne und den Blick auf den Fluss. Zwischendurch betrachtete der Richter seinen Freund Luca. Dass dieser wunderschöne Mann mit den grünen Augen und den sinnlichen Lippen bei ihm war, war sein großes Glück. Luca war erst 25 Jahre alt. Karl-Friedrich war sich durchaus bewusst, dass es nicht selbstverständlich war, dass dieser Engel sich in ihn, einen 65 Jahre alten Mann mit grauem Haar, verliebt hatte. Zumindest behauptete der Junge das, und Karl-Friedrich wollte ihm glauben. Ein riesiges Kreuzfahrtschiff bahnte sich seinen Weg in Richtung Hamburger Hafen und das orangefarbene Licht zauberte eine ganz besondere Stimmung.

»Ist das nicht ein Traum?«, schwärmte Karl-Friedrich und lächelte seinem jungen Liebhaber zu.

»Ja, ist es«, gab Luca mürrisch zurück. »Wie immer.«

»Was ist denn?«, fragte Karl-Friedrich besorgt und streichelte Luca über den Arm.

»Ich fühle mich wie Rapunzel.«

Der Richter lachte und schenkte Prosecco nach. »Rapunzel? Du hast ja nicht einmal lange Haare.«

»Aber ich lebe in einem Turm, nicht in einem Traum«, erklärte Luca übellaunig. »Ich möchte mal was unternehmen mit dir.«

Karl-Friedrich schüttelte den Kopf. »Du weißt doch, dass das nicht geht.«

»Warum nicht?« Luca deutete auf das Schiff. »Wir könnten zum Beispiel eine Kreuzfahrt machen.«

»Eine Kreuzfahrt?« Karl-Friedrich sah ihn erstaunt an. »Wie stellst du dir das vor?«

»Ganz einfach. Wir buchen eine Reise und genießen die Zeit«, antwortete Luca. »Wir könnten eine Route nehmen, die uns in verschiedene Länder führt. Ich habe bis jetzt kaum was von der Welt gesehen.«

»Luca, wir haben doch schon 1000-mal darüber gesprochen. Ich bin Karl-Friedrich Behrens und Richter, ein sehr konservativer noch dazu. Ich kann nicht mit einem jungen Mann durch die Gegend ziehen.«

»Unter den ganzen Passagieren fallen wir sicher nicht auf«, erwiderte Luca.

»Und wenn doch? Mir ist das Risiko einfach zu hoch. Ich bin politisch aktiv und offiziell gegen gleichgeschlechtliche Ehen. Ich habe sogar gegen Schwule gehetzt«, gestand der Richter. »Wie stehe ich denn da, wenn rauskommt, was für ein Leben ich in Wirklichkeit führe? Dann bin ich erledigt.«

Luca verschränkte wütend die Arme vor der Brust. »Du bist einfach total verlogen. Wenn ich dich nicht so lieben würde, wäre ich längst weg.« Sie schwiegen ein paar Minuten. »Karl, du musst mich auch verstehen. Ich will mit dir mal raus aus unserem Käfig«, meinte Luca versöhnlich.

»Es ist ein ziemlich goldener Käfig, wenn du mich fragst. Dir fehlt es doch an nichts«, bemerkte Karl-Friedrich trocken.

»Hörst du mir nicht zu? Mir fehlen gemeinsame Erlebnisse. Lass uns eine Kreuzfahrt machen. Inkognito.« Luca nahm die Hand des Richters und küsste sie sanft. »Bitte.«

Karl-Friedrich seufzte. »Inkognito?«

»Ja, ich könnte doch ein entfernter Verwandter sein«, schlug Luca aufgeregt vor. »Mich kennt doch niemand.«

»Du bist ein Kindskopf.«

»Ich könnte dich umstylen. Chinos, Polohemden, eine Sonnenbrille, Käppi, und niemand würde darauf kommen, dass du der Richter bist. Du trägst ja immer Anzüge. Das ist doch ein Plan.« Luca sah Karl-Friedrich begeistert an.

»Polohemden und Chinos? Solche Sachen trage ich auf dem Golfplatz. So kennen mich meine Freunde«, bemerkte der Richter.

»Freunde?« Luca sah ihn herausfordernd an. »Geschäftspartner vielleicht. Freunde hast du nicht. Bei Freunden kann man sein, wie man ist. Und du bist schwul.«

»Manchmal wünschte ich, ich hätte dich nie getroffen«, behauptete Karl-Friedrich erschöpft.

Luca lächelte verführerisch. »So ein Unsinn. Du liebst mich, alter Mann.«

Der Richter schüttelte schmunzelnd den Kopf. »Du willst wirklich diese Kreuzfahrt machen?«

Luca klatschte aufgeregt mit den Händen. »Ja, bitte.«

»Hör auf mit deinem Dackelblick. Ich habe ja schon fast zugestimmt. Unter einer Bedingung«, verlangte der Richter. »Wir nehmen eine Suite mit Balkon.«

»Dagegen habe ich bestimmt nichts«, freute sich Luca.

Karl-Friedrich sah ihn ernst an. »Und du bist offiziell mein Neffe.«

»Einverstanden. Wir machen ein kleines Rollenspiel. Ich bin mit dem bösen Onkel an Bord. Aufregend.«

»Luca, das ist kein Witz.«

»Das habe ich doch verstanden«, versicherte Luca. »Wenn das deine Bedingungen sind, dann soll es so sein. Ich liebe dich und ich freu mich.« Luca sah dem Richter tief in die Augen. »Ich bin aber auch traurig, weil ich weiß, dass du nie zu mir stehen wirst. Rapunzel macht nur einen Ausflug.«

5.

Lilly Marino schloss die Agentur ab und lief die kurze Strecke zu ihrer Wohnung. Die Sonne schien an diesem frühen Abend, und die Außenplätze der Cafés waren gut besucht mit Menschen, die ihren Feierabend genossen. Lilly beschloss spontan, sich einen Blumenstrauß zu gönnen, um ein bisschen Farbe in ihre kleine Wohnung zu bringen. Sie freute sich schon sehr auf das Treffen mit ihrer alten Freundin Vivien. Lilly wollte noch schnell aufräumen und den Couchtisch decken. Ein paar Kerzen hatte sie auch noch. Ihre kleine Bude sollte zumindest gemütlich wirken. Mehr hatte sie nicht zu bieten. Lilly öffnete die Wohnungstür, warf ihre Handtasche auf das Sofa und wühlte darin nach dem Smartphone. Noah meldete sich nach dem zweiten Klingeln.

»Schatz, Vivien ist in der Stadt. Sie kommt tatsächlich gleich vorbei. Wir werden uns einen schönen Abend machen. So wie früher«, erklärte sie begeistert.

»Süße, du bist ja ganz aufgeregt.«

Lilly kicherte. »Ich freu mich einfach. Wir haben uns wirklich lange nicht gesehen. Sie war ja sehr beschäftigt und außerdem lebt sie mittlerweile in New York. Ach, Schatz, jetzt wirst du sie endlich kennenlernen.«

»Genießt doch erst mal euren Abend. Ich komme dazu, wenn ich mit dem Shooting hier fertig bin«, schlug Noah vor.

»Wunderbar. Dann sehen wir uns später. Ich liebe dich.«

Lilly legte das Telefon auf den Couchtisch und atmete tief durch. Was für ein aufregender Tag. Jetzt musste sie sich erst mal um die Wohnung kümmern. Gut gelaunt spülte sie das liegen gebliebene Geschirr ab und warf die herumliegende Kleidung in den Schrank, bevor sie sich eine kurze Dusche gönnte. Nach einer Stunde erstrahlte ihre kleine Behausung romantisch im Kerzenlicht, und die frischen Blumen hatten Platz in einer Vase gefunden. Lilly ließ sich auf das Sofa sinken. Sie hatte sich für Jeans und ein weißes T-Shirt entschieden. Viviens Garderobe konnte sie sowieso nicht toppen. Das Model wurde von den exklusivsten Designern mit den teuersten Klamotten ausgestattet. Obwohl sie Geld wie Heu hatte, bekam

Vivien das edle Zeug geschenkt. Lilly verbot sich jeden Neid. Nervös wuschelte sie ihren dunklen Bob zurecht. Sie zuckte leicht zusammen, als es klingelte. Lilly straffte die Schultern, drückte den Türsummer und öffnete die Wohnungstür. Mit klappernden Absätzen machte sich Vivien auf den Weg in den dritten Stock. Lilly strahlte sie an, als sie die Wohnungstür erreichte. »Vivi! Ich freu mich so. Schön, dass es geklappt hat.«

Vivien nahm sie in den Arm und küsste sie auf die Wangen. »Ja, das finde ich auch.« Sie übergab Lilly eine Tüte.

»Was hast du denn da alles mitgebracht?«, fragte Lilly lachend.

»Nur vom Feinsten natürlich.«

»Komm erst mal rein.« Lilly lotste ihre Freundin ins Wohnzimmer. Nachdem sie das köstliche Sushi und den teuren Champagner auf dem kleinen Tisch angerichtet hatte, nahm Lilly neben Vivien Platz und erhob das Glas. »Auf uns.«

»Und auf die alten Zeiten.« Vivien trank einen Schluck und sah sich um. »Ach, das ist alles so süß hier. Ich hatte ganz vergessen, wie schnuckelig deine Wohnung ist. Unzählige Abende haben wir hier verbracht und die Nächte durchgequatscht.«

»Ja, wir hatten eine tolle Zeit zusammen«, erinnerte sich Lilly.

»Und dann lief es bei mir plötzlich unglaublich«, bemerkte Vivien zufrieden. Sie schnappte sich ein Stück Thunfisch und tunkte es in Sojasoße. »Aber wenn ich dich jetzt so sehe, dann fühle ich mich fast ein bisschen schlecht. Bitte verstehe mich nicht falsch, du siehst großartig aus, und ich bewundere dich für dein Durchhaltevermögen.«

Lilly nahm eine California Roll und zog die Stirn in Falten. »Was meinst du?«

Vivien zuckte mit den Schultern. »Nun, wir beide haben klein angefangen. Du hast mir damals die ersten Schritte ins Modelleben ermöglicht. Immerhin war deine Agentur die erste, die mich unter Vertrag genommen hat. Und jetzt lebe ich im Luxus. Ich habe gerade eine Wohnung in der *Elbphilharmonie* gekauft, und du bist immer noch hier.«

Lilly blickte sie erstaunt an. »Ach, Vivi. Mach dir keine Sorgen. Ich komme klar und verdiene gar nicht so schlecht«, schwindelte sie. Sie hatte nicht vor, ihrer Freundin zu beichten, dass es wirklich besser laufen könnte. »Ich bin richtig glücklich, besonders seit ich Noah gefunden habe. Wie ist das eigentlich bei dir? Stimmen die Geschichten aus den Medien? Bist du mit diesem Hollywoodstar zusammen?«

Vivien lehnte sich zurück und nippte an ihrem Glas. »Ja, schon irgendwie.«

»Aber?

»Ich will in New York und Hamburg leben, und er will nicht weg aus Los Angeles. Ich hasse L.A. Es ist wirklich furchtbar oberflächlich. Aber Ken ist seine Karriere wichtiger als alles andere. Dafür muss er in Hollywood sein«, berichtete Vivien genervt. »Wir führen seit Monaten eine Fernbeziehung. Es läuft also nicht so toll, wie die Klatschblätter es darstellen. Außerdem gibt es auch ständig Gerüchte, dass er sich mit anderen Frauen trifft«.

»Das klingt kompliziert«, räumte Lilly ein. »Liebst du ihn denn?«

Vivien zuckte mit den Schultern. »Die halbe Welt liebt

ihn. Es gibt ja wohl kaum eine Frau, die nicht mit ihm ins Bett möchte.«

»Ich auf keinen Fall«, versicherte Lilly lachend.

»Wow, dein Liebster muss ja wirklich ein Juwel sein. Zeig mir doch mal ein Foto.«

»Nicht nötig«, erwiderte Lilly. »Du wirst ihn noch persönlich begutachten können. Noah hat heute ein Shooting, aber anschließend wollte er noch vorbeikommen. Er war sowieso der Meinung, dass wir doch erst mal in Ruhe quatschen sollen.«

»Ah, ein Kerl, der Frauen versteht und dazu noch einen Job hat«, lobte Vivien.

Lilly lächelte verträumt. »Könnte wirklich sein, dass ich auch mal Glück habe.«

»Das hast du auf jeden Fall verdient. Ist er beruflich denn erfolgreich?«, fragte Vivien, während sie Champagner nachschenkte.

»Mit den richtigen Kontakten könnte es viel besser laufen«, gab Lilly zu. »Du weißt selbst am besten, wie sich die Branche verändert hat. Heute fotografiert man sich selbst. Und dann hat man einen Blog, eine Website oder einen *Instagram* Account. Da musst du dir als Fotograf erst einmal einen Namen machen.«

»Das ist wahr. Zum Glück betrifft mich das nicht«, bemerkte das Model fröhlich. »Ich war schon weltberühmt, als Social Media noch in den Kinderschuhen steckte.«

Lilly nahm noch einen Schluck Champagner, um sich Mut anzutrinken. »Vivi, ich habe eine Bitte. Kannst du nicht eine Strecke mit ihm machen und auf *Instagram* posten?«

»Ist das dein Ernst?«, amüsierte sich Vivien. »Du müsstest doch wissen, wie viel Geld ich für ein Shooting bekomme.«

»Ich dachte, du könntest mir diesen kleinen Gefallen tun«, erwiderte Lilly zerknirscht.

»Oh Gott! Weißt du, wie oft ich das höre?«, fauchte Vivien verärgert. »Das funktioniert so nicht. Außerdem bin ich in zwei Tagen wieder in New York.«

Lilly war den Tränen nah. Es fiel ihr schwer, betteln zu müssen, aber sie musste diese Chance nutzen. Noah könnte auf einen Schlag bekannt werden und an Aufträge kommen, an die er heute nicht mal zu denken wagte. »Bitte, Vivi. Und wenn es eine halbe Stunde ist. Wir könnten uns an der Elbe treffen und ein paar Bilder schießen.«

Vivien schüttelte den Kopf und hob die Hände. »Es tut mir leid, aber das ist unmöglich. Du weißt, ich würde alles für dich tun, aber meine Agentur wird da nicht mitspielen.«

Lilly schluckte. »Ich verstehe. Aber was wäre denn mit privaten Fotos? Wenn Noah ein Bild mit dir posten könnte, würde er viele Likes bekommen. Das könnte ihm so helfen. Du hast Millionen Follower.«

Vivien funkelte sie böse an. »Bin ich deswegen hier? Willst du deinem Schatzi den Arsch retten? Dann ist er ja wohl tatsächlich nicht besonders erfolgreich in seinem Job. Das tut mir leid, aber ich bin auch wirklich müde von Menschen, die sich an meinem Erfolg bereichern wollen.«

»Es tut mir leid«, erklärte Lilly traurig. »Ich wollte dich bestimmt nicht verärgern.«

Beide Frauen sahen sich an und schwiegen.

»Hallo? Jemand zu Hause?«, rief eine männliche Stimme. Noah Hofmann betrat das Wohnzimmer. Lilly sprang auf, glücklich, dass das unangenehme Schweigen ein Ende hatte. »Vivien, das ist Noah.« Sie küsste ihn stürmisch, und er strich ihr dabei zärtlich über den Rücken. Dann löste er sich aus der Umarmung.

»Vivien, schön, dich persönlich kennenzulernen«, erklärte er gut gelaunt. »Lilly hat mir sehr viel über eure gemeinsame Zeit hier in Hamburg erzählt.«

Vivien strahlte ihn an. Lilly hatte recht. Dieser Mann war außergewöhnlich attraktiv, und er war kein verwöhnter Hollywoodschnösel. Ihr Mund war auf einmal ganz trocken. »Ich hatte Vivien gefragt, ob sie ein Shooting mit dir machen würde. Also, was Kleines für *Instagram*.«

Noah sah Vivien neugierig an. »Tatsächlich? Das klingt doch toll.«

»Vivi hat leider keine Zeit. Sie muss zurück nach New York«, bemerkte Lilly.

»Ach, schade. Das hätte ich gerne gemacht«, versicherte Noah lächelnd. »Aber ich verstehe natürlich, dass du wenig Zeit hast.« Noah setzte sich auf den Boden und schnappte sich ein paar Sushi Häppchen. »Lecker.«

Vivien hatte plötzlich Schmetterlinge im Bauch. Was für ein attraktiver Mann. Dieser Noah sah wirklich fantastisch aus. Und wie er da auf dem Boden hockte und gut gelaunt das teure Sushi mit den Fingern aß, war so unkonventionell, so lässig. Diesen Mann musste sie wiedersehen. »Ich habe da vielleicht eine Idee«, überlegte Vivien. Lilly sah sie erstaunt an. »Ich mache morgen einen

Segeltörn mit meinen Eltern. Noah, du könntest einfach mitkommen. Auf der Jacht können wir dann ein paar Bilder für *Instagram* machen. Ich würde dich anschließend auf den Fotos markieren. Wäre das so okay für euch?«

Lilly sprang auf und fiel Vivien um den Hals. »Danke. Ich wusste, dass ich auf dich zählen kann. Du bist die beste Freundin der Welt.«

VIER WOCHEN SPÄTER
FREITAG – HERZLICH WILLKOMMEN

6.

Marianne Larsen stand vor dem Spiegel ihres Hotelzimmers im *The Westin* Hotel in der *Elbphilharmonie* und zupfte ihre rotbraunen Locken zurecht. Ihre natürliche Haarfarbe war heute eher grau als rot, doch der Friseur machte es möglich, dass sie die Marianne mit den roten Locken blieb, auch mit fast 70. Es ging ihr gut. Sie war fit, wie ihr Hausarzt ihr regelmäßig bestätigte, und wirkte zehn Jahre jünger. Marianne trug ein wenig Lippenstift auf und nickte sich zufrieden zu. Nun musste sie noch die letzten Sachen in den Trolley werfen, und dann würde es losgehen. Sie sah aus dem Hotelfenster. Der Hamburger Hafen, das Tor zur Welt, lag ihr zu Füßen. Was für eine fantastische Aussicht. Der Blick auf die Kräne, Schiffe und Boote verstärkte die Vorfreude auf die bevorstehende Kreuzfahrt. Ihre Enkelin hatte ihr vorgeschlagen, doch schon am Vortag aus ihrer Heimatstadt Kiel nach Hamburg zu fahren und sich eine Nacht in dem großartigen Hotel zu gönnen. So hätte sie weniger Stress und wäre auf jeden Fall pünktlich zum Ablegen am Terminal. Die Idee war Gold wert gewesen. Marianne hatte gestern einen wunderbaren Nachmittag in der Hansestadt verbracht, sehr gut zu Abend gegessen und hervorragend geschlafen. Am Morgen war sie gut gelaunt aufgewacht, hatte sich das Frühstück schmecken lassen und sich auf Laura gefreut. Marianne blickte auf die Uhr. Jetzt sollte sie aufbrechen. Sie schulterte ihre Handtasche, griff nach ihrem Trolley und verließ entschlossen das Zimmer. Es ging endlich los. Ihre erste Kreuzfahrt. Sie hatte in ihrem Leben nicht eine Folge *Traumschiff* verpasst. Die schönen Menschen, die wunderbaren Reiseziele, die Romanzen und die Probleme, die sich am Ende jeder Folge in Luft auflösten, unterhielten sie bestens. Marianne war gespannt, ob eine echte Kreuzfahrt tatsächlich etwas mit dem *Traumschiff* gemein hatte. Nur Probleme, die brauchte sie nicht. Sie wollte einfach nur schöne Zeit mit ihrer Enkelin verbringen und Oslo und Kopenhagen erkunden. Sie würde die Reise aus vollem Herzen genießen, und nichts und niemand würde sie davon abhalten können.

7.

Laura saß in der großzügigen Lobby, dem *Plaza Foyer,* im achten Stock des Hotels und wartete auf ihre Großmutter. Es war faszinierend, die An- und Abreisenden zu beobachten. Heute, am Freitagmittag, checkten weniger Geschäftsleute ein. Es waren Paare oder gut gelaunte Gruppen, die sich auf ein schönes Wochenende in der Hansestadt freuten. Sicher waren auch einige gekommen, um bei der Taufe der *Dalia Ocean* dabei zu sein. Laura grinste vor Vorfreude. Sie selbst würde nicht vom Ufer aus zusehen, sie würde auf dem Schiff sein und die Zeremonie direkt miterleben. Ihre Oma Marianne hatte sie zu dieser Kreuzfahrt eingeladen, und Laura hatte sich über diese Überraschung wahnsinnig gefreut. Es war immer großartig, mit Marianne Zeit zu verbringen. Sie besuchte ihre Großmutter auch öfter in Kiel, doch neben ihrem Medizinstudium und dem Kneipenjob blieb ihr nicht viel Zeit. Jetzt hatten sie fünf Tage, in denen sie ausgiebig quatschen und zusammen zwei tolle Metropolen erleben konnten.

»Laurakind!« Marianne kam flotten Schrittes auf sie zu. »Da bist du ja schon. Wartest du schon lange?«

»Oma«, rief Laura und nahm ihre Großmutter herzlich in den Arm.

»Du sollst doch Marianne sagen. Oma klingt immer so alt und gebrechlich«, beschwerte sich Marianne belustigt. Sie löste sich aus der Umarmung und betrachtete Laura. »Und? Bist du auch so aufgeregt? Ach, ich freu mich so.«

»Und ich mich erst. Das wird sicher richtig schön.« Laura schaute ihre Oma genauer an und pfiff leise durch die Zähne. »Wow, du bist ja todschick. Was für ein fescher Hosenanzug.«

Marianne strich geschmeichelt über den dunkelblauen Stoff. »Ja, den habe ich mir geleistet. Mein *Traumschiff*-Hosenanzug. Na, und du siehst wie immer reizend aus.« Laura lächelte. Ihre Oma war immer großzügig mit Komplimenten. Sie hatte Jeans, T-Shirt, Lederjacke und Sneakers an, also wirklich nichts Besonderes. Das schulterlange braune Haar hatte sie einfach zu einem Knoten zusammengebunden. Für Oma blieb sie trotzdem immer die Hübscheste. »Na komm. Jetzt gönnen wir uns erstmal ein Gläschen Champagner in der *Bridge Bar* und schauen auf den Hamburger Hafen«, schlug ihre Großmutter begeistert vor.

Die *Dalia Ocean* lag noch am Cruise Center Altona. Am Abend würde das Schiff zur Zeremonie in den Hafen fahren und an den Landungsbrücken vor Tausenden Schaulustigen getauft werden.

»Das ist das Unprofessionellste, was mir je untergekommen ist«, zeterte plötzlich eine Frau in der Lobby. Laura staunte nicht schlecht, als sie das Supermodel Vivien Sander erkannte. An ihrer Seite stand ein sehr gut aussehender junger Mann, der ihr vorsichtig zu verstehen gab, sie solle sich mäßigen. Ihre Wut schien sich auf den zweiten Mann zu richten, der bei dem Paar stand. Er trug einen grauen Anzug und blickte gequält zu Boden. Vivien Sander schimpfte erbarmungslos weiter. »Das Bad ist nicht fertig, das Schlafzimmer hat die falsche Farbe, und die Arbeitsplatte in der Küche fehlt komplett. Können Sie und Ihre Mitarbeiter nicht lesen? Ich wollte jetzt in meine Wohnung. Nicht ins Hotel.«

Der Mann rieb sich unglücklich die Hände. »Es tut mir wahnsinnig leid. Ich werde das prüfen.«

»Was wollen Sie denn da prüfen? Ich habe Ihnen schon vor vier Wochen gesagt, dass meine Geduld heute am Ende sein wird, wenn Sie es nicht hinbekommen, die Wohnung fertigzustellen. Sie haben auf ganzer Linie versagt«, keifte Vivien Sander weiter. »Ich werde jetzt an Bord der *Dalia Ocean* gehen. In fünf Tagen bin ich wieder hier. Bis jetzt werde ich Sie nur verklagen. Wenn aber die Wohnung in fünf Tagen nicht, wie abgesprochen, fertiggestellt ist, mache ich Ihren Laden fertig. Das kostet mich nur ein paar Anrufe.«

Marianne und Laura sahen sich erstaunt an.

»Donnerlittchen, die ist ja in Fahrt«, bemerkte Marianne beeindruckt. »Na, komm. Gehen wir an die Bar.«

Laura griff Mariannes Trolley, und sie machten sich auf den Weg. »Das war gerade übrigens unsere Taufpatin«, erklärte Laura.

»Das weiß ich doch, Vivien Sander. Hübsch ist sie ja, das muss man ihr lassen.« Sie bekamen einen Platz an einem kleinen Tisch direkt an der Panoramascheibe. »Wo hat sie denn ihren Hollywoodstar gelassen?«

»Oma, du kennst dich ja richtig aus in der Promiszene«, stellte Laura verblüfft fest.

»Ich habe beim Friseur einen Artikel gelesen. Ach, sieh mal. Da ist sie ja schon wieder.«

Vivien Sander und der junge Mann betraten ebenfalls die *The Bridge Bar* und liefen direkt an ihnen vorbei, um einen der hinteren Tische zu erreichen.

»Nun beruhige dich, Schatz.« Er küsste sie auf die Wange und streichelte ihre Hand. »Die werden das schon hinbekommen. Druck genug hast du ja gemacht. Dieser Heinze hat ganz schön ängstlich ausgesehen. Habe ich mich da etwa in eine wilde Furie verliebt?«

Viviens Gesichtszüge entspannten sich. Sie lächelte sogar. »Jetzt lernst du mein wahres Gesicht kennen«, scherzte sie.

Der junge Mann lachte. »Ich liebe dich.«

»Was darf ich Ihnen bringen?«

Marianne und Laura hatten gespannt zugehört und erschraken ein wenig, als der Kellner plötzlich vor ihnen stand. »Wir hätten gerne zwei Gläser Champagner.«

»Sehr gerne. Kommt sofort.«

Marianne schüttelte den Kopf. »Wie wir uns aufführen. Sitzen hier und lauschen. Peinlich.«

»Ganz ehrlich, Oma? Da mitzuhören, war nicht so schwierig. Sie waren laut genug«, befand Laura. »Außerdem fallen sie wirklich auf. Sie ist wunderschön, und ihr neuer Freund sieht auch richtig gut aus.«

»Na, irgendwas schien da reichlich in die Hose gegangen zu sein. Die junge Dame war ja sehr erzürnt.«

Laura schnaubte. »Das kannst du laut sagen. Aber ganz ehrlich, Vivien Sander ist ein Supermodel. Die ganze Welt kennt sie. Ich finde es schon ganz schön bescheuert, öffentlich so dermaßen auszuflippen. Heute hat fast jeder ein Smartphone, und es dauert nur Minuten, bis ihr Wutausbruch um die Welt geht. So ein Imageschaden kann teuer werden.«

»Der Champagner, die Damen.« Der Kellner stellte die Gläser ab, und Marianne und Laura prosteten sich zu.

»Oma, ich möchte mich bei dir noch mal ganz herzlich für die Einladung bedanken.«

»Eigentlich muss ich dir danken«, versicherte Marianne lachend. »Ich bin ja nicht mehr die Jüngste. Da ist eine charmante Betreuung mit medizinischem Hintergrund durchaus ratsam. Und sag nicht immer Oma zu mir. Also dann, auf eine unvergessliche Kreuzfahrt.«

8.

Dennis Heinze saß in seinem Mercedes im Parkhaus der *Elbphilharmonie* und versuchte, sich zu sammeln. Diese verfluchte Vivien Sander hatte ihn behandelt wie einen dummen Jungen. Was bildete sich diese blöde Kuh eigentlich ein? Am liebsten hätte er ihr ein paar Takte erzählt, aber die Kundin war natürlich Königin, und so konnte sie mit ihm eben umgehen, wie sie wollte. Er hatte tatsächlich eine Scheißangst vor dem Termin gehabt. Natürlich war ihm klar gewesen, dass Vivien Sander verärgert sein würde, aber dass sie sich so aufführen würde? In der Wohnung war sie richtig ausgeflippt. Er hatte erklärt, dass die spezielle Arbeitsplatte längst hätte da sein sollen, es aber leider Probleme beim italienischen Hersteller gegeben hatte. Er hatte ihr angeboten, vorläufig ein ähnlich hochwertiges Model einbauen zu lassen, natürlich auf Firmenkosten, und die Platte dann später auszutauschen. Er hatte noch vorgehabt, ihr preislich einen großen Schritt entgegenzukommen, aber dazu hatte er gar keine Gelegenheit mehr gehabt. Nachdem Vivien Sander die fehlende Wanne im Bad bemerkt hatte, hatte sie ihm verkündet, dass ihre Anwälte eine Klage vorbereiten würden, und war aus der Wohnung marschiert. Ihr Lover war hinterhergestürmt, und ihm war nichts anderes übrig geblieben, als beiden zu folgen und immer wieder zu betonen, dass es sicher eine Lösung geben würde. Ihm selbst war schleierhaft, wie so eine Lösung überhaupt aussehen könnte. Das Kind war in den Brunnen gefallen. Ihm blieb nichts anderes übrig, als seinem Chef die ganze Katastrophe zu beichten. Entschlossen wählte er die Nummer von Alexander Harder.

»Heinze? Was gibt es?«, meldete sich sein Chef kurz angebunden.

»Es gibt Probleme.« Dennis Heinze berichtete seinem Chef von dem desaströsen Treffen mit dem Supermodel. »Die Wände können wir natürlich umstreichen, aber das Bad bekommen wir nicht fertig. Auch bei der Arbeitsplatte in der Küche gibt es Probleme. Die haben da Lieferschwierigkeiten.«

»Und wenn wir die Wohnung vorerst mit einer ähnlichen Arbeitsplatte und Wanne ausstatten? Irgendwas

Luxuriöses, was auf Lager ist?«, schlug Alexander Harder vor.

Heinze seufzte. »Genau das habe ich ihr bereits angeboten.«

»Und?«

»Sie wird ihre Anwälte einschalten.«

»Verdammt.«

»Alex, sie war wirklich richtig sauer. Sie droht nicht nur jetzt schon mit einer Klage, sie will unsere Firma zerstören, wenn in fünf Tagen nicht alles perfekt ist«, beichtete Heinze zerknirscht. Es folgte längeres Schweigen.

»Es ist im Übrigen meine Firma«, erinnerte ihn sein Chef. »Und wenn du das hier versaut hast, bin ich derjenige, der dich zerstört. Hast du das verstanden?« Der Ton seines Chefs war leise und sehr deutlich. Es wäre Heinze lieber gewesen, Alex hätte ihn angebrüllt. So fühlte es sich an wie in einem Albtraum.

»Verdammt, Dennis, du hättest mich viel früher ins Bild setzen müssen«, fluchte sein Chef. »Dann hätte ich sicher im Vorfeld schon was regeln können. Was sollen wir jetzt noch machen? Dennis? Ich habe dich was gefragt.«

»Ich weiß es nicht.« Dennis fuhr die Seitenscheibe herunter. Er brauchte dringend Luft. »Wenn ich könnte, würde ich selber nach Italien fahren und diese verdammte Marmorplatte aus dem Berg kloppen.«

»Das ist ein engagierter, aber völlig bescheuerter Vorschlag«, bemerkte sein Chef genervt.

»Ich weiß einfach nicht weiter. In fünf Tagen macht sie ihre Drohung wahr. Sie kennt all die Stars und Sternchen und die Superreichen, die eigentlich gern bei uns kaufen.«

»Du musst mir nicht den Worst Case erklären«, schnauzte Alexander Harder. »Dieser scheiß Vertrag müsste weg. Dann kann die Sander vor Gericht ja mal versuchen zu beweisen, dass sie etwas anderes bestellt hat als das, was wir in den nächsten fünf Tagen einbauen. Wo ist Madame denn überhaupt in der Zeit?«

»Auf der *Dalia Ocean*. Sie ist doch die Taufpatin«, antwortete Dennis Heinze.

»Hatte sie den Vertrag heute dabei?«

»Ja klar. Die Sander hat jeden einzelnen Posten haarklein abgeglichen.«

»Gut. Da sie derzeit keine Wohnung hat, in die wir einbrechen könnten, wird sie die Papiere wohl weiter bei sich haben«, folgerte Alexander Harder.

»Was hast du vor?«

»Was ich vorhabe?«, fragte Alexander gereizt. »Sieht ja wohl so aus, als ob ich die Kastanien aus dem Feuer holen muss. Ich werde an Bord gehen und zusehen, was sich da machen lässt.«

»An Bord?« Dennis wunderte sich, ob er seinen Chef richtig verstanden hatte. »Du kommst doch jetzt nicht mehr auf das Schiff. Das ist unmöglich.«

»Merkst du was, Dennis? Genau da besteht der Unterschied. Während du nicht weiterweißt und herumjammerst, gebe ich nicht auf. Darum bin ich auch dein Boss und du mein Angestellter. Keine Sorge, ich komme schon auf den verdammten Kahn. Ich kenne nämlich immer jemanden, der jemanden kennt. Und Heinze, fang schon mal an zu beten. Denn wenn ich die Sache nicht ausbügeln kann, gehst du mit unter.«

Alex hatte ohne ein weiteres Wort aufgelegt. Heinze

warf das Smartphone auf den Beifahrersitz und lehnte sich zurück. Er musste sich wohl einen neuen Job suchen. Das war nervig, aber nicht unmöglich. Sein Chef könnte seine Firma verlieren, und das war weit schlimmer. Aufgeben war für Alexander Harder nie eine Option. Und wenn er dafür Kopf und Kragen riskieren musste.

9.

Marianne und Laura hatten die kurze Strecke von der *Elbphilharmonie* bis zum Cruise Center Altona mit dem Taxi zurückgelegt. Laura holte die Trolleys aus dem Kofferraum, während Marianne den Fahrer bezahlte. Am Terminal wurden ihr Gepäck direkt entgegengenommen.

»Ich bin ja so gespannt«, erklärte Marianne und strich Laura glücklich über die Schulter. Ihre Enkelin nickte kichernd. Sie betraten das Gebäude und reihten sich in die Schlange der Mitreisenden ein. Nach kurzer Zeit wurden sie an eines der Tischchen gebeten, an dem eine freundliche Mitarbeiterin der Reederei ihre Papiere und Reiseunterlagen überprüfte und sie danach weiterschickte. Am nächsten Schalter wurden ihnen die Schlüsselkarten für ihre Kabine ausgehändigt. Nach einer Kontrolle des Handgepäcks ging es über die seitlich verglaste Gangway an Bord.

»Das ist ja wie am Flughafen«, wunderte sich Marianne.

»Zum Glück. Wir sind etwa 2.000 Leute auf dem Schiff, das Personal nicht einberechnet. Stell dir mal vor, die Kontrollen wären nicht so streng, und unter uns wären Terroristen, die einen vernichtenden Anschlag verüben wollten.«

»Also Laura, ich bitte dich. An so etwas möchte ich gar nicht denken«, bemerkte Marianne und sah sich orientierungslos um. »So, wo müssen wir denn jetzt hin?«

»Auf Deck sechs. Das können wir zu Fuß gehen. Ist nur ein Stockwerk«, erklärte ihre Enkelin.

»Wir sind schon auf Deck fünf?« Marianne schüttelte verwundert den Kopf. »Ich muss mich hier erst einmal zurechtfinden.«

Sie nahmen die Treppe, um auf das nächste Deck zu gelangen. Laura führte Marianne den schmalen Flur entlang und blieb dann vor einer Kabinentür stehen. »Hier ist es. Kabine 6119. Los, Oma, du musst die Tür öffnen.«

Sie betraten ihr schwimmendes Hotelzimmer, und Marianne war sofort entzückt.

»Ach, schau. Das ist ja wirklich toll«, bemerkte Marianne glücklich. Sie lief zum Bett und testete die Matratze. »Das Bett ist sehr bequem«, freute sie sich. »Das ist nicht unwichtig in meinem Alter.« Sie betrachteten die kleine

Sitzgruppe und den Schreibtisch. »Alles da, was man braucht. Es gibt sogar einen Fernseher«.

»Und hier ist das Bad«, verkündete Laura begeistert. »Klein, aber fein.«

»Lass uns mal den Balkon erkunden«, schlug Marianne vor und öffnete die Tür. Sie traten hinaus und sahen sich um. »Das ist ja wundervoll. Hier werde ich stundenlang sitzen und auf das Meer schauen«, erklärte Marianne überwältigt. Noch blickten sie auf den Containerhafen. Die vielen Hafenkräne glänzten in der Sonne. Mehrere Schiffe, Boote, Fähren und Barkassen dümpelten zu ihren Füßen. Bereits heute Abend würden sie Kurs auf Norwegen nehmen.

»Wollen wir erst mal eine Kleinigkeit essen und einen Rundgang machen?«, fragte Laura ihre Großmutter, als sie wieder in der Kabine waren.

»Ja, unbedingt. Und anschließend lege ich mich etwas hin. Der Abend wird noch lang werden.«

Laura nahm ein Informationsblatt vom Schreibtisch und überflog die Zeilen, während Marianne vor dem Spiegel ihr Haar zurecht zupfte.

»Wenn du dann noch ein bisschen schlafen möchtest, sollten wir jetzt aufbrechen«, bemerkte Laura. »Um 17 Uhr beginnt die Seenotrettungsübung.«

»Die was?«, erkundigte sich Marianne erschrocken.

»Ach, Oma, das ist ganz normal«, lachte ihre Enkelin und hielt das Blatt hoch. »Ich habe mich mal schlau gemacht. Die Übung ist für alle Gäste verpflichtend. Wenn der Alarm ertönt, müssen wir mit unseren Schwimmwesten zu unserem Sammelplatz auf Deck fünf.«

»Ach du meine Güte. Ist das nicht etwas übertrieben?«, überlegte Marianne verblüfft.

»Ich finde es nicht verkehrt zu wissen, was man in einem Notfall zu tun hat. Es sind ja schon Schiffe gesunken.«

Marianne winkte ab. »Ich kann mich nur an ein Schiff erinnern, das vor ein paar Jahren gesunken ist. Und da war allein der Kapitän schuld.«

»Was aber nicht gegen eine Rettungsübung spricht«, behauptete ihre Enkelin. »Das wird bestimmt interessant.«

Marianne blickte sich in der gemütlichen Kabine um und lächelte. »Es ist so wundervoll hier. Ich kann mir nicht vorstellen, dass in den nächsten fünf Tagen irgendetwas Schlimmes passiert.«

10.

Isa Witte war angenehm überrascht. Er hatte ihr sogar eine Balkonkabine gebucht. Auf dem Tischchen standen frische Blumen, eine Flasche Sekt und Pralinen. Das machte doch einen vielversprechenden Eindruck. Vielleicht war ihm die Sache ernster, als sie zu hoffen gewagt hatte. Isa legte ihren Koffer auf das Bett und begann, ihre Garderobe in den Schrank zu räumen, als es an der Kabinentür klopfte.

»Mutter?«

Sie öffnete ihrem Sohn. Henrik trat ein, sah sich um und klatschte. »Chapeau. Er hat eine Balkonkabine spendiert, und Sekt und Blumen gibt es noch on top. So behandelt man eine Gräfin. Nicht, das du am Ende doch noch geheiratet wirst. *Pretty Woman* in der 50 plus Version.« Henrik ließ sich in einen Sessel fallen und öffnete die Pralinenschachtel. »Du erlaubst doch, Mutter?«

»Tu dir keinen Zwang an. Ich esse die sowieso nicht. Ich muss in Form bleiben«, erklärte Isa. Sie betrachtete sich zufrieden im Spiegel. Sie war eine schlanke Frau mit schulterlangem dunkelblondem Haar. Ihr Look war der einer selbstbewussten Frau mit Klasse. Wenn sie in ihrer Rolle der Isolde von Witten-Brandenburg agierte, steckte sie das Haar gerne hoch, um sich einen klassischen, adeligen Touch zu geben. Isa hängte ein weiteres Kleid auf den Bügel und verstaute es im Schrank. »Freu dich doch einfach für mich.«

»Freuen?« Henrik sah sie amüsiert an. »Darüber, dass meine Mutter einen großzügigen Kunden hat?«

»Bei dir klingt das immer so schmutzig.« Isa zog genervt die Augenbrauen hoch und betrachtete ihren gut aussehenden Sohn. Er war ihr ganzer Stolz. Henrik war schlank und durchtrainiert. Sein dunkelbraunes Haar trug er immer eine Spur zu lang, was ihn etwas verwegen aussehen ließ. In den weißen Chinos und dem dunkelblauen Pullover sah er hinreißend maritim aus. Das Charmanteste an ihrem Sohn war aber, dass er sich seines guten Aussehens scheinbar nicht bewusst war. Henrik schien die schmachtenden Blicke der jungen Dinger nicht zu bemerken. Isa aber wusste, dass er sie selbstverständlich alle mitbekam. Er war einfach von Natur aus lässig.

»Du kannst es nennen, wie du möchtest, aber du nimmst Männer aus, die deinen Reizen nicht widerstehen können. Und du setzt alle Mittel ein. Du bist elegant und sexy und natürlich von Adel. Außerdem bist du belesen. Zumindest kennst du die Klappentexte der Klassiker und Bestseller«, fasste Henrik zusammen. »Du bist eine spannende Abwechslung.«

»Was willst du eigentlich? Ich begleite den Herrn doch nur auf seiner Reise. Er möchte eben Gesellschaft«, verteidigte sich Isa. »Es wäre ja auch nicht schön, so ganz allein eine Stadt zu besichtigen.«

»Na, so klingt es natürlich ganz anders. Du bist die gute Reisegefährtin. Die charmante, aber unschuldig verarmte Gräfin Isolde von Witten-Brandenburg.«

»Richtig.«

»Mit rund um die Uhr Service«, ergänzte ihr Sohn.

»Sei nicht ungerecht. Wir haben uns diesen Business-Plan zusammen ausgedacht. Finanziell ging es uns schon schlechter, und ich nehme dich sogar mit.«

Henrik sah sich in Isas Kabine um. »Die Innenkabine ist allerdings weniger glamourös. Und ich arbeite schließlich an Plan B. Wenn der Typ von dir die Schnauze voll hat, können wir ihn mit pikanten Urlaubsbildern noch um etwas Geld erleichtern«, ergänzte Henrik.

Isa nickte. »Ja, ich hoffe aber, dass wir keinen Plan B brauchen. Im Moment läuft alles sehr gut. Heute Abend nach der Taufe treffen wir uns im Gourmetrestaurant *Maritime*.«

»Dann darf ich also alleine im *All-you-can-eat* Buffet-Restaurant Schlange stehen?«, fragte ihr Sohn mit gespielter Empörung.

»So war es abgemacht. Außerdem bin ich mir sicher, dass du kein Problem haben wirst, ein paar nette Leute kennenzulernen.«

Henrik lachte. »Alles in Ordnung, Mutter. Ich werde es mir schon gut gehen lassen. Wollen wir vor der Rettungsübung noch etwas trinken gehen?«

»Nein.« Isa war wieder eingefallen, was sie zu verdrängen versucht hatte. »Ich denke, ich werde mich noch kurz hinlegen.«

»Hast du was?« Henrik sah sie fragend an. »Du siehst plötzlich ganz besorgt aus. Mutter, wir werden das Kind schon schaukeln. Wie immer.«

Isa schob den Koffer zur Seite und setzte sich auf das Bett. »Ach, das ist es nicht. Wenn dieses schreckliche Mädchen doch nur nicht an Bord wäre.«

»Welches Mädchen?«, erkundigte sich Henrik verwundert.

»Na, diese Vivien Sander.«

»Unsere Taufpatin? Was für eine schöne Frau, oder? Vielleicht sollte ich mich an sie ranschmeißen.«

»Sei still«, zischte Isa. »Du wirst nichts dergleichen tun. Hast du mich verstanden? Die Sander ist tabu.«

Henrik sah seine Mutter erstaunt an. »Was flippst du denn jetzt aus?«

»Ich kenne Vivien.«

Henrik zuckte mit den Achseln. »Jeder kennt sie.«

»Du verstehst mich nicht. Ich hätte diese Reise nie gemacht, wenn ich gewusst hätte, dass sie an Bord ist.«

»Mutter, es ist seit Wochen bekannt, dass Vivien Sander dieses Schiff taufen wird.«

Isa sah ihren Sohn trotzig an. »Das mag ja sein. Da hatte ich die Einladung aber längst angenommen. Und ich habe mich auch nicht weiter mit solchen Nebensächlichkeiten auseinandergesetzt. Jetzt sind wir aber hier und müssen verdammt vorsichtig sein.«

»Jetzt mach es nicht so spannend. Was ist das Problem?«

Isa räusperte sich. »Ich habe früher bei den Sanders geputzt. Es ist eine sehr wohlhabende Familie. Die Sanders haben viele Freunde und gute Kontakte zu der ganz feinen Gesellschaft. Vivi war damals noch ein Teenager und ein verwöhntes Mädchen. Ich musste auch ihr Zimmer putzen.«

»Das konnte ich doch nicht wissen«, verteidigte sich ihr Sohn.

»Natürlich nicht. Ich bin ja auch nicht damit hausieren gegangen, dass mein mageres Gehalt für uns beide nicht ausgereicht hätte, wenn ich nicht noch nebenbei etwas dazuverdient hätte.«

Henrik blickte peinlich berührt zu Boden. »Ich finde nicht, dass du dich dafür schämen solltest.«

»Du hast es noch immer nicht verstanden.« Isa sah ihren Sohn streng an. »Wenn Vivien mich hier erkennt und ausplaudert, dass ich Isa Witte heiße und nicht Gräfin Isolde von Witten-Brandenburg? Ich glaube nicht, dass mein, wie du ihn nennst, *Kunde* noch Interesse an mir hat. Er wird sich hintergangen fühlen und das Geld zurückverlangen.«

Henrik setzte sich neben seine Mutter auf das Bett und nahm sie in den Arm. »Jetzt mach dich nicht verrückt. Das ist doch ewig her. Guck dich mal an. Du bist wunderschön und hast teure Klamotten an. Die Sander würde dich auf keinen Fall wiedererkennen.«

Isa atmete tief durch. »Ich hoffe, du hast recht. Aber was machen wir, wenn Vivien mich trotzdem erkennt?«

Henrik strich seiner Mutter liebevoll über die Wange. »Dann werde ich eine Lösung finden.«

11.

Luca Müller drehte sich mit ausgebreiteten Armen mehrmals um die eigene Achse und ließ sich dann schwungvoll auf das breite Bett der Suite 8202 auf Deck acht fallen. Die Suite lag am Bug des Schiffes. Es gab ein Wohnzimmer und ein separates Schlafzimmer. Durch die Fensterfront blickte man auf das großzügige private Sonnendeck. »Schatz, sie dir das an! Das ist doch unglaublich«, schwärmte Luca.

Karl-Friedrich Behrens musste lächeln, obwohl er eigentlich schlechte Laune hatte. Diese Kreuzfahrt war der reinste Irrsinn. Es waren bestimmt einige 100 Hamburger an Bord. Irgendjemand würde ihn erkennen. Bilder von ihm waren ständig in den Printmedien, und dem lokalen Fernsehsender gab er oft Interviews oder stand für politische Talkshows zur Verfügung. Er war für eine harte Rechtsprechung bekannt. Bei ihm gab es keine Milde. Für Verfehlungen hatte er, als konservativer Richter, kein Verständnis. Wenn rauskam, dass er homosexuell war und sich mit einem viel jüngeren Mann in einer Suite auf einem Kreuzfahrtschiff vergnügte, dann konnte er einpacken. Warum war er mit Luca nicht auf eine Privatinsel auf den Malediven geflogen? Warum hatte er keine Jacht auf Ibiza gechartert? Es hätte so viele sichere Möglichkeiten für einen Liebesurlaub gegeben, wenn er nur gründlicher nachgedacht hätte. Er hätte auf der *Dalia Ocean* zumindest noch eine weitere Kabine buchen müssen. Welcher erwachsene Mann lässt seinen erwachsenen Neffen denn im Wohnzimmer der Suite auf der Couch schlafen?

»Freust du dich denn gar nicht?«, fragte Luca geknickt. Sein Haar war verwuschelt und sein Hemd zu weit offen.

»Doch, ich freue mich, aber ich sage dir auch ganz ehrlich, dass wir unglaublich aufpassen müssen«, erinnerte Karl-Friedrich. »Du bist mein heterosexueller Neffe. Daran musst du die ganze Zeit denken.«

Luca stieg aus dem Bett und nahm ihn in den Arm. »Das weiß ich doch. Mach dir bitte nicht immer so viele Sorgen.« Luca küsste ihn auf die Wange und löste die Umarmung. »Wir stoßen erst mal an.« Luca schnappte sich die Flasche Champagner und die Gläser vom Tisch. »Jetzt komm.« Karl-Friedrich folgte seinem jungen Freund auf den großzügigen Balkon. Der Korken knallte. »Bitteschön, lieber Onkel.« Luca reichte ihm ein Glas. »Ich wollte schon immer mal eine Kreuzfahrt machen. Natürlich konnte ich davon nur träumen. Das weißt du ja. Danke, dass du mir diesen Traum erfüllst.«

»Schon gut.« Karl-Friedrich blickte Luca an und fragte sich, womit er so viel Glück verdient hatte. Luca brachte so viel Begeisterung in seinen Alltag. Viele Dinge entdeckte er ganz neu, als wäre er vorher betriebsblind für sein eigenes Leben gewesen. »Ich hoffe nur, dass mich hier an Bord niemand erkennt und blöde Fragen stellt.«

»Und wenn schon. Ich werde der ideale Neffe sein«, versuchte Luca, ihn zu beruhigen. »Die meiste Zeit sind wir doch hier in der Suite. Und in Oslo und Kopenhagen machen wir unser eigenes Ding. Ich verspreche dir, außerhalb der Suite werde ich mindestens einen Meter Abstand halten, um auszuschließen, dich versehentlich zu berühren.«

Karl-Friedrich trank einen großen Schluck. Er musste sich beruhigen. Luca war kein Idiot. Er würde seine Rolle schon perfekt spielen. »Okay. Ich werde mich nicht weiter verrückt machen. Wir werden das Abenteuer genießen und zwischendurch mit den Damen flirten und ihnen Komplimente machen. Und damit meine ich nicht so ein schwules Gelaber. Du musst zu 100 Prozent heterosexuell rüberkommen. Niemand darf auf komische Gedanken kommen, sonst kostet dieser Trip mich meine Glaubwürdigkeit. Dann kann ich gleich von Bord springen.«

12.

Alexander Harder fuhr mit dem Fahrstuhl auf das Pooldeck. Er hatte sich jetzt ein kühles Bier verdient. In den letzten Stunden hatte er wirklich Stress gehabt. Es war nicht einfach gewesen, noch an Bord der *Dalia Ocean* zu kommen. Eigentlich war es nicht möglich, sich am Tag des Auslaufens noch einzubuchen, das hatte man ihm im Reisebüro deutlich gemacht. Selbst, wenn es noch freie Kabinen gäbe, könnte niemand spontan einchecken und am Cruise Terminal bezahlen.

Die Fahrstuhltüren öffneten sich, und Alexander verließ den Aufzug. Auf Deck zwölf trat er in Freie. Ihm blies eine ordentliche Brise entgegen. Alexander machte sich auf den Weg zur Poolbar. Hier waren schon alle Plätze besetzt. Die fröhlichen Kreuzfahrer glühten bereits vor. Alexander sah sich um. Die Passagiere hatten sich mit Windjacken auf das Hamburger Wetter eingestellt. An der Bar wurden bunte Cocktails gemixt, und die Barkeeper flirteten nebenbei mit den weiblichen Gästen, die Alexander eher unattraktiv fand. Er betrachtete das Pooldeck, und es drehte sich ihm der Magen um. Er bevorzugte gedeckte Farben. Hier war er jetzt in einer Art *Disneyland* gelandet. Alexander Harder atmete durch. Es konnte ihm total egal sein, warum irgendein Designer das Deck so bunt gestaltet hatte. Wahrscheinlich hatte man alles gut durchdacht, Umfragen durchgeführt, und das Ergebnis war eben dieses Bild. Den Passagieren schien es so zu gefallen. Über Geschmack sollte man ja bekanntlich nicht streiten. Entweder man hatte ihn oder man hatte ihn nicht. Alexander drängelte sich durch die Barbesucher und bestellte ein Bier. Anschließend ging er zur Reling und nahm einen tiefen Schluck. Es war ihm tatsächlich gelungen, noch an Bord der *Dalia Ocean* zu kommen. Nachdem das Reisebüro keine Möglichkeit gesehen hatte, wie er so kurzfristig noch mitreisen könnte, hatte er sich selbst darum gekümmert. Er hatte im Internet nach weiteren Informationen zur Schiffstaufe und der anschließenden Kurzreise recherchiert. Als er auf den Namen des Kapitäns gestoßen war, machte sich neue Hoffnung breit, denn er kannte den Mann. Vor ein paar Jahren hatte er das zauberhafte Häuschen von Kapitän Schwarz in Blankenese renoviert. Er hatte sich sehr gut mit ihm verstanden. Sie blieben in Kontakt, spielten ab und zu eine Runde Golf oder trafen sich zum Lunch. Als Alexander ihn vorhin angerufen hatte, mit der Bitte, irgendwie noch mitfahren zu können, gab es keine Probleme mehr. Kapitän Schwarz freute sich, ihn als Gast an Bord begrüßen zu dürfen. Der Kapitän hatte versichert, sich persönlich um die Formalitäten zu kümmern. Alexander nahm sein Smartphone und wählte.

»Alex?«, meldete sich Dennis sofort.

»Teil eins hat schon mal geklappt. Ich bin an Bord«, erklärte Alexander knapp. »Das war gar nicht so einfach, aber ich kenne zum Glück die richtigen Leute.«

»Wow! Ich kann es kaum glauben. Du bist so cool.«

»Hör auf zu schleimen und halt die Klappe«, raunzte Alexander. »Der zweite Teil wird deutlich schwieriger. Ich muss irgendwie an die Sander rankommen und ihr Vertrauen gewinnen. Leider habe ich keine Ahnung, ob sie sich überhaupt unter das normale Volk mischen wird. Wie auch immer. Du kümmerst dich jetzt darum, dass das Apartment mit dem Feinsten ausgestattet wird, was wir am Markt haben. Hast du das verstanden? Nur das Gelbe vom Ei. Ich melde mich wieder. Jetzt geht es erst mal darum, diesem verwöhnten Biest den Wind aus den Segeln zu nehmen. Wünsch mir Glück und gib dir Mühe. Das ist deine letzte Chance.«

»Ich leite alles in die Wege. Nur vom Feinsten. Ich habe verstanden«, versicherte Dennis Heinze.

»Das hoffe ich. Ich will nicht meinen guten Ruf verlieren und meine Firma auch nicht. Wir werden ihre Wohnung so exklusiv ausstatten, dass sie begeistert sein muss und von einer Klage absieht. Trotzdem werde ich versuchen, den Vertrag verschwinden zu lassen. Dann kann sie uns sowieso nichts nachweisen. Ich werde sie schon irgendwie ruhigstellen. Im schlimmsten Fall muss ich sie eben über die Reling schubsen.«

13.

Martin Hartwig öffnete die Tür der Kabine und ließ seiner Tochter Sarah den Vortritt. »Hereinspaziert Mademoiselle.« Seine schlecht gelaunte Tochter schnaubte und trat ein. Er folgte ihr. »Ist das nicht toll? Schau, wir haben sogar einen Balkon.«

»Was ist das?«, fragte Sarah irritiert. »War der Innenarchitekt auf Drogen? Da kriegt man ja Augenkrebs. Hier ist es bunter als in jedem Kindergarten.«

Martin nickte. Sie übertrieb wie immer, aber er persönlich hätte es etwas dezenter auch schöner gefunden. »Macht wahrscheinlich gute Laune«, vermutete Martin mit einem Schmunzeln.

Sarah schüttelte genervt den Kopf. »Also, bei mir wirkt es nicht.«

»Ich weiß, mein Schatz.«

»Was soll das denn wieder?«, giftete seine Tochter ihn an. Sarah öffnete die Balkontür und trat nach draußen. Martin beschloss, ihr Zeit zum Abkühlen zu geben. Er musste behutsam mit ihr umgehen. Sie hatte es nicht leicht. Wochenlang war Sarah in einer Klinik gewesen und hatte gegen die Magersucht gekämpft. Nun galt sie als geheilt, aber was hieß das schon? Er hatte das Gefühl, dass sie immer noch Kalorien zählte und keine große Freude am Essen hatte.

»Der Balkon ist ganz cool, aber sonst?« Sarah setzte

sich missmutig auf das Bett und sah sich genervt um. »Was sollen wir hier überhaupt?«

»Ich dachte, ich mache dir eine Freude.« Martin war enttäuscht, dass Sarah nicht einmal versuchte, sich ein bisschen auf den Urlaub einzulassen. Er hätte sich so gewünscht, etwas Begeisterung bei ihr zu sehen. Martin hatte die Reise bereits vor Wochen gebucht und seine Tochter heute beim Frühstück damit überrascht. Vielleicht hätte er sie nicht so überrumpeln sollen. Dabei versuchte er doch immer nur, alles richtig zu machen. Er war jetzt schon so viele Jahre alleinerziehend und hatte immer gedacht, es würde irgendwann einfacher werden. Nach all den Jahren hätte er sich schon eine neue Partnerin vorstellen können. Nun war er Anfang 50, aber seine Probleme mit Sarah hörten nicht auf. Er war ständig in Sorge wegen ihr. Ein eigenes Leben hatte er schon lange nicht mehr.

»Ich weiß nicht«, murmelte seine Tochter.

»Was denn, Süße?«, fragte Martin gut gelaunt.

»Ach, Papa, hier sind doch bestimmt nur alte Leute.«

Martin atmete tief durch. Der Überraschungstrip war gerade dabei, sich in einen Albtraum zu verwandeln, aber das würde er nicht zulassen. »Sarah, das stimmt doch gar nicht. Wir haben schon beim Einchecken gesehen, dass auch viele junge Menschen an Bord sind. Nun sei doch nicht so voreingenommen. Wir machen uns hier eine schöne Zeit, und in Oslo und Kopenhagen gehen wir shoppen.«

»Da ist alles teurer als zu Hause«, maulte Sarah weiter.

»Das ist mir völlig egal, mein Schatz«, behauptete Martin entschlossen. »Du hast deine Therapie erfolgreich beendet und verdienst Geschenke.«

»Ich glaube, du willst mich hier nur mästen«, behauptete Sarah. Sie verschränkte die Arme und sah ihn feindselig an. »Du vertraust mir nicht, sondern willst alles unter Kontrolle haben. Gratulation! Ich habe ja gar keine Chance abzuhauen. Ich könnte natürlich von Bord springen.«

Martin schüttelte müde den Kopf. Langsam kippte auch seine Stimmung. Warum hatte seine Tochter diese Probleme? Sie war süße 19 Jahre alt und bildschön mit ihren großen blauen Augen und dem vollen blonden Haar. Natürlich war sie immer noch extrem schlank, aber die Therapie war beendet. Mehr konnte man erst mal nicht für sie tun. Sie musste jetzt selbst zurechtkommen. Die Ärzte hatten sie entlassen und ihm die Verantwortung zurückgegeben. Es war ein ständiger Kampf. Er wollte sie doch einfach nur glücklich sehen. Martin riss sich zusammen. »Ach, Sarah, hier gibt es auch Salat. Niemand wird zum Essen gezwungen. Es ist deine Entscheidung. Du bist erwachsen. Ich wünsche mir aber sehr, dass du auf dich achtest.« Er würde alles tun, damit es seiner Tochter gut ging. Noch einen Verlust würde er nicht überleben.

14.

Ein lautes Piepen ertönte. Marianne schreckte hoch. »Um Himmels willen. Was, zum Teufel, ist das?«

»Generalalarm! Generalalarm! Generalalarm zur Übung. Alle Passagiere begeben sich bitte mit ihren Rettungswesten auf die Sammelplätze. Generalalarm zur Übung«, brüllte es aus dem Kabinenlautsprecher. Laura kam vom Balkon zurück in die Kabine. »Jetzt beginnt die Seenotrettungsübung«, erklärte sie fröhlich. Marianne rappelte sich auf und kletterte aus dem Bett. »Ich war gerade eingenickt. Da erschrickt man ja zu Tode. Was passiert jetzt? Wo ist denn dieser Sammelplatz?«

»Wir müssen auf Deck fünf.«

Marianne nahm die Schwimmweste entgegen, die Laura ihr reichte.

»Und wie lange dauert die ganze Chose?«

»Oma, es ist auch meine erste Kreuzfahrt«, erinnerte Laura. »Ich habe keine Ahnung. Auf jeden Fall müssen wir unsere Bordkarten mitnehmen.«

»Was du alles weißt«, staunte Marianne.

Gemeinsam verließen sie die Kabine. Auch aus einer Nebenkabine trat eine Frau auf den Gang. »Wo müssen wir lang?«, fragte Marianne Laura. Die Fremde lächelte und antwortete. »Folgen Sie mir einfach.«

»Danke, das machen wir gern. Da können wir ja froh sein, eine Fachfrau getroffen zu haben.«

Die Frau lachte leise. »Eine Fachfrau bin ich sicher nicht, aber das ist in der Tat nicht meine erste Kreuzfahrt. Kommen Sie.«

Das Treppenhaus war voller Menschen in Schwimmwesten, die sich gut gelaunt auf den Weg zu ihrer Sammelstelle machten. Marianne war beeindruckt. In einem Ernstfall würde das Szenario mit Sicherheit ganz anders aussehen. Sie erreichten Deck fünf und reihten sich in ihre Gruppe ein. Das Schiffspersonal lachte nicht. Es wirkte konzentriert. Vor jeder Gruppe stand eine Person mit Megafon. Die verschiedenen Kabinennummern wurden ausgerufen, und die entsprechenden Passagiere mussten mit einem lauten »Hier!« antworten. Die Karte wurde anschließend von einem Mitarbeiter gescannt. Marianne blickte sich um. Die Dame von eben stand neben ihr. »Wissen Sie, wie lange das hier dauern wird?«

»Das kommt wohl darauf an, ob alle da sind und auch ihre Bordkarten zum Einlesen dabeihaben«, erklärte die Dame. »Ich habe schon mal eine Rettungsübung erlebt, die sich deutlich länger hinzog, weil zwei Passagiere nicht auftauchten. Sie hatten verschlafen.« Sie zwinkerte Marianne zu. »Wahrscheinlich Hochzeitsreise.«

Marianne grinste. »Kann man ja verstehen.«

»Schon, aber für die anderen 2.000 Gäste ist das blöd.«

»Da haben Sie natürlich recht. Ich bin übrigens Marianne, und das ist meine Enkelin Laura. Ich nehme mal an, dass wir im Unglücksfall demselben Rettungsboot zugeteilt sind?«

»Ich denke schon«, antwortete die Dame. »Ich bin Isolde, aber nennen Sie mich einfach Isa.«

»Kabine 6119!«, brüllte es aus einem Megafon.

»Hier!«, rief Laura. Wenige Minuten später war der ganze Spuk vorbei. Die Rettungsübung war beendet, und die Passagiere verließen fröhlich das Deck. »Komm, Oma. Wir fahren gleich vom Cruise Center zu den Landungsbrücken. Da wird später die *Dalia Ocean* getauft. Wir sollten auf die Kabine gehen und uns hübsch machen.«

In der Kabine befreiten sie sich von den Schwimmwesten. »Das war schon ein komisches Gefühl eben«, gab Marianne zu.

Laura stand vor dem Spiegel und tuschte sich die Wimpern. »Ja, fand ich auch. Aber irgendwie ist es auch beruhigend zu wissen, was man im Notfall zu tun hat. Du machst dir aber nicht wirklich Sorgen, oder?«

»Ach Quatsch.« Marianne schüttelte energisch den Kopf. »Ich habe vollstes Vertrauen in dieses hochmoderne Schiff.«

Laura warf die Mascara zurück in ihr Schminktäschchen und sah sie schmunzelnd an. »Das Schiff ist noch nicht getauft. Früher galt eine Reise auf einem ungetauften Schiff als sicheres Zeichen für ein schnelles Ableben.«

Marianne lachte. »Ach, Laura, ungetauft fahren wir ja gleich nur ein paar 100 Meter weit. Und wenn etwas passieren sollte, dann hoffe ich mal, dass es uns nicht trifft.«

15.

Oliver Kramer war nach der Rettungsübung in seine Innenkabine 4412 auf Deck vier zurückgekehrt. Nun saß er auf dem Bett und ärgerte sich über sich selbst. Eigentlich sollte er hier alles furchtbar finden. Als Umweltaktivist kämpfte er unter anderem auch gegen den Kreuzfahrttourismus. Die meisten Schiffe waren echte Dreckschleudern. Man hatte errechnet, dass ein einziges Schiff etwa so viel Feinstaub ausstieß wie eine Million Autos. Ganz zu schweigen vom CO2 und Schwefeldioxid. Es war doch nicht zu fassen, dass man auf diesen Riesen einsame Fjorde ansteuerte, um die frische Luft zu genießen. Die schlechte Bezahlung des Personals aus dem Fernen Osten war ein weiterer Punkt. Es war auch nicht uninteressant, sich mit dem internationalen Seerecht zu beschäftigen. Viele Schiffe, auch die *Dalia Ocean*, fuhren nicht unter deutscher Flagge. Außerhalb der zwölf-Meilen-Zone galt das Recht des Flaggenstaates. Das klang vielleicht banal, konnte aber kompliziert werden, wenn es an Bord zu einem Verbrechen käme. Zudem wurden unglaubliche Massen an Lebensmitteln weggeschmissen, weil sich die Passagiere die Teller voll schaufelten, etwas probierten und den Rest abräumen ließen, um sich sofort den nächsten Teller zu beladen. Oliver war hier an Bord, um dieses Verhalten zu dokumentieren und Fakten zu sammeln. Sein Problem war nur, dass er es bis jetzt auf der *Dalia Ocean* sehr angenehm fand. Das Personal war unglaublich freundlich, und die Kabine wirklich gemütlich. In Hamburg lebte er mit seinen 26 Jahren in einer Wohngemeinschaft mit vier weiteren Umweltschützern in der Schanze. Oft teilte er sein Zimmer noch mit Verbündeten, die zu Demonstrationen und Kundgebungen angereist waren. Da musste man in der eigenen Wohnung vor der Toilette schon mal anstehen. Nicht, dass Oliver das wirklich schlimm fand, er hatte sich das ja selbst so ausgesucht. Trotzdem freute er sich über die Tatsache, dass er in den nächsten Tagen einmal in Ruhe auf dem Klo sitzen konnte, ohne dass jemand an die Tür klopfte und ihn zur Eile drängte. Dieser Job brachte tatsächlich Annehmlichkeiten mit sich, stellte Oliver zufrieden fest. Natürlich war er sich der Verantwortung bewusst. Er musste Augen und Ohren offen halten und jeden Tag Protokoll schreiben. Er war nicht zum Spaß hier. In Oslo würde er die Norweger Kollegen einer befreundeten Umweltorganisation persönlich kennenlernen. Man würde über zukünftige gemeinsame Aktionen nachdenken und nach Möglichkeiten suchen, mehr Aufmerksamkeit zu erregen. Der Planet Erde war kurz vor dem Kollaps. Dazu durfte es auf keinen Fall kommen. Die gestopfte Gesellschaft musste das endlich einsehen. Die Zeit lief davon. Es war wichtig, ein Zeichen zu setzen. Oliver stand auf und griff nach seiner Jacke und der Kamera. Er wollte Fotos von der Taufe machen und sich einen ersten Eindruck von den Passagieren machen. Er kämmte sich mit den Fingern durch seinen Wuschelkopf. Hätte er sich rasieren sollen? Er verwarf den Gedanken sofort. Dann sah er eben aus wie ein Höhlenmensch. Es ging schließlich nicht darum, mit diesen spießigen Gästen ins Gespräch zu kommen, sondern ihr Verhalten zu studieren. Auf dem Pooldeck würden gleich die herausgeputzten Passagiere mit Sektgläsern in der Hand der Zeremonie beiwohnen, und Tausende Schaulustige würden am Ufer stehen, um die Feier aus der Ferne zu sehen. Viele Prominente waren geladen, und ein Supermodel war Patin. Es war auch ein Feuerwerk geplant. Keiner der Gäste würde in dem Moment an die Umweltschäden denken, die ihr Kurztrip anrichtete. Es wurde wirklich Zeit für ein Zeichen. Diese Ahnungslosen mussten endlich begreifen, dass diese Art zu reisen auch eine falsche und gefährliche Seite hatte.

16.

Die *Dalia Ocean* legte ab und fuhr langsam vom Cruise Center Altona zu den Landungsbrücken, dem Ort seiner Taufzeremonie. Marianne und Laura betraten das mit Passagieren gefüllte oberste Deck. Es herrschte eine erwartungsvolle Stimmung. Auf der Bühne war ein Pult mit Mikrofon aufgebaut worden. Hier würde Vivien Sander gleich stehen und das Schiff taufen. Die Zeremonie wurde auf einem riesigen Bildschirm oberhalb der Bühne übertragen, damit auch weiter entfernt stehende Gäste nichts von der Taufe verpassen würden.

»Na, hier ist ja schon richtig was los«, stellte Marianne vergnügt fest und nahm sich ein Glas Sekt vom Tablett einer Stewardess. »Wo wollen wir hin?«

Laura zuckte mit den Schultern. »Wir können das Geschehen von überall auf dem Bildschirm verfolgen.«

»Nein«, widersprach Marianne. »Also wenn ich schon mal dabei sein kann, will ich die Taufe auch aus der Nähe sehen.«

»Gut, dann müssen wir uns nach vorne drängeln und unseren Platz eventuell hart verteidigen.« Laura steuerte ihre Großmutter zu einer kleinen Gruppe, die erstklassige Sicht auf die kommende Zeremonie hatte.

»Guten Abend«, grüßte Marianne. »Dürfen wir uns dazustellen? Wir machen uns auch ganz dünn.«

»Selbstverständlich«, antwortete ein gut aussehender Herr um die 50. Er trat ein Stück zur Seite und lächelte sie freundlich an.

»Ich bin Marianne, und das ist meine Enkelin Laura.«

»Ich heiße Martin, und diese hübsche Frau ist meine Tochter Sarah.«

»Du bist so peinlich, Papa«, maulte Sarah und rollte genervt mit den Augen.

»Ach, jetzt hab dich doch nicht so.«

»Sind Sie auch so gespannt?« Marianne strahlte die Gruppe an.

»Auf jeden Fall«, gab Martin lächelnd zu. »So eine Schiffstaufe bekommt man ja nicht alle Tage geboten.«

Ein junger Mann mit zwei Sektgläsern in den Händen näherte sich der Gruppe und sah sich um.

»Ich bin hier«, antwortete eine elegant gekleidete Dame mit Hochsteckfrisur. Sie nahm ihm eines der Gläser ab. »Danke.«

»Das war gar nicht so einfach, im Gedrängel an die Drinks zu kommen«, nörgelte der Mann.

»Ja, wenn es mal was umsonst gibt, oder?«, folgerte Marianne augenzwinkernd.

»Da haben Sie recht«, stimmte die Dame zu. »Wie im Schlussverkauf früher.«

Marianne stutzte kurz. »Wir kennen uns doch von der Rettungsübung. Isa, richtig? Sie waren so nett, uns den Weg zu zeigen.«

»Ja, stimmt«, antwortete Isa und nippte an ihrem Glas. »Entschuldigen Sie, ich fürchte, ich habe Ihren Namen vergessen.«

Marianne winkte ab. »Das ist doch nicht schlimm. Marianne Larsen.«

Der junge Mann blickte in die Runde und grinste Sarah und Laura an. »Hey, ich bin Henrik. Ich bin nicht der Toyboy, sondern einfach nur ihr Sohn.«

»Toyboy?« Sarah schnaufte verächtlich. »Für einen Toyboy hätte ich dich bestimmt nicht gehalten.«

»Nee«, stimmte Laura zu. »So ein Toyboy muss doch richtig heiß aussehen.«

»Der war gut«, lachte Sarah. Laura grinste breit.

»Na, vielen Dank auch.« Henrik blickte sie kurz mürrisch an, begann dann aber ebenfalls zu lachen. Plötzlich wurde die Musik lauter, und der Kapitän betrat mit Vivien Sander die Bühne. Vivien trug ein gewagtes silbernes Kleid, und an ihren Ohren funkelte ein Meer von Diamanten. Das Model blickte lächelnd in die Kamera, und ihre perfekten weißen Zähne strahlten überdimensional auf dem Bildschirm.

»Sie ist wirklich eine sehr schöne Frau«, bemerkte Marianne. Laura nickte zustimmend.

»Wegen diesen Frauen, diesen Supermodels, sind die Kliniken voll mit essgestörten Mädchen«, erklärte Sarah kopfschüttelnd. »Aber hübsch ist sie schon, das muss ich zugeben. Das ist einfach ungerecht.«

Die Musik wurde leiser, und der Kapitän trat ans Pult. »Liebe Taufgäste, liebe Crew, herzlich willkommen im schönen Hamburg zu dieser besonderen Zeremonie. Wir freuen uns sehr, dass wir einen internationalen Star als Taufpatin gewinnen konnten. Bitte begrüßen Sie Vivien Sander.« Der Kapitän ging zurück, und Vivien trat, von donnerndem Applaus begleitet, an das Mikrofon. Sie ließ ihren Blick über die Taufgäste schweifen. Als sie gefunden hatte, was sie gesucht hatte, lächelte sie in die Richtung. Marianne bemerkte das und folgte ihrem Blick. Nicht weit von ihr stand ein sehr gut aussehender Mann, der das Lächeln erwiderte. Marianne erkannte ihn sofort. Es war der neue Freund, den sie ein paar Stunden zuvor mit Vivien in der Hotelbar gesehen hatte. Nach einer weiteren Welle des Applauses begann das Zeremoniell.

»Du wundervolles Schiff. Ich taufe dich auf den Namen *Dalia Ocean*. Ich wünsche dir, deiner Crew und deinen Gästen allzeit gute Fahrt und immer eine

Handbreit Wasser unter dem Kiel.« Vivien blickte feierlich in die Kamera und drückte dann den Hebel, der einen Mechanismus auslöste und die Flasche gegen den Schiffsbug knallen ließ. Auf dem Bildschirm war nun zu sehen, wie die Flasche zerbarst. Die Menschen auf dem Schiff und an Land applaudierten und jubelten. Im selben Moment startete eine gewaltige Licht- und Lasershow, und feierliche Musik dröhnte aus den Boxen. Im Bild war nun wieder das Geschehen auf der Bühne. Der Kapitän überreichte Vivien einen gewaltigen Blumenstrauß, und das Supermodel schenkte ihm sein schönstes Lächeln. Nur wenige Augenblicke später legte die *Dalia Ocean* ab. Das Schiffshorn dröhnte tief zum Abschied, und am Himmel funkelte ein Feuerwerk.

»Das ist ja der helle Wahnsinn«, staunte Marianne.

»Allerdings«, stimmte Laura fasziniert zu. »Ich hatte mir das gar nicht so bombastisch vorgestellt. Und sieh mal, all die Menschen am Ufer. Das ist wirklich toll.«

Die Passagiere verteilten sich auf dem Deck oder winkten von der Reling. Viviens gut aussehender Freund stand etwas abseits an einer Säule. Marianne fragte sich, ob er auf die berühmte Taufpatin wartete. Tatsächlich, da kam sie herbeigeschwebt.

»Oma? Wollen wir auch an die Reling gehen? Der Blick auf die Stadt muss großartig sein.«

»Ja, gleich«, stimmte Marianne zu und deutete auf das Model. »Guck mal.«

»Das ist Vivien«, flüsterte Laura aufgeregt. »Und da steht ihr neuer Typ.«

Der Mann gab dem Model einen Kuss und nahm ihre Hand. Die beiden wollten gerade gehen, als sich ihnen eine zierliche Frau mit kinnlangem dunklem Pagenschnitt in den Weg stellte.

»Hallo, ihr Turteltauben. Überraschung!«, rief sie dem Paar laut zu.

Vivien zuckte zusammen. »Ich fasse es nicht.«

»Lilly? Verdammt, was machst du hier?«, fragte Viviens Begleiter. Er musste seine Wut zügeln. Schützend legte er den Arm um das Model.

»Ich mache einen kleinen Urlaub. Die letzte Zeit war für mich sehr hart. Aber wem sage ich das? Es ist natürlich reiner Zufall, dass ich mich für diese Reise auf der *Dalia Ocean* entschieden habe.«

»Das glaubst du doch wohl selber nicht«, zischte Vivien. »Du bist ja krank. Noah, ich will in die Kabine.«

»Ja, wir gehen.« Noah hob drohend den Finger. »Lilly, ich warne dich. Treib es nicht zu bunt.«

»Du hast mir gar nichts zu sagen«, erwiderte die junge Frau. Sie blickte ihn böse an und verschwand dann in der Menge.

»Was war das denn gerade?«, wunderte sich Laura, nachdem auch das schöne Paar erhobenen Hauptes gegangen war. Marianne zuckte mit den Schultern. »Ich würde sagen, ein ziemlich mysteriöser Auftritt.«

»Auf jeden Fall kannten die drei sich.«

Marianne nickte. »Ja, aber über dieses Wiedersehen schienen die schöne Taufpatin und ihr Begleiter nicht besonders erfreut zu sein.«

17.

Doktor Christina Winter sah sich im Bordhospital um und seufzte. Hier würde sie nun die nächsten Monate arbeiten und sich um erkrankte oder verletzte Passagiere und Crewmitglieder kümmern. Gerade hatte sie von der Kollegin eine detaillierte Einweisung bekommen. Die Klinik der *Dalia Ocean* war sehr gut ausgestattet. Neben dem normalen Behandlungsraum gab es einen weiteren, in dem sowohl ein Röntgengerät als auch ein Ultraschallgerät standen. Sogar ein Intensivzimmer mit Organüberwachungsgeräten und Defibrillator war zur Verfügung. Auch Laboruntersuchungen konnten im Hospital durchgeführt werden. Ernsthaft Erkrankte wurden so schnell wie möglich am nächsten Hafen in ein Krankenhaus verlegt. In besonders schweren Fällen konnten Patienten auch per Helikopter abgeholt und in eine Klinik geflogen werden. Christina Winter hatte in Vorgesprächen erfahren, dass sie es in erster Linie mit seekranken Passagieren zu tun haben würde. Nach Stürzen bei höherem Seegang oder auch zu viel Alkohol gäbe es auch mal einen umgeknickten Fuß zu verarzten oder eine Platzwunde zu nähen. Aber natürlich konnte es insbesondere bei den älteren Kreuzfahrern immer mal zu Komplikationen kommen. Diese Bordklinik war eine schwimmende Notfallambulanz, bei der man nie wissen konnte, was als Nächstes geschehen würde. Christina Winter kämpfte mit den Tränen. Dieser Job hatte einfach nichts mit ihrer früheren Arbeit zu tun. Ihre eigene kleine Praxis für Plastische Chirurgie in Düsseldorf war ihr ganzer Stolz gewesen. Die Schönen und Reichen rannten ihr die Bude ein. Neue Näschen, aufgepumpte Lippen, gestraffte Pos oder neue Brüste hatten ihr ein luxuriöses Leben ermöglicht. Hunderte von Eingriffen hatte sie vorgenommen. Immer war alles wunderbar verlaufen. Doch dann war sie durch eine einzige Operation ohne eigene Schuld in eine katastrophale Situation geraten. Doktor Christina Winter zog sich den Arztkittel über und band sich das hellbraune Haar zurück. Sie hatte keine Wahl. Jetzt würde sie hier ausharren müssen, bis Gras über die Sache gewachsen war.

18.

Vivien Sander lief nervös durch ihre Suite am Heck auf Deck acht. Sie war außer sich. Dass Lilly es wagte, sich an Bord der *Dalia Ocean* aufzuhalten, machte sie unglaublich wütend. Das hier war ihre Reise. Sie war der Stargast. »Was will sie damit bezwecken? Die ist doch krank«, schimpfte Vivien.

Noah Hofmann stand an der Terrassentür und blickte ans Ufer. Gerade waren sie an Blankenese vorbeigefahren. Es hätte alles so schön sein können. Diese Suite war genau nach seinem Geschmack. Die Reederei hatte zudem noch frische Blumen, Champagner und Schokolade bereitgestellt. »Hast du gesehen, dass man dir wundervolle Rosen in die Kabine gestellt hat?«, erkundigte er sich, um seine Frau auf andere Gedanken zu bringen.

»Und?«, fragte Vivien achselzuckend.

Typisch Vivi, dachte Noah. Für sie waren Aufmerksamkeiten selbstverständlich. Alle behandelten Vivien Sander wie eine Prinzessin. Alle, bis auf Lilly.

»Ich kann es gar nicht fassen. Sie ist doch total verrückt geworden«, zeterte Vivien weiter. »Wie hast du es nur mit dieser Wahnsinnigen ausgehalten?«

Noah seufzte genervt. »Lilly ist total verletzt und unglücklich. Das kannst du dir doch vorstellen. Ich habe sie für dich verlassen. Natürlich fühlt sie sich betrogen, und das zu Recht.«

Vivien nahm die wertvollen Ohrringe ab und warf sie achtlos auf den Nachttisch.

»So ein Quatsch. Auf mich wirkte sie gerade gar nicht unglücklich. Sie hat ihren Auftritt doch genossen. Sie will uns den Spaß verderben, das ist alles.« Wütend zog sie das teure Abendkleid über den Kopf und schleuderte es in eine Ecke. Noah betrachtete sie besorgt.

»Schatz, jetzt beruhige dich bitte. Lilly kann uns nur den Spaß verderben, wenn wir das zulassen. Wir sind zusammen, und alles andere ist mir egal. Soll sie doch versuchen, uns zu ärgern. Jetzt zieh dir was Hübsches an und komm mit raus auf die Terrasse. Ich möchte mit dir die Aussicht genießen. Hör auf, dir Gedanken über Lilly zu machen.«

»Was für ein peinlicher Auftritt«, wetterte Vivien weiter. »Ich hoffe, dass nicht so viel Passagiere davon etwas mitbekommen haben. Was plant sie wohl als Nächstes?«

»Wir müssen ihr doch gar nicht begegnen. Wir bleiben einfach auf unserer Suite, und zum Essen gehen wir in das Gourmetrestaurant.« Noah zwinkerte seiner Frau zu. »Da sind wir vor Lilly sicher, denn das kann sie sich auf keinen Fall leisten.«

Vivien nickte noch immer verärgert und schlüpfte in einen schwarzen Hosenanzug.

»Laut Vertrag muss ich mich auf dem Schiff schon ein bisschen zeigen. Viele Passagiere haben extra diese Reise gebucht, um mich zu sehen. Wer bin ich denn, dass ich mich von dieser Person einschüchtern lasse? Nein, Noah, sie wird nicht gewinnen. Auch wenn ich ihr auf keinen Fall noch einmal begegnen möchte, werde ich nicht zulassen, dass sie mein Leben hier an Bord beeinflusst.«

»Vivi, es sind doch nur drei Tage«, erklärte er ruhig. »Oslo und Kopenhagen sind groß genug, um sich nicht über den Weg zu laufen.«

Sie funkelte ihn böse an. »Und was machen wir, wenn sie am Ausgang wartet und uns folgt?«

»Dann nehmen wir ein Taxi, und weg sind wir. Schluss jetzt. Wir werden einfach das Beste aus der Situation machen und fertig.«

Vivien massierte sich erschöpft die Schläfen. »Ach, Noah, ich kann gar nicht glauben, dass ich mal mit ihr befreundet war. So ein Miststück.«

19.

Marianne und Laura hatten noch länger an der Reling gestanden und bei einem Gläschen Sekt den Blick auf das Elbufer genossen. Hungrig betraten sie jetzt das Buffet-Restaurant *Nautilus*. Das Lokal war gut besucht. Die Passagiere ließen sich nach der aufregenden Taufe das Essen schmecken. Das Angebot der Speisen war sehr reichhaltig. Es gab diverse Vorspeisen, warme Gerichte, Salate, Desserts, Käse und mehr.

»Das sieht aber alles sehr lecker aus«, bemerkte Marianne, als sie an den verschiedenen Büfetts vorbeigingen, um zu den Tischen zu gelangen. »Ich werde mir zuerst einen gemischten Vorspeiseteller zusammenstellen.«

»Wir sollten erst mal einen freien Platz finden«, schlug Laura vor.

»Das könnte schwierig werden«, erwiderte Marianne, während sie langsam durch das Restaurant gingen und sich umblickten.

»Ach, guck mal, Oma. Da hinten sitzen Martin und Sarah. Sie winken uns zu. Bei ihnen ist noch was frei. Das ist doch super.«

Martin stand galant auf, als sie seinen Tisch erreichten, und rückte Marianne den Stuhl zurecht.

»Vielen Dank. Ein Kavalier alter Schule.«

»Das ist doch selbstverständlich«, versicherte Martin schmunzelnd. »Schön, dass wir zusammen essen. Sarah hatte große Angst, nur von sabbernden Rentnern umgeben zu sein.«

Marianne lachte. »So schlimm ist es ja wirklich nicht. Ich bin in der Tat überrascht, wie viele junge Leute und Familien mit Kindern an Bord sind. So, und jetzt kümmere ich mich um die Vorspeise. Laura? Kommst du mit?«

Es blieb nicht bei einem Gang zum Büfett. Laura, Marianne und Martin ließen sich die Köstlichkeiten schmecken. Nur Sarah hielt sich zurück und nahm nur einmal Salat nach.

»Hast du denn keinen Hunger?«, fragte Laura erstaunt.

»Das ist ein schwieriges Thema«, deutete Martin vorsichtig an.

»Papa, ich kann das selber erklären«, maulte Sarah und blickte ihren Vater zornig an. »Ich hatte eine Essstörung und habe eine Therapie gemacht. Es geht mir jetzt viel besser, aber ich bin vorsichtig. Ich esse genug und gesund, anstand zu fressen und zu kotzen. Könnten wir jetzt bitte das Thema wechseln?«

»Klar«, antwortete Laura sofort. »Ist das auch eure erste Kreuzfahrt? Oma und ich waren richtig aufgeregt.«

Martin nickte. »Ja, es ist auch unsere erste Reise auf so einem Schiff, und ich muss sagen, dass es mir richtig gut gefällt. Das ist schon praktisch, sein Bett immer dabei zu haben. Wir werden die Hauptstädte zweier Länder besuchen und müssen nicht mal den Koffer neu packen.«

»Ach, Martin, das haben Sie wunderbar zusammengefasst«, bemerkte Marianne. »Früher brauchte ich zwar nur einen Rucksack auf meinen Reisen, aber heute bin ich sehr glücklich, quasi ein ganzes Zimmer bei mir zu haben. Ich freue mich wirklich sehr auf Oslo und Kopenhagen.«

»Wo leben Sie sonst?«, wollte Martin wissen.

»Im schönen Kiel.«

»Wohnst du auch in Kiel?«, fragte Sarah.

Laura schüttelte den Kopf. »Nein, nicht mehr. Ich wohne in Hamburg und studiere Medizin. Oma hat mir die Reise geschenkt, damit wir ein paar Tage zusammen sind und was Besonderes erleben.«

»Wie bei uns«, verkündete Martin. »Na dann. Stoßen wir an, auf ein paar unvergessliche Tage.«

»Wo kommt ihr denn her?«, erkundigte sich Laura nach dem Toast.

»Papa und ich wohnen in Bremen. Das ist nicht so cool wie Hamburg, aber immer noch besser, als auf dem Land zu leben.«

Langsam leerte sich das Restaurant. Auf der Bühne auf dem Pooldeck würde in Kürze eine Show beginnen, und zur Feier des Tages wurden die Gäste auf Sekt und Cocktails eingeladen. Die Kellner waren bereits dabei, die Tische abzudecken, als noch eine verspätete Passagierin das Restaurant betrat.

»Das ist doch die Frau, die mit Vivien Sander gestritten hat«, flüsterte Laura ihrer Oma zu.

»Ja, genau. Lilly.« Marianne beobachtete, wie die Frau sich an einen noch eingedeckten Tisch setzte, sich ein Glas Wein einschenkte und es zügig leerte. Sofort füllte sie es wieder. »Na, die hat aber Durst«, wunderte sich Marianne.

»Sagt mal, wollen wir uns nicht zusammen die Show ansehen?«, fragte Sarah in die Runde.

Martin schüttelte den Kopf. »Ich würde gerne erst mal die Koffer auspacken. Der Tag war lang, und ich bin echt kaputt. Aber ihr solltet euch das anschauen und euch vergnügen.«

»Ich bin auch nicht dabei«, erklärte Marianne. »Ich gehe jetzt an eine Bar und genehmige mir ein Glas Rotwein. Ich werde die frische Luft genießen und den fantastischen Blick auf das Meer. Aber du kannst Sarah doch begleiten.«

»Aber Oma, ich kann dich doch nicht einfach so alleine lassen«, meinte Laura besorgt.

»Natürlich kannst du das. Noch bin ich kein Pflegefall. Mach dir keine Sorgen. Ich fühl mich nicht einsam«, versicherte Marianne. »Vielleicht lerne ich an der Bar ja sogar noch ein paar spannende Leute kennen.«

20.

Karl-Friedrich Behrens und Luca Müller nahmen ihre Plätze im Gourmetrestaurant *Maritime* ein. Der Richter trug einen leichten Sommeranzug, und Luca war lässig in Jeans und ein schlichtes hellblaues Hemd gekleidet. Sie hatten gemeinsam entschieden, dass diese Outfits gut zu einem Onkel und seinem Neffen passen würden. Karl-Friedrich sah sich um. Er war positiv überrascht von dem geschmackvollen Ambiente. Man hatte sie an einem eleganten Zweiertisch am Fenster platziert und ihnen die Speisekarte gereicht. Anders als in den verschiedenen Büfett-Restaurants war das Essen hier nicht inklusive. Die Gerichte und die exklusiven Menüs mussten extra gezahlt werden. Karl-Friedrich waren die Kosten vollkommen egal. Er würde sich niemals mehr in eine Schlange vor ein Büfett stellen wie ein Student. Außerdem ging er davon aus, dass die Klientel in dem hochklassigen Restaurant mehr Niveau hatte als der gemeine All-Inclusive Tourist, der sich den Teller nicht voll genug auffüllen konnte. Der Hauptgrund war aber, dass er so wenig Menschen wie möglich begegnen wollte. Er durfte einfach nicht erkannt werden. Karl-Friedrich atmete tief durch und versuchte, sich zu entspannen. Luca sah ihn mit großen Augen an. »Hast du die Karte gelesen?«

»Noch nicht«, gab er zu.

»Ravioli von der Garnele mit weißem Basilikumschaum, Trilogie vom Thunfisch, rosa Lammrücken unter Olivenkruste. Und das Dessert. Ananascarpaccio mit Kokosmousse und Passionsfruchtsoße. Das klingt doch köstlich.«

Der Richter lächelte. »Dann bestellen wir also das Menü?«

Luca nickte strahlend. Karl-Friedrich Behrens winkte dem Kellner. Luca würde alles von ihm bekommen. Er verdiente jeden Luxus, der in seinem früheren Leben keine Rolle gespielt hatte, weil Luca ihn sich gar nicht hatte leisten können. Er hatte ihm eine völlig neue Welt gezeigt, und Luca gab ihm mit seiner Liebe einfach alles zurück.

»Sie haben gewählt?«, fragte der Kellner.

Karl-Friedrich nickte. »Wir nehmen das Menü mit den passenden Weinen.«

»Darf es ein Aperitif sein?«

Er hätte gern Champagner bestellt, aber trank man mit seinem Neffen Champagner? »Ich nehme einen trockenen Martini. Was ist mit dir, Junge?«

Luca sah ihn irritiert an, und sein Mund zuckte verdächtig. Karl-Friedrich befürchtete schon, dass er einen Lachanfall bekommen würde, doch Luca hatte sich sofort wieder im Griff. »Ich hätte gerne einen Gin Tonic.« Der Kellner verschwand. »*Junge*? Meinst du, dass ein Onkel wirklich *Junge* sagt?«

»Ich habe keine Ahnung. Ich habe keinen Neffen. *Schatz* schien mir an der Stelle unpassend zu sein.«

Luca nickte amüsiert. »Onkel Karl, alles ist gut. Wir bekommen das wunderbar hin.« Sie bekamen ihre Aperitifs und wenig später die Vorspeise serviert. »Ach, das ist aber lecker«, schwärmte Luca. »Wir brauchen unbedingt eine Nudelmaschine. Ich könnte versuchen, diese Ravioli mal selbst zu machen. Schmeckt es dir auch so gut? Karl?« Der Richter war in Gedanken vertieft. »Hey? Du sagst gar nichts.« Der Richter blickte immer wieder nervös zur Tür. Er fühlte sich wie in einer Falle. »Was ist denn los?«, fragte Luca besorgt. »Ist dir nicht gut?«

»Diese Vivien Sander. Ich weiß jetzt wieder, woher ich sie kenne. Ihr Vater ist Mitglied im selben Golfklub wie ich. Er hatte sie vor Jahren ein paar Mal mitgebracht. Da war sie noch ganz jung und ging in Hamburg zur Schule.«

Luca sah ihn überrascht an. »Ach? Du kennst ein internationales Supermodel persönlich und hast vergessen, woher du sie kennst? Also wirklich. Ich finde das sehr aufregend. Ich würde sie gerne kennenlernen. Stellst du sie mir vor?«

»Bist du vollkommen übergeschnappt?«, zischte der Richter eine Spur zu laut. »Ihr Vater weiß, dass ich ein Einzelkind bin. Wir haben uns öfter über unsere Familien unterhalten. Vivien könnte das also auch wissen.«

Luca verstand nicht, vorauf Karl-Friedrich hinauswollte. »Ja und?«

Der Richter sah ihn streng an. »Hast du mir nicht zugehört? Denk doch mal nach. Ich kann dann wohl kaum dein Onkel sein.«

Luca hob beschwichtigend die Hände. »Jetzt beruhige dich mal. Wir gehen ja nicht damit hausieren, dass ich dein Neffe bin. Außerdem sind hier 2.000 Passagiere an Bord. Selbst wenn wir ihr über den Weg laufen sollten, warum sollte sie sich an dich erinnern? Du bist einfach ein alter Mann, den sie vor Jahren mal kennengelernt hat. Ich hätte nicht gedacht, dass du so paranoid sein kannst.«

Karl-Friedrich blickte ihn zornig an. »Nenn es, wie du willst. Ich weiß nur, dass sie, falls sie uns zusammen sieht, eins und eins zusammenzählen könnte. Sie wird es ihrem Vater erzählen, und in kurzer Zeit werden sich alle in der Hamburger Gesellschaft das Maul darüber zerreißen. Früher oder später wird es in der Presse landen, und dann bin ich erledigt.«

21.

Vivien Sander stand am Tresen in der offenen *Seabreeze Bar* am Heck der *Dalia Ocean* und trank einen Wodka Tonic. Auf der Kabine hatte sie es nicht mehr ausgehalten. Noah hatte die ganze Zeit versucht, die Sache herunterzuspielen. *Die arme Lilly. Es sind doch nur drei Tage. Hauptsache, wir sind zusammen.* Vivien hatte das nicht mehr hören wollen. Sie musste einfach mal eine kurze Zeit für sich sein. Vivien versuchte, sich zu beruhigen, und blickte auf das Meer. Die Bar war zum Glück fast leer. Entweder waren die Leute noch beim Essen oder sie sicherten sich die besten Plätze auf dem Pooldeck. Noah meinte es ja eigentlich nur gut mit ihr. Was auf gar keinen Fall geschehen durfte, war, dass Lilly einen Keil zwischen sie trieb. Vivien musste einsehen, dass sie viel zu aufbrausend reagiert hatte und beschloss, sich später bei Noah zu entschuldigen.

Marianne erreichte die Bar und sah sich erstaunt um. »Oh, hier ist ja gar nichts los.« Sie stellte sich an die lange Theke und studierte die Karte. Der Barkeeper stellte ein frisch poliertes Glas ins beleuchtete Regal zurück und schenkte ihr dann seine volle Aufmerksamkeit. »Guten Abend. Sie haben recht, noch ist es etwas ruhig. Auf dem Pooldeck gibt es bunte Cocktails aufs Haus, oder besser aufs Schiff. Danach wird noch eine abwechslungsreiche Bühnenshow aufgeführt.«

»Ich mach mir nicht so viel aus Cocktails und Shows«, erklärte Marianne. »Ich nehme einen Rotwein.«

»Sehr gerne, Madame.«

Sie lächelte Vivien zu. Das Model nickte freundlich zurück. »Und warum stehen Sie hier so ganz alleine herum?«, erkundigte sich Marianne freundlich.

»Ich musste mal kurz durchatmen. Der Tag war zum Teil sehr stressig«, antwortete Vivien und nahm einen großen Schluck von ihrem Drink.

»Sie haben das mit der Taufe wirklich ganz wunderbar gemacht. Sie sahen auch fantastisch aus. Dieses Kleid war ja atemberaubend. Ich bin übrigens Marianne.«

»Danke.« Vivien war erstaunt, dass sie sich über das Kompliment der älteren Dame tatsächlich freute. Schließlich war sie es gewohnt, den ganzen Tag zu hören, wie wunderschön sie war. Es musste daran liegen, dass ihre

Stimmung im Keller war. »Es ist wirklich perfekt gelaufen, bis …«

»Bis diese junge Frau aufgetaucht ist?« Marianne nippte an ihrem Rotwein. »Kennen Sie sich?«

Vivien nickte. »Ja. Das war Lilly. Sie ist die Ex-Freundin meines Mannes und sie war auch eine gute Freundin von mir. Sie kommt einfach nicht damit klar, dass er sie verlassen hat.« Vivien lachte nervös. »Sie hat mir privat böse Mails geschrieben und mich beschimpft. Sogar auf meinem *Instagram* Profil hat sie versucht, mich lächerlich zu machen. Ich habe das alles ausgehalten, aber jetzt dreht sie richtig durch. Ich kann gar nicht glauben, dass sie wirklich an Bord ist. Ich würde einem Kerl doch nicht so billig hinterherrennen. Was glaubt sie denn, was sie damit erreicht? Dass er ihr in die Arme fällt und um Verzeihung bittet? Lächerlich.« Vivien merkte, wie ihr Tränen aufstiegen.

Marianne sah sie besorgt an. »Wollen wir uns dort an einen der Tisch setzen?« Das Model nickte, und Marianne führte sie zu einem ruhigen Platz an der Reling. »Sie sagten, diese Lilly sei die Ex-Freundin Ihres Mannes und auch eine Freundin von Ihnen gewesen. Wie kam es dazu?«

Vivien nahm eine der bereitliegenden Wolldecken und legte sie über ihre Schultern. »Wissen Sie, genau genommen ist es sogar Lillys Schuld. Sie hat Schicksal gespielt.«

»Na, da bin ich aber gespannt«, versicherte Marianne. Die Geschichte interessierte sie wirklich.

»Als ich vor etwa vier Wochen in Hamburg war, hat Lilly mich kontaktiert. Sie wollte mich sehen und mir ihren Freund vorstellen.«

Marianne riss die Augen auf. »Vor vier Wochen? Ihren jetzigen Mann? Meine Güte, das ist ja mal ein Tempo.«

»Ich habe etwa drei Millionen Follower bei *Instagram*. Verstehen Sie, was das bedeutet?«

»Ich bin zwar alt, aber noch nicht von gestern.«

Vivien sah sie erschrocken an. »Ich wollte nicht …«

Marianne winkte schmunzelnd ab. »Schon gut. Fahren Sie fort.«

»Noah ist Fotograf, aber der große Erfolg ließ auf sich warten. Lilly bat mich, Fotos mit ihm zu machen und sie zu posten. Sie wusste natürlich, dass er so über Nacht bekannt werden würde. Ich wollte ihre Bitte nicht ausschlagen.«

»Das ist doch sehr anständig von Ihnen«, bestätigte Marianne.

Vivien nickte. »Da ich schnell nach New York zurück musste, schlug ich vor, gleich am nächsten Tag Bilder zu machen. Ich war mit meinen Eltern zum Segeln verabredet, und beides ließ sich wunderbar verbinden. Es war ein unvergesslicher Tag.« Die junge Frau lächelte versunken.

»Und bei diesem Ausflug haben Sie sich Hals über Kopf verliebt«, folgerte Marianne. Das Model strahlte sie an. »Und Ihre Freundin? Haben Sie nicht an sie gedacht?«

Vivien schüttelte den Kopf. »Nein, ich habe nur noch an uns gedacht. Ich war noch nie so verliebt.« Sie streckte ihre Hand vor. »Vor zehn Tagen haben wir dann geheiratet.« Ein Diamant funkelte an ihrem Finger.

»Donnerwetter«, platzte es aus Marianne heraus. »Wirklich beeindruckend. Aber heiraten, das muss man heute doch wirklich nicht mehr. War das nicht ein wenig übereilt?«

Vivien lachte, als sie zurückdachte. »Ich hatte ein Shooting in Las Vegas. Noah hat mich begleitet. In dem Hotelzimmer lagen Flyer von verschiedenen Wedding Chapels. Da kam uns ganz spontan die Idee. Wir haben uns in einer kleinen Kapelle von Elvis trauen lassen. Es war so richtig kitschig amerikanisch, inklusive Plastikblumenstrauß. Zurück in Deutschland mussten wir die Papiere nur noch dem Standesamt vorlegen.«

»Ganz schön verrückt, aber natürlich auch sehr romantisch. Ich kann allerdings auch verstehen, dass diese Lilly sehr enttäuscht ist.«

Vivien blickte Marianne erstaunt an. »Von Noah? Was kann er denn dafür, wenn er sich in mich verliebt?«

»Nein, ich spreche nicht von Ihrem Mann«, erklärte Marianne. »Ich meine, Lilly muss von Ihnen enttäuscht sein.«

»Von mir?« Das Model verzog trotzig den Mund. »Ich hatte keine bösen Absichten. Noah und ich haben uns einfach gefunden. Wir lieben uns. Es kann doch nicht unsere Schuld sein, dass das Schicksal uns zusammengebracht hat.«

Marianne seufzte. »Natürlich nicht. Sie sind eine beeindruckende Persönlichkeit. Sehr spontan.« Marianne trank noch einen Schluck Rotwein und überlegte einen Moment. »Es geht mich ja nichts an, aber haben Sie sich wenigstens abgesichert? Viele Ehen halten ja nicht mehr bis zum Ende aller Tage. Ich gehe doch stark davon aus, dass Sie wesentlich vermögender sind als Ihr Gatte.«

Vivien zuckte mit den Schultern. »Es gibt natürlich einen Ehevertrag.«

»Das ist schlau.«

»Noah hat darauf bestanden«, erklärte das Model. »Wenn unsere Ehe scheitern würde, bekäme er nur zwei Millionen Euro.«

»Wow, wenig ist das nicht. Da muss eine alte Frau lange für stricken.«

»Mir ist Geld viel weniger wichtig, als Sie glauben würden«, versicherte Vivien trocken.

Marianne blickte sie nachdenklich an. »Komischerweise sagen das immer die Menschen mit dem dicken Bankkonto. Was wäre, wenn Ihnen etwas zustößt?«

»Wenn ich sterbe?« Vivien ließ ihren Blick ein paar Sekunden über das Meer schweifen. Plötzlich grinste sie. »Ich gehe davon aus, dass mir mein Geld dann sowieso völlig egal ist.«

»Da haben Sie vermutlich recht«, gab Marianne zu.

»Schatz, da bist du ja.« Noah kam auf sie zu. »Ich habe schon das halbe Schiff nach dir abgesucht«, erklärte er liebevoll.

Vivien strahlte ihn an. »Es tut mir leid, aber ich brauchte mal ein paar Minuten für mich. Ich habe auch keine Lust, mich vor Lilly zu verstecken. Schließlich bin ich hier die Hauptperson, oder etwa nicht?«

»Natürlich bist du das, mein Engel«, bestätigte ihr Mann sofort.

»Darf ich dir Marianne vorstellen?«

Noah lächelte freundlich und reichte ihr seine Hand. »Angenehm. Noah Hofmann.«

Marianne konnte durchaus verstehen, dass Vivien ihm nicht widerstehen konnte.

»Ich habe die arme Frau mit unserer Liebesgeschichte gelangweilt«, erklärte Vivien ihrem Mann zuckersüß.

Dann wandte sie sich Marianne zu. »Eigentlich müsste ich mich bei Ihnen entschuldigen.«

Marianne schüttelte amüsiert den Kopf. »Aber nicht doch. Es war äußerst interessant.«

SAMSTAG – SEETAG

22.

Laura lag im Bett in der gemütlichen Kabine und starrte an die Decke. An Schlaf war nicht mehr zu denken. Ihre Großmutter sägte einen Wald nach dem anderen ab. Es war unglaublich, wie laut ein Mensch schnarchen konnte. Nicht einmal ein ausgewachsener Grizzly würde sich in die Kabine trauen. Sie schaute auf ihr Smartphone. Es war erst kurz nach sieben Uhr und damit eigentlich viel zu früh, um aufzustehen, aber hier konnte sie es nicht mehr aushalten. Laura kletterte vorsichtig aus dem Bett und schlich zum Schrank. Sie schnappte sich einen Jogginganzug und verschwand im Bad. In wenigen Minuten hatte sie sich die Zähne geputzt und sich angezogen. Sie würde sich an Deck eine Liege und eine Wolldecke suchen und versuchen, noch ein bisschen zu dösen, bevor der große Trubel begann. Laura griff nach ihrer Schlüsselkarte und verließ die Kabine. An den Fahrstühlen traf sie auf ein paar Frühaufsteher. Als sie auf das Pooldeck nach draußen trat und auf das Meer mit dem wolkenlosen Himmel schaute, war sie plötzlich hellwach. Die Sonne wärmte ihre Haut, und von irgendwo roch es köstlich nach Kaffee. Laura folgte dem Duft. Sie landete in der *Early Bird Coffee Bar* und stellte sich an den Tresen. Ein paar Plätze weiter saß die junge Frau, mit der Vivien Sander gestern nach der Schiffstaufe eine Auseinandersetzung gehabt hatte.

»Guten Morgen«, begrüßte sie der Barista fröhlich. »Kaffee? Cappuccino? Oder darf es ein Latte macchiato sein?«

Laura lächelte. »Ein Cappuccino wäre wunderbar.«

Während sich der Barista an der Maschine zu schaffen machte, grüßte Laura die Frau. »Guten Morgen.«

Sie lächelte zurück. »Morgen. Kannst du auch nicht mehr schlafen? Ich dachte, ich wäre die Einzige hier. Abgesehen von den Rentnern mit seniler Bettflucht.«

Laura nahm ihren Cappuccino entgegen und setzte sich neben sie.

»Ich wurde von dem Schnarchen meiner Oma aus der Kabine vertrieben. Mein Plan war, mich einfach auf einem Liegestuhl zusammenzurollen und noch etwas zu dämmern, aber dann habe ich den Kaffee gerochen.«

»Du hast eine Kabine zusammen mit deiner Oma?«, fragte die Frau verblüfft.

Laura nickte. »Warum auch nicht? Meine Oma ist großartig und ich habe sie unglaublich lieb. Diese Reise war ein Geschenk von ihr. Das ist meine erste Kreuzfahrt, und ich bin begeistert. Ich heiße übrigens Laura.«

»Schön, dich kennenzulernen. Ich bin Lilly.« Die junge Frau sah sich um. »Ja, eigentlich ist es ganz schön hier.«

»Eigentlich? Wir trinken gerade Kaffee auf dem Meer. Die Sonne scheint vom Himmel, und gleich gibt es ein super Frühstück.«

Lilly nickte traurig. »Irgendwie kann ich mich gerade nicht so darüber freuen. Ich bin nicht gut drauf.«

»Warum denn?«, fragte Laura neugierig nach.

»Mein Freund hat mich verlassen.«

»Das tut mir leid.«

»Mit ihm war alles viel schöner.« Ihre Augen füllten sich mit Tränen.

»Hey, nicht weinen.« Laura versuchte, aufmunternd zu klingen. »Du solltest gerade deshalb diese Reise genießen. Oslo soll wunderschön sein. Und außerdem haben andere Mütter auch hübsche Söhne.«

»Ach, du verstehst das nicht«, bemerkte Lilly und lächelte traurig. »Wir haben uns wahnsinnig geliebt.«

»Wir uns?«, wunderte sich Laura. »Wenn er dich so wahnsinnig geliebt hat, warum hat er sich denn dann getrennt?«

Lilly sah sie erstaunt an. »Warum? Das ist doch ganz einfach. Weil er plötzlich begriffen hat, dass er noch viel mehr haben kann.«

»Ich glaube, ich kann dir nicht ganz folgen«, gestand Laura.

Lilly seufzte. »Noah ist jetzt mit Vivien Sander verheiratet. Der Name sagt dir was?«

»Ja, natürlich«, bestätigte Laura. »Und ihr Mann ist dein Ex-Freund? Wow. Sie ist natürlich wunderschön, aber du doch auch. Geht es ihm ums Geld? Sie muss ja irre reich sein.«

Lilly schüttelte kurz den Kopf. »So einfach ist das nicht. Ich glaube, die ganzen Millionen sind nur eine angenehme Nebensache.«

»Wie meinst du das?«

»Noah hat es tatsächlich geschafft, sich ein Supermodel zu schnappen. Was für eine Trophäe. Das gelingt doch normalerweise nur den ganz tollen Typen. Rockstars oder Hollywoodschauspieler daten diese Schönheiten. Tja, und Noah spielt nun in dieser Liga mit.«

»Du glaubst, es geht ihm um Ruhm?«, fragte Laura, während sie viel zu viel Zucker in ihre Tasse schüttete.

»Es geht um das ganze Paket«, bestätigte Lilly. »Ich hatte da doch nie eine Chance.«

Laura rührte in ihrem Cappuccino und grübelte einen Moment. »Das tut mir alles sehr leid, aber eine Sache kapiere ich nicht. Es stand doch in der Presse, dass Vivien Sander dieses Schiff taufen wird. Wenn dieser Noah dich so verletzt hat, was machst du dann hier auf der *Dalia Ocean*? Dir muss doch klar gewesen sein, dass du beiden begegnen könntest. Du solltest gar nicht hier sein, oder willst du dich quälen?«

»Nicht *mich*.« Lilly lächelte plötzlich. »Ich quäle *sie*.«

Laura sah sie geschockt an. »Verstehe ich das richtig? Du bist extra wegen ihnen hier? Was willst du damit bezwecken?«

»Ich möchte, dass die beiden sich mies fühlen und ihr Glück nicht einfach genießen können. Diese Rache ist für mich ein kleiner Trost«, gestand Lilly zufrieden und schlürfte ein bisschen Milchschaum. »Weißt du, vor vier Wochen war mein Leben noch wunderschön.«

Laura hatte plötzlich das Gefühl, dass das Schnarchen ihrer Oma an diesem Morgen das kleinere Problem gewesen wäre. Was war nur mit dieser Frau los?

»Lilly, du verletzt dich doch nur selbst. Warum tust du dir das an? Die Zeit heilt alle Wunden, heißt es doch immer so schön. Akzeptiere ihre Entscheidung, und in ein paar Wochen wirst du über die Sache lachen. Wahrscheinlich bist du dann schon wieder verliebt. Ich würde einem Kerl nicht so hinterherlaufen. Dazu wäre ich viel zu stolz.«

»Du verstehst das nicht«, behauptete Lilly entmutigt. »Wie könntest du auch. Vivien war mal meine beste Freundin. Die habe ich jetzt auch verloren.«

»Das wird ja immer besser.«

»Wenn ich noch irgendetwas tun kann, dann ist es doch, den beiden ein bisschen den Spaß zu verderben. Immer wenn sie mich sehen, muss sich doch ihr schlechtes Gewissen melden. Weißt du, als ich davon erfahren habe, habe ich tagelang geheult und mir überlegt, wen von beiden ich zuerst ermorden sollte. Heute will ich sie ja nur ärgern. Lilly zwinkerte Laura zu. »Wobei ich natürlich nicht ausschließen kann, dass ich ihnen vielleicht doch einen kleinen Schubs geben würde, wenn sie zu nahe an der Reling stünden.«

23.

Marianne streckte sich genüsslich im Bett. Sie hatte wunderbar geschlafen. Sie war nur etwas verwundert, dass Laura nicht mehr neben ihr lag. Hatten Studenten nicht den dringenden Wunsch, einmal richtig auszupennen? Bei ihr selbst war es damals im Studium definitiv so gewesen. Da hatte man sich die Nächte um die Ohren geschlagen und wild diskutiert. Lauras Generation war da ganz anders. Die jungen Leute mussten heute ja topfit sein wie ihre Vorbilder in den sozialen Medien. Wahrscheinlich trainierte ihre Enkelin schon vor dem Frühstück im Fitnessstudio. Marianne schwang sich aus dem Bett und ging ins Bad. Während sie eine schnelle Dusche nahm und sich fertig machte, erinnerte sie sich an ihre Studentenzeit zurück. In den wilden 70er-Jahren war ihr Leben sehr anders gewesen und in vielen Dingen auch viel freier. Das Internet war Fluch und Segen zugleich. Sie war froh, diesem globalen Schönheitskult nicht ausgeliefert gewesen zu sein. Nicht, dass es damals keine Probleme gegeben hätte, aber sie waren irgendwie hausgemachter. Marianne schlüpfte in eine weiße Leinenhose und eine blaue Bluse, nahm ihre Handtasche und machte sich auf die Suche nach ihrer Enkelin. Es machte ihr großen Spaß, sich auf dem Schiff zu orientieren. Nach kurzer Zeit hatte sie das Fitnessstudio gefunden. Marianne lief an den verschiedenen Geräten vorbei, bis sie zu den Spinningrädern kam. Laura konnte sie nicht entdecken, aber sie traf auf ein bekanntes Gesicht.

»Guten Morgen, Noah«, grüßte sie freundlich. Er sah wirklich sehr gut aus, stellte sie erneut fest. Kein Wunder, dass sich die Frauen um ihn stritten.

»Morgen, Marianne.« Er strahlte sie an, als wäre sie eine 25-jährige Schönheit. »Haben Sie sich verlaufen?«

Marianne sah ihn mit gespielter Empörung an »Entschuldigung? Ich halte mich durchaus fit. So ganz zu den Scheintoten gehöre ich noch nicht.«

»Um Gottes willen, so war das gar nicht gemeint«, erwiderte Noah zerknirscht.

Marianne lachte. »Das weiß ich doch. Ich suche meine Enkelin Laura. Sie ist vor mir aufgestanden. Ich dachte, sie ist vielleicht hier. Ich wollte mit ihr frühstücken.«

Noah stellte das Treten ein und stieg vom Rad. Das Handtuch legte er sich lässig um den Nacken. »Ich schätze, Ihre Enkelin ist bereits beim Frühstück. Sie sollten in den Restaurants nach ihr suchen.«

»Wahrscheinlich haben Sie recht.«

Noah nahm einen Schluck aus seiner Wasserflache und sah sie plötzlich ernst an. »Hat Vivien sich gestern sehr peinlich benommen? Sie war ziemlich angetrunken und ist gerade ziemlich gestresst.«

»Wir hatten ein sehr interessantes Gespräch. Ihre Frau hat sich bei mir nur ein bisschen ihr Herz ausgeschüttet«, versicherte Marianne. »Natürlich ging es dabei auch um Ihre Ex-Freundin. Das Ganze scheint sie doch sehr mitzunehmen.«

Noah nickte. »Lilly. Ja, sie ist in der Tat ein Problem. Ich hätte nie gedacht, dass sie so einen Psychokrieg anzetteln würde. Das Schlimme ist, dass Vivien im Moment wirklich noch andere Probleme hat. Ihr wird das gerade alles zu viel. Ich musste ihr gestern tatsächlich zu einer Schlaftablette raten. Sie fing immer wieder an zu weinen.« Noah atmete tief durch. »Nach diesem Engagement braucht sie dringend ein paar Tage Urlaub. Erst der Stress mit der Wohnung und nun Lilly«, sprach er mehr zu sich selbst als zu Marianne.

»Wohnung?«, fragte Marianne neugierig nach.

»Vivien hat eine Wohnung in der *Elbphilharmonie* gekauft.«

»Donnerlittchen.«

»Die Innenarchitekten haben Mist gebaut, und so war die Wohnung zum ausgemachten Zeitpunkt nicht bezugsfertig. Meine Frau war wirklich extrem wütend darüber.«

»Eine eigene Wohnung in der weltberühmten *Elbphilharmonie*«, staunte Marianne. »Ach, Noah, das ist ja fantastisch.«

»Fantastisch?« Noah schnaubte skeptisch. »Wissen Sie, da gibt es immer die zwei Seiten der Medaille. Ich hatte vor Vivien nie viel Geld. Gestört hat mich das aber nicht. Geld kostet auch Geld. Meine Frau erwartet jetzt, dass ich mich angemessen kleide. Wissen Sie, was da ein Anzug kostet? Oder Schuhe? Das ist schon der Wahnsinn. Irgendwie Geldverschwendung.«

Marianne grinste. »Das ist eine interessante Bilanz.«

Noah zwinkert ihr zu. »Ich wünsche mir einfach einen ereignislosen Tag. Ich werde Vivi auf unserem Sonnendeck verwöhnen und hoffen, dass sie ihre Nerven wieder in den Griff bekommt.«

»Das ist sicher ein guter Plan«, bestätigte Marianne. »Ich mag Ihre Frau. Sie ist sehr interessant. Auf der einen Seite wirkt sie unglaublich stark, und trotzdem hat sie diese sensible Seite.«

»Sie haben eine sehr gute Menschenkenntnis, Marianne«, stimmte Noah ihr zu. »Ich hätte Vivi selbst nicht besser beschreiben können.«

»Es wird Ihnen vielleicht nicht gefallen, aber ich habe auch etwas Verständnis für Ihre Ex-Freundin. Sie haben sie sehr verletzt.«

Noah nickte reumütig. »Natürlich kann ich verstehen, dass Lilly wütend ist, aber dann soll sie es bitte an mir auslassen. Ich bin schließlich der Mistkerl, oder? Ich habe sie verlassen und eine andere geheiratet. Vivien kann doch nichts dafür.«

»Es gehören schon immer zwei dazu«, murmelte Marianne leise.

»Lilly soll sich einfach an mir rächen und Vivien in Ruhe lassen«, stellte Noah charmant lächelnd klar.

»Wie könnte sie sich denn rächen?«, erkundigte sich Marianne interessiert.

»Keine Ahnung. Sie könnte mich vergiften«, überlegte Noah. »Nein, das passt eigentlich nicht zu Lilly. Sie ist sehr impulsiv. Wahrscheinlicher wäre, dass sie mir den Schädel mit einem Golfschläger zerschmettert.«

Marianne nickte schmunzelnd. »Dann sehen Sie sich vor. Es gibt hier einen Outdoor Driving Cage, habe ich vorhin gelesen. Genügend Golfschläger sind also an Bord.«

»Na, danke für den Hinweis. Ich sollte mir vielleicht doch Sorgen machen.«

»Das war ein Scherz«, versicherte Marianne. »Ich würde mir da keine Gedanken machen. Mit ihrer unblutigen Rache ist Lilly doch recht erfolgreich. Nur durch ihre Anwesenheit hat sie erreicht, dass Ihre Frau sich nicht gut fühlt und die wenigen Tage an Bord unangenehm für Sie werden. Das ist ärgerlich, aber kein Verbrechen.«

Noah sah Marianne ernst an. »Da haben Sie allerdings recht«, stimmte er zu. »Es ist total legal, dass Lilly diese Reise gebucht hat, aber es ist eine pure Provokation und es ist krank. Lilly ist krank. Bald hat sie mich soweit, dass ich ihr den Hals umdrehe.« Noah griff nach seiner Sportjacke. »Ich wünsche Ihnen noch einen schönen Tag.«

»Danke, das wünsche ich Ihnen auch«, beteuerte Marianne, obwohl sie sich sicher war, dass diese Lilly mit ihrer kleinen Racheaktion noch nicht am Ende war. Schließlich hatte sie ja noch ein paar Tage Zeit, das glückliche Paar zu ärgern.

24.

Isa Witte saß auf dem Bett in ihrer Kabine auf Deck sechs. Sie warf eine Kopfschmerztablette in ein Glas Wasser und starrte auf die sprudelnde Flüssigkeit. Der letzte Abend war ganz gut verlaufen. Sie hatte ihre Rolle hervorragend gespielt, und Werner hatte sich wirklich großzügig gezeigt. Es klopfte. Isa raffte sich auf und ging zur Tür. »Ja bitte?«

»Ich bin es.«

Isa öffnete. »Henrik, was willst du hier?«, fragte sie müde und ging zurück zum Bett.

»Mutter, dir auch einen schönen Morgen. Haben wir etwa einen Kater?«

»Wonach sieht es denn aus?« Isa nahm das Glas und leerte es in einem Zug. Anschließend schlüpfte sie wieder unter die Decke.

»Jetzt erzähl doch mal.« Ihr Sohn setzte sich an das Fußende und sah sie erwartungsvoll an.

»Es war wirklich ausgesprochen nett«, schwärmte Isa. »Noch netter als auf der letzten Reise. Wir hatten erst ein fantastisches Dinner im Gourmetrestaurant. Anschließend haben wir in der Bar noch einen Cocktail getrunken und dann haben wir getanzt. Er tanzt wirklich großartig.«

»Du schwärmst ja wie ein verliebter Backfisch, Mutter. Nicht vergessen, er ist dein Kunde.«

»Deshalb kann ich mich doch trotzdem darüber freuen, dass er mir nicht auf den Füßen herumtrampelt«, rechtfertigte sich Isa. »Und was heißt denn Kunde? Ich bin doch keine billige Prostituierte.«

»Nein, Mutter, das bist du natürlich nicht«, bemerkte ihr Sohn ironisch.

Isa blickte ihn empört an. »Jetzt reicht es aber. Ich bin höchstens eine Betrügerin. Und der Werner hat ja auch was davon. Du kannst mir glauben, es ist für uns beide eine Win-win-Situation.«

Henrik grinste amüsiert. »Ja, du hast ja bei der letzten Kreuzfahrt ganz schön gewonnen. 20.000 Euro, wenn ich mich richtig erinnere?«

»Du hast deine 25 Prozent bekommen, oder nicht?«, erinnerte Isa ihren Sohn. »Ich habe schließlich die ganze Arbeit erledigt. Was ist mit deinem Job? Hast du gestern Bilder gemacht? Ich habe dich nicht bemerkt.«

Henrik nickte. »Ja, habe ich. Seine Gattin wird nicht begeistert sein.«

»So weit sind wir noch nicht.«

Henrik stand auf und ging zum Balkon. Er öffnete die Tür und trat hinaus. »Herrlich. So lässt es sich leben. In meiner Innenkabine bekomme ich Platzangst.«

»Jetzt stell dich doch nicht immer so an. Das ist lächerlich.« Isa kletterte aus dem Bett und zog sich einen Morgenmantel über. Sie folgte ihrem Sohn auf den Balkon und ließ sich auf einen Stuhl sinken. »Ach, wie gut die frische Luft tut.«

»Was war denn nach dem Tanzen?«, fragte Henrik, während er es sich auf dem zweiten Stuhl bequem machte.

»Du weißt doch, wie ich diese Berichterstattung hasse«, erklärte Isa genervt.

»Ich sollte im Bilde sein, findest du nicht? Immerhin arbeiten wir zusammen. Das ist hier im Grunde eine Teambesprechung.«

»Also gut. Nach dem Tanzen hatten wir Champagner auf seiner Kabine. Es ist alles gut gelaufen. Heute Mittag essen wir wieder zusammen«, berichtete Isa müde.

»Das klingt doch vielversprechend«, resümierte Henrik. »Wie hast du denn den bisherigen Tag verbracht?«, erkundigte sich Isa.

»Ich habe in verschiedenen Restaurants gefrühstückt und Passagiere ausgespäht. Es ist wirklich nicht mehr so einfach, was zu klauen. Bargeld ist kaum an Bord. Kreditkarten sind zu kompliziert, und die Klientel ist eher sportlich als kostbar dekoriert. Falsches Schiff, Mutter. Auf der *Queen Mary 2* hätte ich eine Chance, Beute zu machen«, beschwerte sich Henrik.

Isa fing an zu lachen. »Mein armer Junge. Es tut mir leid, dass wir auf dem falschen Schiff sind.« Isa erhob sich. »Ich muss mich jetzt zurechtmachen.«

Henrik folgte seiner Mutter zurück in die Kabine. »Na, ein bisschen Glück hatte ich doch noch«, verkündete er gut gelaunt. »Mir fiel eine Dame auf, die sich schon zum Frühstück Champagner gönnte und dann später auf dem Sonnendeck sehr tief schlief. Wie die meisten trug sie ihr Türkärtchen sorglos am Hals. Ich habe es mir kurz ausgeliehen und ihre Kabine durchsucht.«

Isa sah ihn entsetzt an. »Henrik, bist du wahnsinnig?«

»Keine Sorge, Mutter, ich war vorsichtig und habe den Tresor auch nicht geknackt. Ich hatte aber Glück. Im Bad der Kabine lag ein wunderbarer Brillantring auf der Ablage des Waschbeckens.«

»Henrik, man wird das Personal verdächtigen«, befürchtete Isa. Sie öffnete den Schrank und suchte nach einer passenden Garderobe.

»Ach, Quatsch. Der alten Schnapsdrossel wird das einfach nur peinlich sein. Die macht doch keine Anzeige. Sie wird denken, der Ring sei ihr in den Ausguss gefallen. Kein Problem.«

Isa nahm eine elegante Schluppenbluse vom Bügel und verschwand im Badezimmer. »Was ist der Ring wert?«, rief sie durch die offene Tür.

»Kann ich noch nicht sagen. Es ist aber mindestens ein Einkaräter. Ich muss mir den Stein zu Hause in Ruhe ansehen«, erklärte ihr Sohn. »Ich werde ihn aber hier an Bord schon aus der Fassung nehmen. So lässt er sich problemlos in einem Cremetiegel vom Schiff schaffen. Es gibt noch ein paar Kandidaten, bei denen sich ein Kabinenbesuch lohnen könnte. Diese Vivien Sander zum Beispiel. Hast du die Ohrringe gesehen, die sie bei der Taufe getragen hat?«

Isa kam aus dem Bad. Sie hatte sich die Bluse angezogen und die Haare aufgesteckt. »Ja, die waren sehr schön«, stimmte sie zu, während sie einen dunklen Bleistiftrock aus dem Schrank nahm und hineinschlüpfte.

»Sehr schön, Mutter? Machst du Witze?« Henrik sah sie verblüfft an. »Diese Ohrringe sind von *BVLGARI*. Es sind die *Serpenti* Ohrringe. 18 Karat Weißgold mit über fünf Karat Diamanten. Die kosten fast 50.000 Euro. Ich hätte wirklich große Lust, mir die Dinger zu schnappen. Vielleicht kann ich in die Suite huschen, wenn das Reinigungspersonal das Bad putzt. Oder ich versuche, an ihre Schlüsselkarte zu kommen. Ich wette, dieses verwöhnte Supermodel hat den Schmuck irgendwo rumliegen. Und selbst, wenn sie die Ohrringe im Kabinensafe verstaut hat, das Ding knacke ich in ein paar Minuten. In den meisten Fällen ist der Code der Geburtstag oder Hochzeitstag.«

»Henrik, ich habe dir bereits gesagt, das Vivien Sander tabu ist. Halt dich von ihr fern. Und lass diese dämliche Klauerei. Das ist viel zu gefährlich. Wir sind auf einem Schiff. Du kannst hier nicht einfach abhauen. Außerdem würde man diese Ohrringe wiedererkennen.«

Henrik schnaubte genervt. »Ich würde die Ohrringe schon von Bord kriegen. In Oslo oder Kopenhagen würde ich sie mit der Post verschicken. An mich.«

»Übertreibe es nicht«, warnte Isa.

»Nein, Mutter, das mach ich nicht. Ich nehme mir nur das, was ich einfach kriegen kann. Ich bin doch nur ein moderner Robin Hood.« Er strahlte sie liebevoll an. »Ich nehme von den Reichen und gebe es den Armen. Also uns.«

25.

Marianne hatte einen kleinen Spaziergang auf dem Pooldeck unternommen und sich anschließend in den verschiedenen Restaurants umgesehen, Laura aber nicht gefunden. Nun war sie hungrig und hatte ein unglaubliches Verlangen nach einer heißen Tasse Kaffee. Die Restaurants waren alle sehr gut besucht. An diesem Seetag gab es ja auch nichts weiter zu tun, als zu essen und zu faulenzen. Marianne entschied sich für das Büfett-Restaurant *Nautilus*, in dem sie am Vorabend mit Laura gespeist hatte. Es war kein freier Tisch in Sicht, aber einen freien Platz an einem Zweiertisch konnte sie ausmachen. Dort saß einer junger Mann in Jeans und zerknittertem Hemd, der verschiedene Unterlagen auf dem Tisch verteilt hatte und sich in einem Heft Notizen machte.

»Ist hier noch frei?«, fragte Marianne freundlich.

»Selbstverständlich.« Der junge Mann nickte ihr aufmunternd zu und räumte seine Mappen zusammen, um ihr Platz zu machen. Dann widmete er sich wieder seinen Notizen. Ein Kellner kam vorbei und stellte saubere Tassen und eine Thermoskanne Kaffee ab. Marianne schenkte sich eine Tasse ein.

»Wussten Sie, dass man gleich in vier verschiedenen Restaurants frühstücken kann? Ich habe gerade alle vier nach meiner Enkelin durchsucht.«

»Ja, dass wusste ich«, antwortete der junge Mann. Er klappte sein Notizbuch zu und blickte sie an. »Und alle sind zum Bersten voll mit Menschen, die kein Maß kennen und sich ihre Teller voll schaufeln, als würde auf dem Kahn irgendetwas jemals alle werden. Und weil man ja noch von diesem und jenem probieren möchte, wird einfach der halbe Teller abgeräumt, pardon, abräumen gelassen. Von einem der vielen Filipinos, die sich für einen Appel und ein Ei den Hintern platt schuften, weil sie natürlich als Menschen zweiter Klasse nicht so bezahlt werden wie die deutschen Kollegen. Alles nur, um etwas Geld in die weit entfernte Heimat zu schicken, damit es Frau und Kindern, die sie monatelang nicht sehen können, halbwegs gut geht.«

Marianne atmete tief durch. »Amen. Das war beeindruckend und wahrscheinlich leider wahr.«

»Das will nur keiner hören.«

»Ich schon«, versicherte Marianne. Sie fand diesen Kerl mit dem zerwühlten Haar auf Anhieb sympathisch. »Ich hole mir nur schnell eine Kleinigkeit zum Frühstück. Passen Sie kurz auf meine Handtasche auf?«

»Das mache ich gern«, versicherte der junge Mann. »Ich bin übrigens Oliver Kramer. Sie können einfach Olli zu mir sagen.«

»Marianne, angenehm.«

Marianne sammelte am üppigen Buffet Eier, Brötchen und Obstsalat ein und kehrte zum Tisch zurück. »So, Olli, und nun erzählen Sie mir doch mal, warum Sie an Bord sind. Freiwillig dürften Sie doch gar nicht hier sein.«

Oliver Kramer nickte und grinste sie schelmisch an. »Sie haben gut aufgepasst. Ich bin selbstverständlich kein Urlauber. Ich bin Journalist und Aktivist. Ich schreibe für einen Umweltblog und sammle Fakten. Sie wissen, was ein Blog ist?«

»Sie berichten im Internet. Wahrscheinlich ist Ihre Organisation auch bei *Facebook* und *Instagram*. Stellen Sie sich vor, ich habe einen Computer daheim und besitze ein Smartphone. Ich kaufe auch keine Kochbücher mehr, ich google Rezepte. Und zwischendurch spreche ich mit meiner Enkelin über *Facetime*. Ach, und ich habe früher selbst als Journalistin gearbeitet.« Oliver sah sie zerknirscht an. »Fahren Sie fort.«

»So ein Schiff ist eine schwimmende Umweltkatastrophe. Im Moment ist doch die Erderwärmung ein riesiges Thema.«

Marianne köpfte ihr Ei. »Okay. Ich habe natürlich auch davon gehört. Ich finde es zum Beispiel sehr beeindruckend, dass so viele Kinder und Jugendliche demonstrieren und uns Alten mal die Augen zu öffnen. Ich persönlich habe gar kein Auto mehr. Ich fahre Rad.«

»Ach, Marianne, Sie sind wirklich süß«, bemerkte Oliver und lächelte sie an. »Soll ich noch mehr erzählen?«

»Unbedingt.«

»Es gibt eine Aufrechnung vom Naturschutzbund Deutschland. Danach stößt ein Kreuzfahrtschiff pro Tag so viel CO_2 aus wie fast 84.000 Autos. Es darf sogar geschredderter Müll ins Meer gelassen werden. Von dem Zweiklassenlohn habe ich Ihnen ja bereits erzählt. Und da ist noch so viel mehr. Beworben wird die ganze Chose mit den schönsten Frauen. Das ist so verlogen.«

Marianne hatte es die Sprache verschlagen, und das passierte ihr nicht oft. Sie konnte sich über die Fakten natürlich nicht sicher sein. Es gab immer zwei Seiten.

»Wow, Sie bringen mich ganz durcheinander«, gestand Marianne. »Ich weiß im Moment gar nicht mehr, ob ich mich noch wohlfühlen darf auf diesem Schiff. Und ich habe mich wirklich sehr gefreut, diese Tage mit meiner Enkelin hier an Bord zu verbringen und es mir mal gut gehen zu lassen. Da haben Sie mir gerade echt in die Suppe gespuckt.«

Oliver hob beschwichtigend die Hand. »Ich will Ihnen und Ihrer Enkelin doch nicht die Reise vermiesen. Es geht einfach darum, dass man umdenken muss. Es ist jetzt schon möglich, Kreuzfahrten sehr viel umweltfreundlicher zu gestalten. Das sollte jetzt dringend mal vorangetrieben werden.«

»Da gebe ich Ihnen recht«, versicherte Marianne. »Ich finde es auch wirklich toll, dass Sie sich so einsetzen. Aber ich sehe da ein Problem.« Oliver sah sie fragend an. »Ihr Blog wird ja wohl eher von Menschen gelesen, die so ticken wie Sie. Allerdings würde ein Öko, verzeihen Sie mir, so nannten wir Leute wie Sie früher, doch eh keine Kreuzfahrt in Betracht ziehen. Die unwissenden Kreuzfahrttouristen werden Sie aber leider mit Ihrem Blog gar nicht erreichen. Dabei würden sich einige vielleicht Ihrer Meinung anschließen oder zumindest bewusster mit der Situation umgehen. Ich muss auch zugeben, dass sich in meiner Generation nicht jeder im Internet schlaumacht, sondern die gute alte Zeitung liest und die Tagesschau guckt. Wir Alten sind aber auch nicht so wichtig. Wir sind in Rente und nicht die entscheidenden Köpfe führender Unternehmen. Wichtig ist, dass Sie die Jungen erreichen.«

Oliver starrte nachdenklich in seine Kaffeetasse. »Ja, da haben Sie nicht ganz unrecht. Wie Sie sich sicher denken können, sind unsere finanziellen Mittel eher überschaubar. Wir geben das bisschen Kohle auch lieber für Aktionen aus als für Werbung, um die Reichweite unseres Blogs zu erhöhen.«

»Ich glaube, mit Geld hat das nicht viel zu tun«, überlegte Marianne. »Wissen Sie, meine Enkelin hat mir mal erzählt, dass ein Bild von einem schlichten Hühnerei auf *Instagram* alle Rekorde gebrochen hat.«

»Ja, wir bräuchten etwas Spektakuläres, das um die Welt geht«, bestätigte Oliver nachdenklich. »Sie sind genial, Marianne. Man müsste es mal richtig krachen lassen, um die volle Aufmerksamkeit zu bekommen.«

26.

Alexander Harder stand seit einer halben Stunde neben dem Eingang des Gourmetrestaurants *Maritime* und gab vor, die abendliche Menükarte zu studieren. Eigentlich wartete er darauf, dass Vivien Sander und ihr frisch gebackener Ehemann das *Maritime* zum exklusiven Frühstück besuchen würden. Vorhin hatte er den Restaurantleiter gebeten, ihn doch möglichst am Nachbartisch der beiden zu platzieren, und unauffällig 50 Euro aus der Tasche gezogen. Der Restaurantleiter hatte sich schnell umgeschaut und dann nach dem Schein geschnappt. Alexander konnte nur hoffen, dass sich die Investition lohnen würde. Als es plötzlich still wurde und das Gemurmel der Passagiere an den Fahrstühlen vor dem Restaurant verstummte, blickte er unauffällig über die Schulter. Da kam sie, die wunderschöne Vivien. Sie trug ein schlichtes cremefarbenes Etuikleid, das mit Sicherheit sündhaft teuer gewesen war. Ihr Mann Noah Hofmann war ein ausgesprochen gut aussehender Kerl. Er hatte einen Arm bei Vivien eingehakt, die Hand des anderen Armes steckte lässig in der Hosentasche seiner dunkelblauen Chinos. Der oberste Knopf seines weißen Hemdes war geöffnet, und die Manschetten waren lässig aufgerollt. Alexander musste schlucken. Vor 20 Jahren war er der Mann gewesen, nach dem sich jede Frau und auch sicherlich mancher Kerl umgeschaut hätte. Dabei konnte er sich eigentlich nicht beschweren. Er sah immer noch gut aus, und seine Firma ermöglichte ihm ein komfortables Leben. Die Frage war im Moment nur, wie lange noch? Alt und reich war ein Zustand, mit dem er leben konnte. Alt und arm zu sein, war dagegen eine grauenvolle Vorstellung.

»Willkommen. Sie hatten reserviert?« Der Restaurantleiter zwinkerte ihm zu, als er fünf Minuten später das *Maritime* betrat. »Hier vielleicht?«

Alexander nickte. Es war der perfekte Platz. Er konnte Vivien von vorne sehen, und Noah saß mit dem Rücken zu ihm. »Danke,« entgegnete er höflich und nahm Platz.

Die Ausstattung gefiel ihm. Die Tische waren geschmackvoll ganz in Weiß eingedeckt. Die cremefarbenen Stühle und der dunkle Holzboden wirkten sehr elegant. Das Restaurant servierte am Vormittag ein exklusives Frühstück, das selbstverständlich extra bezahlt werden musste. Am Abend ließen sich die Gäste im *Maritime* exquisite Menüs schmecken. Alexander konzentrierte sich wieder auf Vivien. Das Model schien sich gut zu fühlen. Sie lächelte ihren Mann an und nippte zwischendurch an ihrer Tasse Tee. Alexander konnte sogar ihre Unterhaltung mitanhören. Zufrieden ließ er sich Kaffee, Brötchen und eine Etagere mit feinem Aufschnitt bringen. Während er vorgab, auf seinem Smartphone wichtige Dinge zu checken, lauschte er gebannt.

»Ach, Vivi, ich bin ja so froh, dass es dir besser geht, mein Engel«, meinte Noah erleichtert.

»Ja«, Vivien lächelte ihren Mann dankbar an. »Ich habe wohl einfach eine gehörige Portion Schlaf gebraucht. Ich ärgere mich wirklich über mich selbst. Du hattest so recht. Warum gebe ich dieser Frau nur so viel Macht über mein Leben? Unser Leben?«

Noah streichelte ihre Hand. »Weil du ein sehr empathischer Mensch bist. Du hast sie gern gehabt.«

»Ja, da hast du sicher recht«, überlegte seine Frau.

»Darf ich Ihnen noch etwas bringen?«, fragte der Kellner höflich.

»Ich nehme noch Kaviar«, erklärte Vivien freundlich, aber bestimmt.

Sie war eine Frau, die es gewohnt war, dass ihre Wünsche selbstverständlich und augenblicklich erfüllt wurden, vermutete Alexander.

»Ich bin wirklich erleichtert, dass du wieder Appetit hast. Du musst bei Kräften bleiben, mein Liebes. Lass uns die Zeit genießen. Morgen erkunden wir Oslo. Wir schlendern durch die Stadt und shoppen.«

Alexander war so in die Unterhaltung der beiden vertieft, dass er fast erschrak, als der Kellner ihn ansprach. »Haben Sie noch einen Wunsch?«

»Ich würde einen Tomatensaft nehmen«, erwiderte Alexander schnell. Er wollte in Ruhe weiter lauschen.

»Selbstverständlich. Kommt sofort.«

Vivien zog ihre Hand weg und sah ihren Mann skeptisch an. »Aber ganz ehrlich, Schatz? Was soll ich denn in Oslo shoppen? Ich kaufe sonst in New York, London und Paris ein. Die meisten Sachen bekomme ich sowieso geschenkt. Die Designer überschütten mich mit Klamotten, Schuhen und Accessoires, nur damit ich in ihren Sachen gesehen werde.«

Noah lehnte sich zurück. »Es muss ja schlimm sein, alles zu bekommen. Du verwöhntes, hübsches Ding.«

Vivien lachte leise. »Da hast du wohl recht.«

Alexander betrachtete sie verstohlen. Er fragte sich, wie er sich dieser Frau nähern und auch noch ihr Vertrauen gewinnen könnte? Die ganze Sache war aussichtslos. Er machte sich da was vor. Klar war, dass sie ihn verklagen und damit seiner Firma ruinieren würde. Das Projekt war gründlich schiefgelaufen. Vielleicht hatte er es einfach nicht mehr drauf.

»Ich war schon so oft in Oslo, aber ich habe mir noch nie das Schloss angesehen.« Jetzt kicherte Vivien. »Machst du mit mir eine Schlossbesichtigung?«

Ihr Mann grinste breit. »Natürlich. Wenn meine Prinzessin ein Schloss besuchen möchte, dann begleite ich sie selbstverständlich gerne.«

Vivien strahlte glücklich. Sie sah zauberhaft aus. Plötzlich änderte sich ihr Gesichtsausdruck. Aus der glücklichen Prinzessin war innerhalb von Sekunden ein ängstliches Wrack geworden, stellte Alexander fasziniert fest.

»Was ist mit dir?«, erkundigte sich Noah erschrocken.

»Lilly ist hier«, flüsterte Vivien erschrocken. »Sie steht beim Restaurantleiter. Sie will doch nicht wirklich hier frühstücken?«

»Schatz, beruhige dich. Du wolltest dich nicht mehr von ihr verunsichern lassen. Bleib cool.«

Vivien sah ihn verzweifelt an. »Ich meinte damit, dass ich mich mit der Situation abgefunden habe, mit ihr auf einem Schiff zu sein. Dass sie hier wenige Meter neben mir frühstückt, ist für mich pure Provokation.« In ihren Augen sammelten sich Tränen. »Bitte, das halte ich nicht aus.«

»Ist ja gut, beruhige dich.« Noah nahm seine Serviette vom Schoß und legte sie sorgfältig neben seinen Teller. »Ich kümmere mich um die Angelegenheit.«

Alexander sah, wie er den Tisch verließ und zu einer hübschen Dunkelhaarigen ging. Noah nahm ihren Arm und führte sie wortlos heraus. Alexander blickte wieder nach vorne. Vivien Sander war in sich zusammengesackt. Sie war nur noch ein Schatten ihrer selbst. Alexander überlegte fieberhaft, was er jetzt machen könnte. Das war seine Chance, sie kennenzulernen. Aber wie? Ihm musste jetzt sofort etwas einfallen. Eine zweite Chance würde er in den paar Tagen definitiv nicht bekommen. Vivien griff nach ihrer Handtasche, stand auf und bewegte sich langsam in Richtung Ausgang. Es blieb ihm nur eine Möglichkeit. Als sie an seinem Tisch vorbeikam, stellte er sein Bein aus. Vivien stolperte. Zeitgleich schüttete er sich den Tomatensaft über den Schoß. Er sprang auf, und sie blickte panisch zurück.

»Oh mein Gott, war ich das?« Sie riss entsetzt die Augen auf.

Alexander lächelte charmant. »Kein Problem. Es ist nur Tomatensaft.«

»Das tut mir so leid«, stammelte sie. »Ich habe nicht aufgepasst. Was für ein beschissener Tag.« Nun brach sie tatsächlich in Tränen aus.

»Hey, bitte beruhigen Sie sich. Es ist nur Saft und keine Katastrophe.« Er legte ihr die Hand auf die Schulter. »So verheult können Sie doch jetzt nicht hier rausgehen.«

Sie nickte und sammelte sich etwas. »Nein, das wäre sicherlich eine Schlagzeile, und die kann ich gerade nicht brauchen.«

Alexander deutete auf den freien Stuhl an seinem Tisch. »Dann setzen Sie sich bitte. In ein paar Minuten geht es Ihnen wieder besser. Wie wäre es mit einem Glas Champagner auf den Tomatensaftschock?«

»Ich werde für den Schaden natürlich aufkommen«, schniefte sie.

Er gab dem Kellner ein Zeichen. »Bringen Sie uns bitte zwei Gläser Champagner.« Nach der Bestellung kümmerte er sich sofort wieder um das Model. »Na, was ist denn los? Sie sind ja vollkommen durch den Wind. Sie müssten doch auf Wolke sieben schweben. Und gestern haben Sie so bezaubernd dieses Schiff getauft.«

Sie putzte sich die Nase und sah ihn erschöpft an. »Es läuft gerade nicht so gut.«

Er lächelte väterlich. »Dann mal raus mit der Sprache. Ich habe Zeit. Ich bin ja im Urlaub.«

Der Kellner brache den Champagner. Alexander bedankte sich und erhob das Glas. »Auf Ihr Wohl. Und jetzt erzählen Sie mal.«

Vivien trank ein Schlückchen und räusperte sich. »Ich habe Stress hier an Bord.« Sie atmete tief durch. »Die Ex-Freundin meines Mannes ist auch hier, und das belastet mich sehr.«

»Warum? So wie ich es beobachten konnte, liebt Ihr Mann sie doch abgöttisch. War das da gerade seine Ex?« Vivien nickte. Alexander zog fragend die Augenbrauen hoch. »Wo ist denn das Problem? Die kann Ihnen doch nicht das Wasser reichen. Sie ist ja ganz niedlich, aber Sie sind mit Abstand die schönste Frau an Bord. Ich darf das sagen. Ich könnte ja ihr Vater sein.« Zum Glück wusste Vivien Sander nicht, dass seine Freundinnen immer sehr junge Frauen waren.

»Sie sind wirklich sehr freundlich«, erklärte Vivien und sah ihn dankbar an.

»Aber das war noch nicht alles?«, vermutete Alexander charmant vermuten.

»Nein, da ist noch was. Ich habe Probleme mit meiner neuen Wohnung in Hamburg.«

»Hamburg?«

»Ja. Das Apartment sollte letzte Woche fertig sein, aber da stimmte so einiges nicht. Sie behaupten, es gäbe Lieferschwierigkeiten«, berichtete Vivien empört. »Ich habe das Gefühl, die wollen mich über den Tisch ziehen, und das werde ich auf keinen Fall zulassen. Man kann mit mir nicht so umgehen.«

Alexander nickte mitfühlend. »Ich bin Innenarchitekt. Wenn Sie möchten, kann ich den Vertrag und die Pläne ja mal durchgehen. Es gibt für jede Lösung ein Problem. Kleiner Scherz. Ich helfe Ihnen da sehr gerne. Wenn Sie mir erklären, was genau schiefgelaufen ist, könnte ich Ihnen auch ein paar hochwertige Alternativen vorschlagen.«

Endlich lächelte sie. »Danke. Das wäre wirklich nett. Vielleicht stoßen Sie sogar auf noch unbemerkte Fehler. Geben Sie mir Ihre E-Mail-Adresse?« Er blickte sie fragend an. »Dann schicke ich Ihnen die Pläne, eine Liste der angefallenen Probleme und den Vertrag als PDF.«

»Ach, natürlich. Warten Sie.« Er fummelte einen Kugelschreiber und eine Quittung der Bordbar aus der Jackentasche und schrieb auf die Rückseite. Eine Visitenkarte konnte er ihr schlecht geben, ohne sofort aufzufliegen. »Hier steht alles drauf. Telefonnummer und E-Mail-Adresse.« Er reichte ihr den Zettel.

»Wunderbar.« Jetzt strahlte sie ihn sogar an.

»Ich werde den Vertrag auseinandernehmen. Machen Sie sich keine Sorgen. Ich werde die Angelegenheit auf Herz und Nieren prüfen.«

»Danke.« Vivien erhob ihr Glas. »Auf eine schöne Reise.«

Alexander erhob ebenfalls sein Glas. »Die wünsche ich Ihnen.«

Er war so ein Vollidiot. Hatte er wirklich gedacht, sie würde ihm den Originalvertrag in die Hand drücken? Selbst wenn, sie hatte garantiert mehrere Kopien. Er war wirklich von gestern. Heute verschickte man PDF-Dateien, in denen man nichts verändern konnte. Er hätte sich die ganze Aktion sparen können. Und der teure Champagner war auch sinnlos rausgeschmissenes Geld. Alexander lächelte tapfer, während sich seine Gedanken überschlugen. Er musste diese Vivien Sander irgendwie stoppen, sonst würde sie seine Firma und damit auch ihn vernichten.

27.

Marianne hatte das Frühstück mit dem sympathischen Oliver Kramer sehr genossen, auch wenn er sie zum Nachdenken gebracht hat. Nie hätte sie erwartet, auf diesem Schiff eine solche Unterhaltung zu führen. Sie hatte angenommen, dass sie mit anderen Rentnern über Enkelkinder oder Diabetes sprechen würde. Gut gelaunt machte sich Marianne auf den Weg zu ihrer Kabine, in der Hoffnung, Laura dort zu finden. Sie öffnete die Tür und stellte erfreut fest, dass das Reinigungspersonal bereits dagewesen war. Die Betten waren gemacht und die Handtücher ausgetauscht. Es war schon sehr angenehm, sich um nichts kümmern zu müssen. Marianne wusste das zu schätzen. Von Laura fehlte jede Spur, aber auf dem Kopfkissen lag eine Nachricht von ihr. Ihre Enkelin hatte zwei Liegen auf dem Pooldeck reserviert und würde dort auf sie warten. Marianne war begeistert. Nichts würde sie jetzt lieber machen, als in der Sonne liegen und auf das Meer blicken. Sie nahm ihre Tasche, warf noch einen leichten Schal und ihre Sonnenbrille hinein und verließ die Kabine. Als sie auf Deck zwölf nach draußen trat, schlug ihr die frische Seeluft entgegen.

»Herrlich«, murmelte Marianne leise und machte sich auf die Suche nach Laura. Das Deck war gut besucht. An der Bar wurden bereits bunte Cocktails getrunken, und im Pool spielten vergnügte Kinder. Marianne bahnte sich einen Weg durch das bunte Meer aus Menschen und Sonnenliegen.

»Oma!«

Marianne blickte sich um. Laura saß auf einer Liege an der durchsichtigen Reling und winkte.

»Du sollst doch nicht Oma sagen. Und schon gar nicht schreien«, schimpfte sie mit einem Schmunzeln, als sie bei Laura angekommen war.

»Ach, jetzt hab dich doch nicht so. Nimm Platz. Es war gar nicht so einfach, die zweite Liege freizuhalten«, berichtete ihre Enkelin. »Ich wurde ständig darauf angesprochen. Bei dem schönen Wetter wollen alle an Deck liegen.«

Marianne legte sich auf die Liege und atmete tief durch. »Herrlich. Genauso habe ich mir das vorgestellt. Einfach mal die Seele baumeln lassen.« Laura hatte bereits Decken besorgt. Marianne legte sich vorsichtshalber eine um die Schultern. Es war zwar angenehm warm hinter der Glasabtrennung, aber eine Erkältung wollte sie nicht riskieren. »Das ist doch die dänische Küste?«, fragte Marianne.

»Ja. Wir fahren die Küste hoch bis zum Skagerrak, wo die Nordsee auf die Ostsee trifft. Da kann es je nach Wetterlage auch mal etwas schaukeln.«

»Ach, das stört mich nicht«, behauptete Marianne. »Wann bist du denn aufgestanden? Ich habe dich gar nicht gehört.«

Laura lachte kurz. »Das glaube ich gern. Du hast ja ganze Wälder abgesägt.«

Marianne sah sie mit gespielter Empörung an. »Willst du etwa andeuten, dass ich geschnarcht habe?«

»Ich sage es dir sogar mitten ins Gesicht. Du hast mich vertrieben. Ich hatte eine ziemlich kurze Nacht. Sarah und ich waren nach der Show noch in der Disco.«

»Das ist doch prima«, freute sich Marianne. »Schön, dass hier nicht nur steinalte Leute sind. Wie ist sie denn, diese Sarah? Sie guckt immer ein bisschen muffig. Schade eigentlich, sie ist doch sonst ein hübsches Mädchen.«

»Das stimmt«, bestätigte ihre Enkelin. »Sie ist im Grunde sehr nett. Ich glaube, sie ist einfach nur etwas unsicher. Nach der Behandlung wegen ihrer Essstörung muss sie sich im normalen Leben erst wieder zurechtfinden. Sie möchte Model werden und dachte wahrscheinlich, dass ihre Chancen bei den Agenturen steigen, wenn sie sich zum Skelett herunterhungert. Jetzt geht es ihr wieder besser, nur ihr Vater macht sich ständig Sorgen und überwacht ihr Essverhalten. Das nervt sie natürlich.«

»Dass er sich Sorgen macht, kann ich schon verstehen, aber das Mädchen ist doch erwachsen. Sie muss schon selbst auf ihre Gesundheit achten. Er sollte ihr ein bisschen mehr Vertrauen entgegenbringen. Aber gut, es geht uns auch wirklich überhaupt nichts an«, bemerkte Marianne.

»In einer halben Stunde gibt es Mittagessen«, verkündete Laura. »Ich habe wirklich Hunger.«

»Um Gottes willen, ich komme doch gerade vom Frühstück. Ich bin wirklich pappsatt.« Marianne streckte sich genüsslich. »Ach, ist das nicht wundervoll? Wir liegen in der Sonne auf dem Weg nach Norwegen, und unser Zimmer fährt mit.«

»Aber ich hatte kein Frühstück«, jammerte Laura. »Mir knurrt der Magen.«

Marianne sah ihre Enkelin verblüfft an »Wieso hast du denn nichts gegessen? Das Büfett ist wirklich toll.«

Laura setzte sich auf. »Ich hatte keine Zeit, weil ich tatsächlich eine sehr interessante Bekanntschaft gemacht habe.«

»In der Disco?« Marianne gähnte. Ein Nickerchen wäre jetzt genau das Richtige.

»Nein, an Deck bei einer Tasse Kaffee in der Morgendämmerung. Und zwar mit Lilly.«

»Sollte ich sie kennen?«, fragte Marianne müde und schloss die Augen.

»Oma, jetzt schlaf doch nicht ein. Lilly ist die Frau, die bei der Schiffstaufe aufgetaucht ist. Sie hatte doch diese Auseinandersetzung mit Vivien Sander.«

»Ach, du meinst die Ex von Noah Hofmann?«

Laura sah ihre Großmutter erstaunt an. »Noah Hofmann? Woher kennst du denn seinen Namen?«

Marianne rappelte sich auf und rieb sich die müden Augen. »Du bist nicht die Einzige, die hier Leute kennenlernt. Als du gestern Abend mit Sarah in die Show gegangen bist, habe ich in der *Seabreeze Bar* am Heck noch einen Wein getrunken und nebenbei ein aufschlussreiches Gespräch mit Vivien Sander geführt.«

Ihre Enkelin starrte sie überrascht an. »Mit der Vivien? Das ist ja unglaublich. Jetzt lass dir doch nicht jedes Wort aus der Nase ziehen. Wie ist sie denn so?«

»Tja, wie ist sie?« Marianne überlegte kurz. »Sie ist wirklich unglaublich hübsch, aber auch sehr verunsichert. Dass diese Lilly hier aufgetaucht ist, scheint sie sehr zu belasten.«

»Na, der Lilly geht es auch nicht besonders gut. Das ist doch wohl klar«, entgegnete Laura scharf. »Sie hat sich zu dieser Reise entschlossen, als sie aus der Presse davon erfahren hat, dass Vivien die *Dalia Ocean* taufen würde.«

»Warum, zum Teufel?«

Laura zuckte mit den Achseln. »Lilly hat mir gesagt, dass sie die beiden einfach quälen möchte. Sie sollen sich mies fühlen und ein schlechtes Gewissen haben. Lilly fühlt sich von beiden betrogen. Es ist eine Art Rache.«

Marianne schüttelte energisch den Kopf. »Das ist ja lächerlich. Vivien Sander schien gestern zwar wirklich unangenehm überrascht zu sein, aber sie war auch etwas betrunken und schwelgte im Selbstmitleid. Das wird sich schnell legen. Sie hat doch gewonnen. In drei Tagen ist sie wieder mit ihrem Mann allein und genießt ihr Luxusleben. Diese Lilly überschätzt sich. Ich glaube kaum, dass sie ihren Ex jemals zurückbekommt. Noah wäre ja auch verrückt. Wer würde sich von einer der schönsten Frauen der Welt und ihrem Reichtum trennen?«

»Eine Romantikerin bist du jedenfalls nicht, Oma«, stellte Laura nüchtern fest. »Lilly liebt Noah noch immer.«

»Das hat ihm aber nicht gereicht.«

Laura nickte nachdenklich. »Komisch, dass du das gerade gesagt hast. Lilly hatte erwähnt, dass es ihrem Ex nicht um die Kohle ginge. Das Geld wäre nur eine angenehme Nebensache. Wie hatte sie sich noch ausgedrückt? Ach ja, es ginge ihm um die Trophäe. Durch Vivien sei er jetzt berühmt, oder so.«

»Ein kleiner unbekannter Fotograf ist er jetzt sicher nicht mehr«, resümierte Marianne nachdenklich. »Hoffen wir einfach, dass die Situation hier nicht noch eskalieren wird. Und jetzt bin ich für ein Nickerchen.«

28.

Doktor Christina Winter saß an dem kleinen Schreibtisch des Behandlungsraums der Bordklinik und massierte sich die Schläfen. Wie sollte sie das nur durchhalten? Die letzten Stunden hatten ihr gezeigt, dass die Idee, als Ärztin auf einem Kreuzfahrtschiff zu arbeiten, nicht ihre beste gewesen war. Die meisten Patienten litten an Übelkeit. Doktor Winter war sich sicher, dass es sich bei den meisten Fällen nicht um eine Kinetose, also eine echte Seekrankheit handelte. Manche Passagiere überfraßen sich schlicht oder konsumierten zu viel von dem kostenlosen Tischwein, und das schon zum Mittagessen. Es klopfte. »Herein.«

Die Tür wurde geöffnet, und die Arzthelferin trat ein. »Frau Doktor Winter? Es sind noch zwei Patienten mit Reisekrankheit im Wartezimmer. Soll ich den nächsten reinschicken?«

Christina Winter nickte. Sie stand auf, wusch sich gründlich die Hände und machte sich bereit für den nächsten bleichen Patienten mit Alkoholfahne. Konnte sich nicht mal einer den Arm brechen? Was würde sie für ein bisschen Abwechslung geben. Es war so unter ihrer Würde, diese selbst verschuldeten Zipperlein zu behandeln. Am liebsten würde sie die Patienten anschreien. Warum soffen sich diese Menschen in die Klinik? War das der Sinn einer Kreuzfahrt? Musste man sich vollstopfen und betrinken, nur weil alles inklusive war? Christina

Winter hatte jetzt schon einen Hass auf ihre Patienten, nach nicht einmal 24 Stunden in ihrem neuen Job. Die Arzthelferin führte einen jungen Mann in den Behandlungsraum. Er ließ sich auf den Stuhl sinken und rülpste. Christina ignorierte sein Verhalten und gab vor, sich noch mit Unterlagen zu beschäftigen. Sie musste sich beruhigen. Auch dieser besoffene Junge war ein Patient, und sie würde sich um ihn kümmern müssen. Sie war jetzt Schiffsärztin. Dafür wurde sie bezahlt.

»Mir ist schlecht. Ich bin seekrank«, jammerte der junge Mann, als sie sich ihm zuwandte.

Sie blickte ihn skeptisch an. »Tatsächlich? Meine Name ist Doktor Winter. Ich schlage vor, Sie schildern mir erst einmal Ihre Symptome.«

Mit schwerer Zunge berichtete ihr Patient, dass er sich mehrmals übergeben hätte. Er habe gestern zwar ein bisschen gefeiert, aber heute konnte er nach dem ersten Hefeweizen kaum noch geradeaus laufen. »Es ist dieser verdammte Wellengang. Ich bin doch wohl eher eine Landratte«, beendete er seinen Bericht mit einem verzweifelten Grinsen.

»Die See ist ruhig, und das wissen Sie auch«, erklärte Doktor Winter mit strenger Stimme. »Aber ich kann Sie beruhigen, Sie sind nicht seekrank. Sie sind einfach nur voll. Ich gebe Ihnen jetzt eine Kopfschmerztablette, und dann legen Sie sich in Ihre Kabine und schlafen ein paar Stunden. Ich bin mir sicher, dass Sie heute Abend fit genug sind, um mit Ihren Kumpels weiter zu trinken.«

Das Gesicht des jungen Mannes hellte sich auf. »Echt jetzt? Sie sind ja geil drauf. Ich mach das genauso, wie Sie gesagt haben, Frau Doktor«, versprach ihr Patient.

Christina reichte ihm eine Tablette. »Die nehmen Sie jetzt mit Wasser ein, bevor Sie sich hinlegen. Machen Sie am Glas mal etwas langsamer, verstanden? Ich will Sie hier nicht noch einmal sehen.«

»Geht klar, Frau Doktor.« Schwankend verließ der junge Mann den Behandlungsraum. Dabei hielt er die Tablette wie eine Trophäe in einer Siegerfaust. Christina atmete tief durch. Die Tür öffnete sich wieder.

»Frau Doktor? Soll ich den nächsten Patienten reinschicken?«, fragte die Arzthelferin.

»Geben Sie mir bitte fünf Minuten. Ich muss das hier kurz eintragen.« Sie zeigte auf ihren Bildschirm.

»Ja klar.« Die Arzthelferin nickte ihr freundlich zu und verließ das Behandlungszimmer. Christina Winter fühlte plötzlich eine ungeheure Wut in sich. Diese eine Patientin damals hatte sich nicht an ihren ärztlichen Rat gehalten und damit die Wundheilung riskiert. Die Nähte hatten sich entzündet. Hätte sie doch vor Gericht gehen sollen? Vielleicht wäre es besser gewesen anzugreifen. Aber hätte sie zu 100 Prozent beweisen können, dass sie die Patientin über alle Risiken gründlich aufgeklärt hatte und ihr auch während der Operation kein Fehler unterlaufen war? Jetzt war es zu spät, sich noch mit diesen Gedanken zu quälen.

29.

Martin Hartwig hatte den Vormittag damit zugebracht, das Schiff zu erkunden, und er war wirklich beeindruckt. Die meisten Passagiere verbrachten ihre Zeit damit, auf dem Pooldeck auf einer Sonnenliege zu entspannen und zwischendurch einen Cocktail zu genießen. Eltern hatten die Möglichkeit, ihre Kinder im *Kids Club* abzugeben, damit ihrer Erholung nichts im Wege stand. Martin überlegte, ob seine Tochter ihn oder seine Frau im Urlaub je genervt hatte. Bestimmt hatte Sarah auch mal gequengelt, aber um nichts in der Welt hätten sie sie in einen Klub abgeschoben. Martin hatte wunderbare Erinnerungen an ihre gemeinsamen Ferien. Aber sollte doch jeder machen, was er wollte. Am Ausflug-Counter hatte er die angebotenen Ausflüge studiert. Die Passagiere, die Oslo und Kopenhagen nicht auf eigene Faust erkunden wollten, hatten die Möglichkeit, eine geführte Tour zu buchen. Es blieb die Qual der Wahl, ob man die Städte mit dem Bus, zu Fuß, auf einem Fahrrad oder sogar einem Segway erkunden wollte. Shoppen konnte man an Bord auch jede Menge. In diversen Läden gab es Parfum, Schmuck, Spirituosen, Spielzeug und Klamotten. Es gab sogar ein Blumengeschäft. Selbst an einem Seetag gab es genug Möglichkeiten, sich sportlich zu betätigen. Nicht nur im Fitnesscenter. Es gab sogar einen Joggingparcours, was Martin allerdings irgendwie lächerlich fand. Wer wollte denn auf dem Deck kilometerlang im

Kreis laufen? Auf der anderen Seite gab es ja auch genug Mitreisende, die auf den Laufbändern auf der Stelle rannten. Er lief lieber durch den Wald, und das fast täglich. Wie er feststellte, waren die Tischtennisplatten, die Basketballkörbe und der kleine Fußballplatz vor allem bei den Kids sehr beliebt. Man konnte sogar Golf spielen. An einem Simulator natürlich, aber immerhin. Die Dame von Welt musste auch nichts vermissen. Ihr stand ein großzügiger Wellnessbereich und ein Friseursalon zur Verfügung. Das Theater beeindruckte Martin besonders. Die Zuschauerränge verteilten sich über drei Decks. Es wurden nicht nur Shows am Abend vorgeführt, es gab auch tagsüber interessante Vorträge und Lesungen. Martin hatte fürs Erste genug. Wahrscheinlich hatte er längst noch nicht alles gesehen, aber er hatte tatsächlich schon wieder Hunger und freute sich auf das Mittagsessen. Am Morgen hatte er mit Sarah gefrühstückt und danach seinen Erkundungsmarsch gestartet. Sarah hatte er nicht dafür begeistern können. Sie wollte sich nach der kurzen Nacht noch einmal aufs Ohr legen und anschließend Sport machen. Martin fiel es immer noch nicht leicht, sie alleine zu lassen. Was, wenn sie sich nach dem Frühstück in der Kabine den Finger in den Hals steckte? Schnell schüttelte er den Gedanken ab. Nein, sie war auf einem guten Weg. Martin steuerte das Fitnessstudio an und entdeckte seine Tochter auf einem Crosstrainer. Sie war immer noch sehr dünn, aber ihr Körper bestand nicht mehr nur aus Haut und Knochen. Sie hatte Muskeln aufgebaut und wirkte fit. Auch ihr Gesicht war nicht mehr spitz, sondern wunderschön. Sie hatte die großen blauen Augen und den schönen Mund ihrer Mutter.

»Junge Frau, ich möchte Sie zum Lunch ausführen«, verkündete Martin fröhlich.

Sarah machte keine Anstalten, ihr Sportprogramm zu unterbrechen. »Ach, Papa, wir haben doch gerade erst gefrühstückt.«

Er lächelte sie kopfschüttelnd an. »Nein, das ist bereits drei Stunden her. Schatz, wir hatten eine Abmachung. Regelmäßige Mahlzeiten, kein Hungern und keine Fressattacken.«

Sarah seufzte. »Ist ja gut. Du gibst ja sonst sowieso keine Ruhe.« Endlich stieg sie von dem Fitnessgerät. Sie nahm ihr Handtuch und wischte sich den Schweiß vom Gesicht. »Ich habe ja eingesehen, dass ein Model nicht mager, sondern schlank, sportlich und gesund sein soll.«

Bei Martin gingen sofort die Alarmglocken an. »Dieser Quatsch mit dem Modeln liegt doch hinter uns, oder? Du hast gesagt, du machst ein Studium.«

»Hey, Moment mal. Ganz so stimmt das aber nicht«, protestierte seine Tochter. »Ich habe gesagt, dass ich mich für das Architekturstudium einschreibe. Das habe ich ja auch getan. Nebenbei werde ich aber sicher mal bei der einen oder anderen Agentur vorbeischauen. Außerdem habe ich mir überlegt, einen Blog oder Channel zu starten. Ich könnte was mit Mode und Make-up machen. Ich würde auch gerne das Thema Essstörung behandeln. Ich bin mir sicher, dass das da draußen viele junge Mädchen interessiert.«

Martin versuchte, ruhig zu bleiben. »Sarah, ich denke, du solltest dich erst einmal auf das Studium konzentrieren und dir nicht zu viel vornehmen.«

»Papa, jetzt sei doch nicht so pessimistisch. Es geht mir wirklich gut«, versicherte Sarah. »Außerdem kann man als Influencer eine Menge Geld verdienen. Es gibt sogar welche, die auf großen Modenschauen mitlaufen, einfach weil sie so einen Einfluss auf die Leute im Netz haben. Die haben oft nicht mal Modelmaße. Ich werde einfach einen anderen Weg gehen, aber aufgeben werde ich nicht. Sorry, Papa.«

Martin schüttelte verzweifelt den Kopf. »Du bist erwachsen und kannst machen, was du willst. Ich bitte dich nur, gesund zu bleiben.« Er hatte immer noch große Angst um sie. Seit ihre Mutter vor zehn Jahren bei einem Autounfall tödlich verunglückt war und er die alleinige Verantwortung für seine Tochter hatte, hatte er jeden Tag Angst um sie. Er hatte sie verwöhnt wie eine Prinzessin. Hatte er sie zu sehr in Watte gepackt? Hätte er nicht merken müssen, dass sie immer weniger aß? Ihr ganzes Interesse galt Modemagazinen und Castingshows. Diese ganzen Models hatten die Jugend seiner Tochter geprägt. Sarah wollte eine von ihnen sein. Er hatte sich nichts dabei gedacht, sondern war eher erleichtert gewesen, dass Sarah nach der furchtbaren Trauer über den Verlust ihrer Mutter wieder Begeisterung empfand. Wie hätte er auch ahnen können, dass diese Leidenschaft in einer Katastrophe enden würde? All diese angeblich wunderschönen Frauen, die mit bearbeiteten Bildern eine verlogene Wirklichkeit präsentierten, waren schuld. Sie waren alle schuld. Er hätte seine Tochter fast verloren. Ihr Leben hatte auf der Kippe gestanden, hatten ihm die Ärzte damals gesagt. Jetzt war sie nach einem Aufenthalt in einer Klinik und unzähligen Therapiestunden angeblich über dem Berg. Tatsächlich? Sarah ließ immer noch nicht von ihrem Traum ab, im Gegenteil. Sie war offensichtlich Feuer und Flamme von ihrer neuen Idee, ein Internetstar zu werden. Martin war nur kurz verwundert, woher diese neuen Flausen seiner Tochter denn plötzlich kamen, aber dann verstand er es plötzlich. Eines dieser Supermodels zeigte seiner Tochter ja gerade, wie bewundert und umschwärmt sich das Leben genießen ließ. Er hätte diese verfluchte Reise niemals buchen dürfen. Seine Frau hatte er bereits verloren, und Sarah hatte um ihr Leben gekämpft. Was, wenn sie jetzt in alte Muster verfiel und einen Rückfall erleiden würde? Alles würde wieder von vorne losgehen. Martin war sich sicher, dass er das Ganze nicht noch einmal durchstehen konnte. Er war mit seinen Kräften am Ende.

30.

Isa Witte öffnete bestens gelaunt die Tür ihrer Kabine. Sie trat ein und warf beschwingt ihre Handtasche auf das Bett. Das Mittagessen war ein Traum gewesen. Werner hatte sie ins Sushi-Restaurant *Fugu* eingeladen. Die kleinen japanischen Häppchen waren köstlich gewesen. Nachdem sie Werner auf der letzten Kreuzfahrt kennengelernt hatte, hatte er sie zu dieser Reise eingeladen. Er habe sie einfach wiedersehen wollen, hatte Werner auch gestern Abend bei Champagner immer wieder betont. Natürlich war es kein Zufall gewesen, dass sie auf der letzten Reise ausgerechnet dem Werner schöne Augen gemacht hatte. Zusammen mit ihrem Sohn hatte sie die Passagiere beobachtet und Informationen gesammelt. Ihre Wahl war auf den allein reisenden Werner aus Düsseldorf gefallen. Der leicht übergewichtige, aber dennoch attraktive Mann Anfang 70 war ein Glücksgriff. Es stellte sich schnell heraus, dass es sich bei dem gut gelaunten Rheinländer um den schwerreichen Besitzer einer Drogeriekette handelte. Werner war schnell Feuer und Flamme für die attraktive Gräfin gewesen. Der Gute hatte ja keine Ahnung, dass Isa es darauf angelegt hatte, ihn kennenzulernen. Sie hatte mit ihm geflirtet und in kurzer Zeit um den kleinen Finger gewickelt. Werner war verzaubert von der wilden adeligen Dame. Sie hatten jede Minute zusammen verbracht und viel geredet und gelacht. Als Isa ihm am Ende der Kreuzfahrt oscarreif gebeichtet hatte, dass sie auf einen Betrüger hereingefallen sei und nun den bestellten Neuwagen nicht mehr bezahlen könnte, war Werner froh gewesen, ihr mit einer kleinen Finanzspritze helfen zu können. Was für ein Trottel. Er hätte sie vor einer Blamage bewahrt, hatte sie versichert. Sie hatte sogar ein paar Tränen fließen lassen und ihm geschworen, dass sie alles zurückzahlen würde. »Nicht in diesem Leben«, murmelte Isa und kicherte. Er war damals so glücklich gewesen, dass er ihr hatte helfen können. Sie waren nach der Reise in Kontakt geblieben, und Werners Sehnsucht nach ihr war immer größer geworden. Nun waren sie endlich wieder für ein paar Tage zusammen, und es lief hervorragend. Als sie gerade beim Mittagessen den letzten Schluck Champagner genossen hatten, hatte er sie gefragt, ob sie nicht gemeinsam Siesta machen wollten, in seiner Suite. Sie hatte ihn angelächelt und ihm gesagt, dass sie sehr gerne in seiner Nähe wäre. Sie wolle sich nur kurz frisch machen. Isa hatte bei diesem Mann kein Problem mit ihrem Job. Der Mann war einigermaßen attraktiv und ausgesprochen zuvorkommend. Sie würde sich große Mühe geben, ihn mehr und mehr für sich zu gewinnen. Ein festes Arrangement würde in ihrem Leben vieles leichter machen. Isa schlüpfte aus dem dunkelblauen Bleistiftrock und der weißen Schluppenbluse und sprang unter die Dusche. Sie entschied sich, das roséfarbene Negligé unter ihrem geblümten Sommerkleid zu tragen. Ein Sommerkleid war unverfänglich, falls sie seine Absichten falsch gedeutet haben sollte. Sie ging aber davon aus, dass er mit gemeinsamer Siesta nicht einfach einen schnöden Mittagsschlaf vorgeschlagen hatte. Isa wickelte sich in den Bademantel und eilte zum Kleiderschrank. Sie durfte nicht trödeln, sonst würde Werner vielleicht tatsächlich einschlafen und ihr Klopfen nicht hören. Isa fluchte leise, als es zu diesem unpassenden Moment an ihrer eigenen Kabinentür klopfte. »Ja?«

»Mutter, mach auf.«

Sie öffnete und ließ ihren Sohn eintreten. »Ganz schlechtes Timing, mein Schatz. Ich muss gleich los.«

»Dein Kunde?«

Isa sah ihn genervt an. »Ich sagte bereits, dass ich das Wort nicht hören möchte. Und jetzt lass mich in Ruhe. Man könnte meinen, du hättest keine eigene Kabine. Ständig tauchst du hier auf.«

»Erzähl doch mal.« Henrik schmiss sich auf das Bett und sah sie auffordernd an. »Wie war denn euer Lunch? War das Sushi gut? Hast du deinen Kunden, sorry, Verehrer wieder ganz wild gemacht?«

Isa schnappte sich die passenden Klamotten aus dem Schrank. »Ich habe keine Zeit für so ein Gespräch. Ich bin in Eile. Es liegt ja auch in deinem Interesse, dass es mit Werner gut läuft. Unsere Rücklagen sind so gut wie aufgebraucht. Wir brauchen einen neuen Geldhahn.«

Henrik lächelte sie charmant an. »Es gibt noch andere Optionen, Mutter.«

Isa schüttelte den Kopf und hoffte inständig, dass ihr Sohn keinen Unsinn anstellte. Er war eine diebische Elster.

31.

Lilly Marino stand auf dem Balkon ihrer Kabine auf Deck sieben und blickte traurig auf die Wellen. Wie viele Sekunden würde es wohl dauern, bis man auf die Wasseroberfläche klatschte? Wäre man sofort tot? Oder würde man sich sämtliche Knochen brechen und ertrinken? Lilly zwang sich, diese dunklen Gedanken zu vertreiben. Sie musste sich eingestehen, dass die ganze Situation ihr mehr zusetzte, als sie gedacht hatte. Es war kaum auszuhalten, wie sehr die Passagiere Vivien bewunderten. Bei der Schiffstaufe hatte das Publikum an ihren Lippen gehangen, und Lilly hatte mitanhören müssen, wie die Menschen ihre Schönheit rühmten. Die Leute hatten ja auch keine Ahnung, was für einen widerlichen Charakter diese Frau hatte. Vivien Sander nahm sich, was sie wollte, und kam mit allem durch. Und Noah? Seine neue Rolle schien ihm ausgesprochen gut zu gefallen. Er hielt sich wie ein Bodyguard im Hintergrund, jederzeit bereit, seiner Frau zur Seite zu stehen, sollte sie seine Hilfe brauchen. Lilly war auch nicht entgangen, wie sehr Noah die anerkennenden Blicke der Mitreisenden genoss. Er war der tolle Hecht, den das berühmte Model auserkoren hatte. Für ihn hatte sie sogar einem Hollywoodstar den Laufpass gegeben. Natürlich fragten sich die Leute, was diesen Mann denn so begehrenswert machte. Lilly drückte sich die Handflächen an die Schläfen. Ihr Kopf pochte. Wie hatte sie mit Vivien nur so lange befreundet sein können? Sie waren mal durch dick und dünn miteinander gegangen und hatten alles geteilt. Lilly lachte hysterisch auf. Zuletzt sogar den Mann. Noah hatte plötzlich mehr Follower als manche echten Stars. Musste er überhaupt noch fotografieren? Oder reichten seine Werbedeals allein für ein Luxusleben? Seine Ehefrau hatte sowieso ein riesiges Vermögen. Lilly ging fröstelnd zurück in die Kabine und betrachtete sich im Badezimmerspiegel. Sie sah mitgenommen aus. Am Morgen war sie noch voller Energie gewesen und hatte beabsichtigt, Vivien die Stirn zu bieten. Ihr Plan war, diese kaltherzige Frau daran zu erinnern, wie schäbig sie sich verhalten hatte. Stattdessen hatte Noah sie vor dem *Maritime* abgefangen. Er hatte ihren Arm gegriffen und gezischt, sie solle jetzt bloß keine Szene machen. Als sie sich ein Stück von dem Restaurant entfernt hatten, war er laut geworden. Sie solle seine Ehefrau in Ruhe lassen, hatte er gebrüllt. Dass ihre Eifersucht krankhaft sei. Unzählige Passagiere hatten das mitbekommen und zu tuscheln begonnen. Es war ihr unglaublich peinlich gewesen. Aber Noah hatte sich geschnitten, wenn er davon ausging, dass sie sich nun zurückhalten würde. Im Gegenteil, sie würde sich niemals einschüchtern lassen. Entschlossen griff sie nach ihrer Schminktasche, um sich für ein erneutes Aufeinandertreffen zu rüsten. Noch hatte Vivien nicht gewonnen. Beim nächsten Mal würde sie sich nicht einfach wegführen lassen wie ein kleines Mädchen. Lilly lächelte ihrem Spiegelbild aufmunternd zu. Es war Zeit, den nächsten Angriff zu planen.

32.

Sarah Hartwig hatte mit ihrem Vater vereinbart, dass sie vor dem Mittagessen noch schnell unter die Dusche springen und sich umziehen würde, während er sich im Büfett-Restaurant *Nautilus* auf die Suche nach einem freien Tisch machte. Sarah beeilte sich und war nach nur zehn Minuten fertig. In Jeans und T-Shirt verließ sie gut gelaunt die Kabine, um sich auf den Weg zum Restaurant zu machen. Sie sprintete die Treppe hoch, bis sie das Deck neun erreichte, und lief durch die Ladenpassage in Richtung Heck. Als sie an der Parfümerie vorbeikam, verließ Vivien Sander gerade mit einer großen Tüte das Geschäft und kam direkt auf sie zu. Sarah war hin und her gerissen. Auf der einen Seite hatte unter anderem ihre Faszination für diese Supermodels und ihr eigenes Streben nach einem ebenso perfekten Körper sie krank gemacht. Auf der anderen Seite war sie heute reifer und hatte gelernt, dass ein Körper gesund sein musste, um etwas zu erreichen. Diese Frau konnte ja persönlich nichts dafür, dass sie magersüchtig geworden war. Sarah nahm allen Mut zusammen und sprach sie an. »Vivien? Entschuldigen Sie bitte?«

Das Model blieb stehen und sah sie genervt an. »Was ist denn?«

Sarah schluckte und räusperte sich. »Hallo. Ich heiße Sarah und ich bin ein riesiger Fan von Ihnen.«

»Das freut mich«, behauptete Vivien gelangweilt. »Leider habe ich gerade keine Autogrammkarten bei mir.« Sie nickte Sarah zu und wollte an ihr vorbei.

»Bitte warten Sie noch kurz. Für mich ist das gerade ein wirklich besonderer Moment«, beteuerte Sarah. »Wissen Sie, ich möchte auch Model werden und da dachte ich …«

»Model?« Vivien sah sie erstaunt an und begutachtete Sarahs Körper wenige Sekunden. »Nun, verstehe mich da bitte nicht falsch, du bist wirklich ein hübsches Mädchen, aber ein Model ganz sicher nicht.«

»Aber …«

»Wie groß bist du überhaupt?«, erkundigte sich Vivien desinteressiert. Sarah streckte sich. »Ich bin einen Meter 73.«

»Du bist natürlich viel zu klein«, belehrte Vivien sie herablassend.

Sarah bemerkte, dass sie tatsächlich die ganze Zeit nach oben sehen musste, um dem Model in die Augen zu blicken. Sie wusste, dass Vivien Sander einen Meter 82 groß war. Außerdem trug sie High Heels. Plötzlich wirkte sie auf Sarah wie eine Riesin. »Aber Kate Moss ist doch noch kleiner als ich.«

»Kate Moss? Machst du Witze?« Vivien sah sie an, als hätte sie den Verstand verloren. »Kate Moss ist eine Legende. Ihr spezieller Look hat Ende der 80er-Jahre die ganze Branche revolutioniert. Sie hat Modegeschichte geschrieben und ist seitdem ein Superstar. Selbst ich bewundere Kate. Du bist wirklich extrem naiv. Und jetzt entschuldige mich. Ich habe für so einen Unsinn wirklich keine Zeit.« Mit diesen Worten ließ sie Sarah einfach stehen.

Sarah kämpfte, aber sie konnte nicht verhindern, dass ihr die Tränen in die Augen schossen. Noch nie hatte sie sich so erniedrigt gefühlt. Diese Frau hatte es mit wenigen Sätzen geschafft, ihr neues Selbstbewusstsein in Luft aufzulösen. Und dabei hatte sie Vivien Sander immer so sehr bewundert. Sie war eines der wenigen deutschen Mädchen, das es bis an die Weltspitze geschafft hatten. Sarah war über alle Maßen enttäuscht von der Begegnung. Das Leben war ungerecht. Diese arrogante Ziege hatte wahrscheinlich keinerlei Erfahrung damit, wie es sich anfühlte, von oben herab behandelt und abgelehnt zu werden. So ein Erlebnis würde der Sander mal gut tun, entschied Sarah. Aber da war sie leider machtlos. Zumindest hatte das Model jetzt einen Fan weniger. Sarah machte sich wieder auf den Weg. Sie musste zu ihrem Vater, und der durfte auf keinen Fall merken, dass mit ihr etwas nicht stimmte. Er würde sich sonst wieder große Sorgen um sie machen.

33.

Marianne döste zufrieden auf ihrer Liege. Laura lag auf der anderen neben ihr und schlief tief und fest. Was für ein herrlicher Tag. Marianne hatte ihren Deckchair nur kurz verlassen, um ihre hungrige Enkelin zum Mittagessen zu begleiten. Eigentlich war sie noch vom Frühstück satt gewesen, aber das Büfett sah so appetitlich aus, dass sie sich auch noch die eine oder andere Kleinigkeit gegönnt hatte. Marianne sah auf die Uhr. Es war bereits 15.30 Uhr, und sie verspürte ein dringendes Verlangen nach einer schönen Tasse Kaffee. Sie beschloss, Laura zu wecken.

»Hallo?«, flüsterte sie und streichelte dabei ihrer Enkelin liebevoll über den Arm. »Willst du nicht mal aufwachen?«

Laura reckte sich und gähnte. »Oma, was ist denn?«

»Es ist Kaffeezeit. Ich dachte, wir könnten mal wieder ein Restaurant ansteuern.«

Laura setzte sich auf und rieb sich die Augen. »Gute Idee. Ich habe jetzt auch lange genug gepennt. Wollen wir wieder ins *Nautilus*? Da können wir draußen auf der Terrasse sitzen.«

Bevor sie sich aufmachten, drapierte Laura ihre Jacke und eine Zeitschrift auf den Liegen, um diese als besetzt zu markieren.

»Also bitte, das kannst du doch nicht wirklich machen?«, erklärte Marianne empört. »Das ist ziemlich deutsch und sehr spießig.«

Laura nickte. »Ich weiß, aber dieser Platz gefällt dir doch so gut. Ohne meinen kleinen Trick sind die Liegen sonst gleich weg.«

Marianne sah die Notwendigkeit ein und protestierte nicht weiter. Im Restaurant versorgten sie sich mit etwas Kuchen und traten anschließend auf die gut besuchte Terrasse. »Da hinten ist noch was frei.« Laura zeigte auf einen großen Tisch, an dem bereits einige Passagiere saßen, ein paar Stühle aber noch unbesetzt waren.

»Dürfen wir?«, fragte Marianne, als sie die Sitzgruppe erreicht hatten. Sie erkannte die elegante Dame mit dem blonden Haar wieder. »Ach, Isa, Sie sind es. Hallo. Hatten Sie einen schönen Tag?«

Isa Witte blickte auf. »Marianne, bitte nehmen Sie doch Platz.«

»Da haben wir ja Glück.« Marianne und Laura setzten sich.

Auf dem Tisch standen Kaffee in einer Thermoskanne und Tassen. Die beiden bedienten sich.

Isa lächelte. »Zu den Essenszeiten merkt man erst, wie viele Menschen auf dem Schiff sind. Lächerlich, wie einige Leute bereits vor den noch geschlossenen Restaurants warten, dass sich endlich die Türen öffnen. Und dieses Gedrängel vor den Büfetts? Als ob es später vielleicht nichts mehr gäbe.«

»Da haben Sie recht«, pflichtet Marianne ihr bei.

»Wo ist denn Ihr Sohn?«, erkundigte sich Laura neugierig.

Isa rollte mit den Augen. »Ich habe nicht die geringste Ahnung. Eigentlich wollten wir uns hier treffen. Na, was soll's. Er wird schon wieder auftauchen. Hat Ihnen die Taufe gestern auch so gut gefallen?«

»Ja, das war schon eine beeindruckende Show mit der schönen Musik und dem Feuerwerk«, stimmte Marianne zu.

»Und vergiss Vivien Sander nicht«, ergänzte Laura.

»Ihr Auftritt wird die Reederei einiges gekostet haben«, vermutete Isa Witte. »Ich war ja ein bisschen enttäuscht, dass sie diesen Hollywoodstar nicht mitgebracht hat.«

»Der ist Geschichte«, klärte Marianne auf. »Sie ist frisch verheiratet mit einem anderen.«

»Tatsächlich?« Isa sah sie erstaunt an.

»Ihr neuer Mann sieht richtig gut aus«, berichtete Laura.

»Das mag ja sein, aber ihr Ex hat immerhin einen *Oscar* gewonnen«, erwiderte Isa. »Ich persönlich halte ja nicht viel von all den Stars und Sternchen, aber so einen Award gewinnt man nur, wenn man wirklich Talent hat.«

»Vielleicht war ihr das zu viel?«, gab Marianne zu bedenken. »Vivien Sander ist selbst ein Star. Warum sollte sie sich mit einem noch größeren Star belasten? Dann wäre sie ja nur noch ein Anhängsel, statt selbst zu glänzen.«

Isa nickte nachdenklich. »Das ist in der Tat eine interessante Überlegung.«

Sie genossen schweigend ihren Kuchen und den Meerblick, bis Oliver Kramer an ihren Tisch kam. »Hallo, Marianne.« Er deutete auf den letzten freien Stuhl. »Darf ich?«

»Sehr gerne.« Sie betrachtete erstaunt seinen vollen Kuchenteller. »Drei Stück Torte? Haben Sie sich inzwischen an die Verschwendung gewöhnt?«

»Mich quält auch das schlechte Gewissen, aber ich habe wirklich Hunger. Und ich liebe Süßes«, rechtfertigte sich Olli verlegen.

»Ich bin mir sicher, dass Sie alles brav aufessen werden. An der frischen Luft schmeckt es ja auch immer am besten. Darf ich vorstellen? Der junge Mann hier ist Oliver. Er ist Umweltaktivist und schreibt für seinen Blog einen kritischen Bericht über Kreuzfahrten. Diese Dame ist Isa Witte und hier haben wir meine Enkelin Laura.«

Oliver nickte in die Runde. »Angenehm.« Er stopfte sich einen Bissen Kuchen in den Mund und wandte sich an Laura. »Deine Oma ist echt cool.«

»Das weiß ich. Worüber schreibst du eigentlich genau?«

Oliver überlegte einen Moment. »Da gibt es mehrere Themen. Ich habe Marianne schon ins Bild gesetzt. In erster Linie geht es aber um die Umweltbelastung. Wir wollen die Menschen zum Umdenken bewegen, weil es so einfach nicht weitergehen kann.«

»Ich glaube aber, dass sich da bereits etwas tut«, warf Laura ein. »Die *Friday for Future*-Bewegung hat beispielsweise viel Aufmerksamkeit erregt. Bis vor einem Jahr habe ich mich kaum mit der Problematik beschäftigt, aber heute esse ich nur noch selten Fleisch, kaufe Bioprodukte, wenn ich sie mir leisten kann, und versuche, Plastikmüll zu vermeiden.«

»Und ich kaufe auf dem Wochenmarkt regionale Produkte und bringe meine eigenen Stoffbeutel mit«, erklärte Marianne.

»Sehr gut«, lobte Olli. »Jeder kann im Kleinen etwas beitragen, aber es ist nur ein Tropfen auf den heißen

Stein. Es sind die da oben, die wirklich etwas bewegen könnten.«

Marianne schnaubte. »Olli, wir leben in einer Demokratie. Wir haben ›die da oben‹ gewählt.«

»Ja, das stimmt natürlich«, gab er kleinlaut zu. »Lassen wir die Regierung mal aus dem Spiel und sprechen über kleineres Übel. Nehmen wir doch dieses Supermodel. Die Reederei hat Vivien Sander als Taufpatin gebucht, um dadurch sehr viel Aufmerksamkeit in den Medien zu bekommen. Jetzt residiert sie auf diesem Schiff in einer Suite, zahlt natürlich keinen Cent, nee, sie bekommt sogar noch ein fettes Honorar.«

»Das Geld war doch gut investiert. Das nennt man Werbung«, meinte Laura trocken. »Es gab schon im Vorfeld jede Menge Presse. Vivien Sander hat dem Ganzen Glanz verliehen. Die Bilder von der Taufe gehen um die Welt. Viele Menschen werden sich den Wunsch erfüllen wollen, eine Reise auf der *Dalia Ocean* zu machen.«

»Ja klar, das stimmt natürlich«, gab Olli unglücklich zu. »Aber die Sache stinkt doch zum Himmel. Vivien Sander hat für eine Umweltorganisation Werbung gemacht. Lieber nackt statt Fell, hat es geheißen, und die Schöne hat sich für den guten Zweck ablichten lassen, wie Gott sie schuf. Aber die Eisbären, die durch den Klimawandel mittlerweile verhungern, sind ihr anscheinend völlig egal. Sie macht auf umweltbewusst, fliegt aber in Privatjets. Ich hasse einfach diese Verlogenheit. Ich würde sie gerne mal mit ihrer falschen Welt konfrontieren.«

»Warum sprechen Sie Vivien Sander nicht einfach darauf an? Vielleicht gibt sie Ihnen dazu eine Stellungnahme«, mischte sich Marianne ein und schenkte Kaffee nach. »Möglicherweise kommt so ein interessanter Beitrag für Ihren Blog dabei raus.«

»Ach, Marianne, Sie glauben doch nicht wirklich, dass die mit mir reden würde? Ich wüsste auch gar nicht, wie ich an sie rankommen soll.«

»Klopf doch einfach mal an ihre Tür«, schlug Laura vor. »Fragen kostet ja nichts.«

»Gute Idee, Laura. Das klappt bestimmt«, entgegnete Olli ironisch. »Vivien öffnet mir, bittet mich in ihre Suite, und wir besprechen das alles mal in Ruhe? Träum weiter.«

»Versuchen könntest du es zumindest.« Laura sah ihn herausfordernd an. »Das Thema ist dir doch sehr wichtig. Du müsstest nur versuchen, ruhig und sachlich zu bleiben.«

Oliver sah sie ernst an. »Und da wären wir schon bei meinem ersten Problem. Ruhig bleiben ist nämlich gar nicht meine Stärke.«

34.

Luca Müller räkelte sich auf dem privaten Sonnendeck in der Hängematte. Er genoss jede Sekunde des kleinen Abenteuers, auch wenn sie die Kabine, wie abgemacht, kaum verließen.

»Ist das nicht himmlisch? Du musst zugeben, dass meine Idee mit der Kreuzfahrt großartig war.«

Karl-Friedrich Behrens saß auf einer Liege und las ein Buch. Nun schaute er auf. »Im Grunde sind wir mit einem halben Dorf in ein Hochhaus eingepfercht. Der einzige Unterschied ist, dass dieser Klotz schwimmen kann«, kommentierte er trocken.

»Du kannst so unromantisch sein«, beschwerte sich Luca.

»Was erwartest du?«, fragte der Richter nach.

Luca lächelte ihn bezaubernd an. »Du könntest mir sagen, wie süß ich bin und dass du es kaum erwarten kannst, später mit deinem hübschen Kerl ins Bett zu gehen.«

»Ich bitte dich. So ein Gesülze ist mir wirklich fremd. Ich bin schwul, okay.« Es fiel ihm immer noch schwer, sich selbst so zu bezeichnen, obwohl es die Wahrheit war. »Aber du wirst aus einem alten Kerl wie mir sicher keine Tunte machen. Ich bin ein konservativer Mann, der fast 40 Jahre mit einer Frau verheiratet war.«

»Ihr seid geschieden.«

»Aber nicht wegen dir.«

»Unromantisch«, maulte Luca, doch er lächelte liebevoll.

Luca hatte ja recht. Er selbst hasste seine eigene Doppelmoral, aber in seiner Jugend war man einfach nicht homosexuell gewesen. Zumindest nicht in den Kreisen, in denen er aufgewachsen war. Es galt als ekelhaft und wider die Natur. Er selbst hatte sich nie in ein Mädchen verliebt und seine Gefühlskälte einfach hingenommen. Natürlich hatte er irgendwann geheiratet. Schließlich gehörte es sich so, dass eine Ehefrau sich um den Haushalt kümmerte und zudem eine gute Gastgeberin war. Zum Glück hatte sich seine damalige Frau in erster Linie fürs Geldausgeben interessiert. Sie hatten sich arrangiert, und ihr Tennislehrer profitierte davon. Karl-Friedrich hatte sich all die Jahre geschämt. Er hatte seine Neigung als Krankheit empfunden und sich Heilung erhofft. Arbeit wurde seine Leidenschaft. Seine Karriere ging stetig bergauf. Er war ein unbarmherziger Richter geworden und hatte Urteile gefällt, auf die er heute nicht mehr stolz war. Er hatte sich sein Leben selbst schwer gemacht, um sich abzulenken und zu bestrafen. Und heute? Er konnte sich nicht satt sehen an diesem wunderschönen Jungen. Luca war ein Geschenk. Vor zwei Jahren, nach einer langen Gerichtsverhandlung, hatte er nur etwas trinken wollen. Er war in eine Bar gegangen und hatte sich einen Drink bestellt. Der Drink war auf seinem Hemd gelandet, weil der Kellner leider sehr ungeschickt gewesen war. Karl-Friedrich musste lächeln, als er daran dachte. Luca hatte fast geheult. Es wäre sein erster Tag in der Bar und jetzt würde man ihn bestimmt gleich wieder rausschmeißen. Karl-Friedrich hatte ihn getröstet und gemeint, dass das doch jedem mal passieren könnte. Er war geblieben, bis Lucas Schicht geendet hatte. Danach waren sie durch das nächtliche Hamburg spaziert und hatten stundenlang geredet. Am Morgen waren sie in seiner Villa angekommen und seitdem lebte Luca bei ihm.

»Ach, Schatz, ich freu mich so sehr auf den morgigen Tag in Oslo«, säuselte Luca. »Wir können durch die Straßen flanieren, durch den Schlossgarten wandeln und irgendwo einen Cocktail trinken.«

»Solang du nicht von mir verlangst, dass wir Händchen halten.«

»Ach, Karl, warum machst du dich so verrückt? Wen kennst du denn in Oslo, dem wir zufällig begegnen könnten?«, erkundigte sich Luca genervt.

»Es sind nicht die Bewohner Oslos, die mich nervös machen. Diese Vivien Sander ist es.«

»Und jetzt?« Luca sprang wütend aus der Hängematte. »Verschanzen wir uns die restliche Zeit in der Suite?« Der Richter rieb sich angespannt die Schläfen. »Dass du nicht zu mir stehen kannst, habe ich von Anfang an akzeptiert, oder? Du hast das hier an Bord ja auch noch mal sehr deutlich gemacht. Jetzt übertreibst du aber. Ich hatte nicht vor, dich vor allen Leuten bloßzustellen. Ich dachte, du weißt das.«

»Es tut mir leid«, versprach Karl-Friedrich reumütig. Er stieg von der Liege und ging zu Luca. »Ich wünschte, ich wäre mutiger.«

»Ja, ich auch.«

Karl-Friedrich nahm Luca in den Arm und hielt ihn fest. Er machte sich wirklich Sorgen, dass Luca das ganze

Theater irgendwann nicht mehr mitmachen würde und sich einen anderen suchte. Dann wäre er wieder ganz allein. »Was hältst du von Sushi? Lass uns heute im *Fugu* essen gehen«, schlug der Richter vor.

Luca strahlte. »Köstlich. Ich liebe Sushi. Und ich liebe dich, alter Mann.« Er küsste ihn und lächelte. »Ich freu mich. Was soll ich anziehen?«

»Du siehst immer toll aus.« Es machte ihn glücklich, Luca so fröhlich zu sehen.

»Dann schau ich doch kurz mal in den Kleiderschrank und suche ein passendes Outfit«, verkündete Luca und verschwand in der Suite.

Karl-Friedrich blickte nachdenklich auf das Wasser. Er hatte jedes Mal ein ungutes Gefühl, wenn sie ihre Suite verließen. Außerdem hatte er gehört, dass man auf einer Kreuzfahrt erstaunlicherweise ständig denselben Menschen über den Weg lief. Aber es nützte ja nichts, essen mussten sie. Wichtig war nur, dass sie Vivien Sander nicht begegneten.

35.

Marianne und Laura waren nach dem Kaffeetrinken zu ihren Liegestühlen zurückgekehrt und hatten sich über die verschiedenen Passagiere, die sie bereits kennengelernt hatten, unterhalten. Sie genossen die Sonne und die herrliche Aussicht bis zum späten Nachmittag.

»Jetzt wird es doch etwas frisch«, bemerkte Marianne. »Wollen wir noch einen kleinen Spaziergang machen? Ein bisschen Bewegung tut uns gut. Es wäre doch schade, wenn wir heute Abend sonst gar keinen Hunger haben, oder? Ich habe uns einen Tisch im *Fugu* gebucht.«

»Sushi?« Laura strahlte sie an. »Was für eine großartige Idee. Danke Oma.«

Sie packten ihre persönlichen Sachen zusammen und machten anschließend eine Runde über die verschiedenen Decks. Der Wind nahm immer mehr zu, und Marianne schlug vor, sich lieber ins Innere des Schiffs zurückzuziehen.

»Wir können unsere Erkundungstour dort fortsetzen«, überlegte Laura. »Ich habe noch lange nicht alles gesehen.«

Marianne studierte ein Hinweisschild. »Auf Deck neun befindet sich der Bordshop. Komm, den sehen wir uns mal an.«

Im Schiff herrschte reges Treiben. Der Wetterumschwung hatte viele Gäste von den Außenbereichen vertrieben. Die Ladenpassage war gut besucht. Hinter den gläsernen Wänden wühlten sich die Kunden durch das breit gefächerte Sortiment.

»Na, hier ist ja ganz schön was los«, stellte Marianne erstaunt fest. »Und was die alles verkaufen. Das ist ja ein Spielzeugladen, eine Parfümerie und eine Modeboutique in einem.«

»Vielleicht sollten wir ein anderes Mal wiederkommen, wenn es hier nicht so überfüllt ist.«

»Wollen wir in die Kabine?«, fragte Marianne.

Laura nickte. Plötzlich entdeckte sie Lilly im Gewühl. Lilly hatte sie auch gesehen und kam auf sie zu. »Hey, Laura. Schön, dass ich dich treffe. Ich wollte mich noch mal für das Gespräch von heute Morgen bedanken. Es hat gut getan, mal mit jemandem zu reden.«

Laura winkte ab. »Ich war ja froh, nicht alleine Kaffee trinken zu müssen. Darf ich dir meine Oma Marianne vorstellen?« Lilly lächelte. »Und das ist Lilly.«

»Ja, natürlich. Die Dame mit dem großen Auftritt«, bemerkte Marianne amüsiert.

»Sie können sich gar nicht vorstellen, wie unangenehm mir die Sache ist«, erklärte Lilly zerknirscht. »Ich war wütend und hatte viel zu viel getrunken. Leider bin ich eine sehr impulsive Frau. Es kommt öfter vor, dass ich handle, bevor ich nachgedacht habe. Jetzt quatsche ich schon wieder dumm daher. Mir ist die Angelegenheit wirklich peinlich.«

Laura deutete auf die bedruckte Papiertüte, die Lilly in der Hand trug. »Du warst im Bordshop. Was hast du dir denn Schönes gekauft?«

»Ein Parfum. Ich brauche einen neuen Duft, um mich wieder wohlzufühlen. Mit dem alten verbinde ich immer meine Zeit mit Noah, und das macht mich unendlich traurig«, erklärte Lilly niedergeschlagen.

Marianne tätschelte ihren Arm. »Das wird schon wieder. Sie sind doch eine bildhübsche Frau. Über kurz oder lang werden Sie sich wieder verlieben. Da bin ich mir sicher.«

Lilly starrte traurig ins Leere. »Das glaube ich nicht.«

»Hey, jetzt lass den Kopf nicht hängen. Ich hoffe, wir sehen uns später noch. Vielleicht in der Disco?«, schlug Laura vor. »Wir könnten tanzen und ein bisschen Spaß haben. Jetzt muss ich erst mal meine Oma in die Kabine bringen. Sie ist erschöpft.« Laura spürte den entsetzten Seitenblick ihrer Großmutter.

»Ja, natürlich. Es war schön, Sie kennengelernt zu haben.«

»Ebenso«, entgegnete Marianne noch, bevor Laura ihren Arm nahm und sie wegführte.

»Wie bitte? Erschöpft? Ich bin doch keine Greisin«, protestierte Marianne, als sie sich auf den Weg zu ihrer Kabine machten.

»Natürlich nicht, aber ich wollte da nicht noch ewig herumstehen und mir Lillys Gejammer anhören. Ich dachte, das ist auch in deinem Sinne.«

Laura öffnete die Tür, und sie traten ein. Marianne ließ sich auf das Bett sinken. »Dieses arme Mädchen ist ja wirklich ziemlich eigenartig. Auf den ersten Blick macht sie einen ganz vernünftigen Eindruck, aber wenn ich bedenke, was du mir über sie erzählt hast? Normal ist so ein Rachefeldzug auf keinen Fall. So ganz richtig im Kopf ist diese Lilly sicher nicht. So was spüre ich«, bemerkte Marianne nachdenklich.

Laura zuckte mit den Achseln. »Ich kann sie auch nicht verstehen.«

»Am liebsten würde ich mich vor dem Abendessen noch eine Stunde hinlegen«, überlegte Marianne, während sie sich die Schuhe von den Füßen streifte.

»Dann mach das doch. Ich wollte mir sowieso noch das Bordhospital anschauen.«

»Willst du etwa Schiffsärztin werden?«, erkundigte sich Marianne überrascht.

»Warum nicht? Ich könnte den Passagieren helfen und mir nebenbei die ganze Welt ansehen. Das klingt doch spannend. Na ja, erst mal muss ich mein Studium abschließen.«

»Du bist doch fast fertig.« Marianne kuschelte sich in die Decke und gähnte. »Herrlich. Dann geh du mal die Klinik besichtigen. Mir geht es hier bestens. Ich ruhe mich kurz aus und freue mich jetzt schon sehr auf den Abend und das leckere Sushi.«

Laura griff nach ihrer Schlüsselkarte. »Also gut, dann bis später. Ich bin höchstens eine Stunde weg.«

Marianne lächelte müde. »Es ist schön, dass wir das hier gemeinsam erleben. Wir haben schon so viele nette Leute kennengelernt.«

Und mindestens eine Person, bei der irgendwas überhaupt nicht stimmt, überlegte Marianne beunruhigt, bevor sie einschlief.

36.

Doktor Christina Winter saß an ihrem Schreibtisch in der Bordklinik und fütterte den Computer mit dem letzten Krankenbericht. An diesem Tag hatte es keine ernsten Fälle gegeben. Alle Klinikbetten waren leer, aber der Abend war noch jung. Zu späterer Stunde würden sicherlich noch Passagiere die Klinik aufsuchen, weil sie angetrunken gestürzt waren. Ihre Kollegen würde sich um die Platzwunden und Bänderdehnungen kümmern. Doktor Winter sah auf die Uhr. Noch 30 Minuten. Sie fieberte dem Schichtende entgegen. Das war er nun, der erste Tag ihres neuen Lebens. Statt sich um die Schönen und Reichen zu kümmern, kümmerte sie sich jetzt um reisebegeisterte Senioren, Familien und feierfreudige Reisegruppen. Es klopfte, und Christina Winter rechnete mit ihrer Ablösung. Die Sprechstundenhilfe betrat den Raum.

»Doktor Winter? Eine Laura Larsen möchte Sie sprechen.«

»Dann schicken Sie die Dame doch herein«, bat die Ärztin.

Eine junge Frau betrat den Behandlungsraum. »Guten Abend. Ich bin Doktor Winter. Was kann ich für Sie tun? Sind Sie auch seekrank?«

Die junge Frau schüttelte lächelnd den Kopf. »Nein, zum Glück nicht. Entschuldigen Sie, dass ich Sie so überfalle. Mein Name ist Laura Larsen. Ich bin bald mit meinem Medizinstudium fertig und dachte, ich nutze die

Gelegenheit und schaue mir mal eine Schiffspraxis an. Haben Sie ein paar Minuten, um mir etwas über Ihre Tätigkeit hier an Bord zu erzählen?«

Christina dachte für einen Augenblick, dass sie sich vielleicht auch besser informieren hätte sollen, bevor sie den Arbeitsvertrag unterschrieben hatte. Aber darum ging es ja gar nicht. Sie hatte keine Wahl gehabt. »Hallo, Laura, ich bin Christina«, sagte sie lächelnd. »Und heute war mein allererster Tag in einem Bordhospital. Viel Erfahrung habe ich also nicht. Es war ziemlich stressig, aber einen ernsten Fall hatten wir nicht. Es ist Seetag, und vielen war schlecht. Sicher nicht immer nur vom kaum vorhandenen Wellengang.«

»Zu viel Essen?«, vermutete Laura.

Doktor Winter nickte. »Und Alkohol.«

»Aber jetzt ist das Wartezimmer doch leer.«

»Noch. Es ist gleich Zeit zum Abendessen. Da machen sich die Passagiere zurecht und stehen anschließend an den Restaurants an, um einen schönen Tisch zu bekommen«, erklärte Doktor. Winter. »Ich habe von den Kollegen allerdings gehört, dass es nachts auch mal anstrengend werden kann.«

Laura blickte sie neugierig an. »Und? Gefällt es Ihnen hier?«

Christina Winter überlegte einen Moment. »Ich kann das noch gar nicht wirklich beurteilen. Ich muss mich erst an die neue Situation gewöhnen. Die Arbeit hier unterscheidet sich sehr von meiner früheren Tätigkeit. Eine Bordklinik ist im Grunde eine schwimmende Notaufnahme. Man weiß nie, mit welchen Symptomen der nächste Patient kommt. Neben eher harmlosen Verletzungen kann es auch mal einen Knochenbruch geben. Es sind auch viele ältere Menschen auf dem Schiff. Wir sind hier gut ausgerüstet, um auch Herzinfarkte oder Schlaganfälle zu behandeln oder Patienten soweit zu stabilisieren, dass sie in ein Krankenhaus ausgeflogen werden können. Natürlich gibt es wie in jeder Praxis auch Patienten, die rein gar nichts haben außer Langeweile. Und ich bin Christina, Frau Kollegin. Du darfst gerne du sagen. Na, komm, ich führe dich rum.«

Laura strahlte. »Echt jetzt?«

»Ja, sicher. Das ist doch eine willkommene Abwechslung.« Christina Winter führte Laura durch die verschiedenen Bereiche des Hospitals. Am Ende der Besichtigung lächelte Laura sie begeistert an. »Ich bin beeindruckt. Es fehlt hier an nichts. Das ist wirklich eine perfekt ausgestattete Klinik mit hochmoderner Technik. Ich könnte mir gut vorstellen, in ein paar Jahren eine Weile in so einem Bordhospital zu arbeiten.«

»Wirklich?« Christina Winter sah sie erstaunt an.

»Aber sicher. Das ist doch ein Traum. Du bereist mit der Klinik die Welt, und an freien Tagen kannst du dir die schönsten Plätze ansehen.«

»Ja, das ist sicher ein kleiner Pluspunkt an der Arbeit auf See. Aber ich bin in meinem Leben bereits sehr viel gereist«, bemerkte Christina und sah Laura traurig an. »Ich bin eigentlich Plastisch-Ästhetische Chirurgin. Wenn ich ein Skalpell in der Hand habe, fühle ich mich wohl. Und wenn ich anschließend das Ergebnis sehe, bin ich geradezu glücklich.«

Laura sah sie verwundert an. »Warum bist du dann hier und nicht in einer Klinik für Schönheitschirurgie?«

Christina atmete tief durch. »Das ist eine längere Geschichte. Es gab da einen Zwischenfall, der alles verändert hat. Tja, mein Traumjob ist das hier sicher nicht.« Es ist ein absoluter Albtraum, dachte sie. Und sie wusste ganz genau, welche Person sie in diese unerträgliche Situation gebracht hatte.

37.

Luca stand in der Suite vor dem Spiegel und begutachtete sich kritisch. »Kann ich so gehen?«

Karl-Friedrich betrachtete seinen jungen Geliebten. Er trug einfach nur enge Jeans und ein schlichtes blaues Hemd. Luca hätte auch in einem Kartoffelsack hinreißend ausgesehen. Der Richter hatte einen leichten Sommeranzug angezogen und die Krawatte weggelassen. Für seine Verhältnisse war er sehr lässig gekleidet.

»Du siehst großartig aus und das weißt du auch. Wir sollten uns jetzt auf den Weg machen, sonst kommen wir noch zu spät. Und vergiss bitte nicht, in deiner Rolle zu bleiben. Du bist mein Neffe.«

»Karl, du musst dir wirklich keine Sorgen machen«, versprach Luca und grinste zuversichtlich. Sie verließen die Suite und liefen mit gebührendem Abstand durch das Schiff. Am Eingang des Sushi Restaurants *Fugu* begrüßte der Empfangschef sie freundlich.

»Guten Abend. Sie hatten reserviert?«

Karl-Friedrich nickte. »Auf den Namen Behrens.«

Der Mann blätterte in einer Liste. »Ja, da habe ich Sie. Ein Tisch für zwei Personen. Elena wird Sie an Ihren Platz bringen.«

»Bitte kommen Sie mit«, forderte die junge Kellnerin die Männer höflich auf.

Karl-Friedrich und Luca wollten ihr gerade folgen, als die nächste Restaurantbesucherin sich vorstellte.

»Guten Abend. Ich habe reserviert. Marianne Larsen.«

Karl-Friedrich zuckte zusammen. Er war Marianne Larsen unzählige Male begegnet. Sie war Journalistin gewesen und hatte ihn oft zu aktuellen Fällen befragt. Was sollte er jetzt bloß machen? Im Restaurant würde sie ihn mit Sicherheit erkennen, und dann säße er in der Falle. Am unverfänglichsten wäre es, ihr zuvorzukommen. Karl-Friedrich riss sich zusammen und drehte sich entschlossen um. »Frau Larsen? Das ist ja ein Zufall. Guten Abend.«

Marianne sah ihn überrascht an. »Herr Behrens. Das freut mich aber, dass ich Sie mal wieder sehe. Die Welt ist ja wirklich klein. Geht es Ihnen gut?« Sie blickte zu Luca und nickte ihm freundlich zu.

»Ja, es geht mir ausgezeichnet«, antwortete der Richter. »Und Ihnen?«

»Wunderbar. Ich genieße die Reise zusammen mit meiner Enkelin«, erklärte Marianne und deutete auf die junge Frau neben ihr.

»Wie schön«, erwiderte Karl-Friedrich heiter.

»Ich hätte nicht gedacht, dass Sie sich für Kreuzfahrten interessieren«, warf Marianne ein. »Waren Sie nicht früher immer in den Bergen? Ich glaube, Sie erwähnten das einmal. Das ist natürlich schon Jahre her. Manchmal muss man auch etwas Neues ausprobieren, finden Sie nicht?«

Karl-Friedrich hatte das Gefühl, dass Marianne die Wahrheit sofort erkannt hatte. Etwas Neues ausprobieren? War das eine Anspielung auf Luca? Sein Herz schlug ihm bis zum Hals, doch er war es gewohnt, ein Pokerface aufzusetzen. Er lächelte sie charmant an. »Ich verrate Ihnen ein Geheimnis, Frau Larsen. Ich bin noch gar nicht sicher, ob mir das Ganze hier gefällt.« Er deutete auf Luca. »Mein Neffe wollte diese Fahrt gerne machen. Wir sehen uns viel zu selten, und da habe ich mich breitschlagen lassen.«

Marianne lachte. »Das ist doch schön. Dann wünsche ich Ihnen beiden eine gute Zeit an Bord und natürlich in Oslo und Kopenhagen.«

»Danke, das wünsche ich Ihnen auch«, versicherte Karl-Friedrich. Er war sich sicher, dass Marianne Larsen ihm diese Geschichte nicht abnahm. Die Kellnerin sah ihn auffordernd an. »Darf ich Sie jetzt zu Ihrem Tisch begleiten?«

Der Richter lächelte und deutete auf Marianne und Laura. »Ich überlasse den Damen natürlich den Vortritt.«

»Ach, das ist aber sehr charmant. Vielen Dank und noch einen schönen Abend.« Marianne und ihre Enkelin folgten der Kellnerin ins Restaurant. Karl-Friedrich wandte sich wieder dem Empfangschef zu. »Ich möchte den Tisch für heute absagen.«

»Selbstverständlich, der Herr.« Der Mann verzog keine Miene. Luca sah ihn fragend an, aber Karl-Friedrich gab ihm zu verstehen, den Mund zu halten und ihm zu folgen. Erst als sie außer Sichtweite waren, erklärte er sein Verhalten.

»Das war Marianne Larsen.«

»Das habe ich mitbekommen. Und weiter?«, fragte Luca verwirrt.

»Sie war Journalistin, genauer gesagt Gerichtsreporterin«, erläuterte Karl-Friedrich nervös. »Ich habe ihr unzählige Interviews gegeben. Es ist unmöglich, dass ich mit ihr und dir im selben Restaurant sitze. Ich würde mich von ihr beobachtet fühlen. Die Frau ist doch nicht dumm. Die würde sofort merken, dass wir ein Paar sind. Wahrscheinlich hat sie es jetzt schon kapiert. Der homophobe Richter und sein Liebhaber. Das hat ja auch eine gewisse dramatische Komik.«

»Also rennen wir weg«, stellte Luca beleidigt fest.

Der Richter nickte erschöpft. »Ja, irgendwie schon.«

»Die Kreuzfahrt war wohl doch eine dumme Idee von mir«, überlegte Luca enttäuscht.

»Nein. Es war eine wundervolle Idee. Das eben war leider ein blöder Zufall«, versicherte der Richter. »Wir essen einfach morgen Sushi. Wie wäre es stattdessen mit einem Steak?« Karl-Friedrich fürchtete schon, dass der Abend gelaufen war, doch zum Glück lächelte Luca.

»Auch sehr lecker. Dann sollten wir uns aber beeilen. Hoffentlich bekommen wir noch einen Tisch.«

Karl-Friedrich war erleichtert, dass Luca ihm die Sache nicht übel nahm. Trotzdem war er mit seinen Gedanken noch immer bei Marianne Larsen. Marianne war eine Dame mit Niveau, versuchte er, sich zu beruhigen. Sie hatte für eine große seriöse Hamburger Tageszeitung geschrieben, nicht für ein Revolverblatt. Sie würde es für sich behalten. Peinlich war es ihm trotzdem. Aber die Larsen war nicht das Problem. Das Problem war immer noch Vivien Sander.

38.

Marianne und Laura folgten der Kellnerin durch das Restaurant. Marianne war beeindruckt von der stilvollen Einrichtung aus dunklem Holz. Japanische Lampen aus Papier sorgten für eine behagliche Beleuchtung, und unter einem asiatisch angehauchten Baldachin im Zentrum des *Fugu* bereitete der Sushimeister die eleganten Häppchen zu. Es war möglich, seine Arbeit an einer umläufigen Theke zu beobachten. Marianne hatte sich aber für einen normalen Tisch mit Aussicht auf das Meer entschieden.

»Wer war denn das eben?«, fragte Laura neugierig.

»Das war der ehrenwerte Richter Karl-Friedrich Behrens aus Hamburg«, verkündete Marianne. »Von manchen auch ›Richter Herzlos‹ genannt. Ich kenne ihn aus meiner aktiver Zeit als Journalistin. Der hat immer für Schlagzeilen gesorgt. Mit ihm war es nie langweilig.«

»Und der hübsche Typ bei ihm war sein Neffe?«

»Das hat er zumindest behauptet«, bestätigte Marianne mit einem Augenzwinkern.

»Ich hatte das Gefühl, dass der Richter sich nicht wirklich gefreut hat, dich zu sehen.«

Marianne nickte nachdenklich. »Den Eindruck hatte ich auch. Er wirkte etwas verklemmt.«

Die Kellnerin stoppte an einem der Tische. »Hier wären wir.«

»Oh, da hinten sitzen Sarah und Martin«, bemerkte Laura in dem Moment. »Sarah hat mich auch gesehen.«

Die Kellnerin lächelte professionell. »Dann möchten Sie vielleicht gerne zusammen sitzen?«

»Ja, geht das denn so spontan?«, staunte Marianne.

»Selbstverständlich. Wir bemühen uns immer, alle Wünsche zu erfüllen«, versicherte die Kellnerin. »Das haben wir gleich.« Sie führte Marianne und Laura an den Platz von Martin und Sarah und gab einem Kollegen ein Zeichen. Nach wenigen Minuten war ein weiterer Tisch dazugestellt und eingedeckt worden. Martin stand auf, um Marianne den Stuhl zu richten.

»Ist das für Sie überhaupt in Ordnung, dass wir Sie hier so überfallen?«

Martin lachte. »Liebe Marianne, wenn meine Tochter glücklich ist, bin ich es auch. Und Sie sind eine sehr interessante Dame. Ich freue mich.«

»Dame?«, kicherte Marianne. »Klingt ja so, als wäre ich uralt. Darf die alte Dame Ihnen das Du anbieten?«

Martin nickte erfreut. »Sehr gerne sogar.«

Die Kellnerin brachte die Karten, und die vier studierten die große Auswahl an Maki, Nigiri, Sashimi und Temaki. Das Angebot war köstlich. Nachdem sie ihre Getränke bestellt hatten, plauderten sie über ihre Erlebnisse am heutigen Seetag. Plötzlich wurde es still im Restaurant. Die munteren Gespräche verstummten. Auch Marianne, Martin, Sarah und Laura hörten auf zu reden und sahen sich erstaunt um. Vivien Sander und ihr Mann wurden vom Empfangschef persönlich zu einem Tisch geführt, der in Sichtweite nur wenige Meter von ihrem entfernt war.

»Jetzt kannst du sie in aller Ruhe aus der Nähe betrachten«, flüsterte Martin seiner Tochter zu.

Sarah sah ihn bockig an. »Papa, stell dir vor, diese Frau ist mir scheißegal.«

»Ich dachte, du bist ihr allergrößter Fan?«, fragte Martin überrascht.

»Nein, nicht mehr. Vivien ist eine überhebliche Tussi. Sie ist verletzend und bösartig.«

»Ist was vorgefallen?«, wollte nun auch Marianne wissen.

Sarahs Augen füllten sich mit Tränen. »Ja. Sie ist mir heute vor der Parfümerie über den Weg gelaufen. Ich habe sie angesprochen, und sie war einfach nur gemein zu mir.«

Martin sah sie erschrocken an. »Was meinst du genau?«

»Sie meinte, ich wäre ganz hübsch, aber sicherlich kein Model. Und ich würde auch nie eins werden, weil ich zu klein bin«, zischte Sarah wütend.

»Jetzt lass dich doch von ihr nicht so runterziehen«, ging Laura dazwischen. »Es geht dir doch gar nicht darum, auf großen Fashionshows zu laufen, oder?« Sarah schüttelte den Kopf, und Laura lächelte ihr aufmunternd zu. »Es gibt so viele Möglichkeiten. Du hast mir doch von deinen Plänen erzählt. Mach das mit dem Blog. Das wird super. Ich bin die Erste, die dir folgen wird.«

Marianne verfolgte das Gespräch der beiden Mädchen, aber sie konnte den Blick nicht von Vivien und Noah abwenden. Noah legte seiner Frau die Serviette zurecht und schenkte ihr Wasser ein. Er himmelte sie dabei regelrecht an. Sie unterhielten sich so leise, dass Marianne kein Wort verstehen konnte. Das war aber auch gar nicht nötig, stellte sie fest. Ihre Körpersprache verriet sehr viel. Kein Zweifel, Vivien war schön und sehr vermögend, aber so devot benahm man sich doch als Ehemann nicht. Das war ja lächerlich. Noah benahm sich wie ein Untertan.

»Oma?«, Laura sah sie auffordernd an.

»Bitte?« Marianne stellte fest, dass sie sich tatsächlich nur noch auf das Paar konzentriert hatte.

»Wir möchten bestellen.«

»Ach so.« Marianne nahm sich die Karte und legte sie gleich wieder weg. »Eigentlich kenne ich mich mit Sushi nicht besonders gut aus. Laura, bestell du doch für mich. Ich möchte etwas mit Avocado, Lachs und Thunfisch.«

»Dann können wir ja bestellen«, schlussfolgerte Martin und gab der Kellnerin ein Zeichen.

»Jetzt guckt euch das mal an«, nörgelte Sarah. »Vivien wird natürlich schon bedient. Die Kellner benehmen sich ihr gegenüber total unterwürfig. Wer ist sie denn? Die Queen? Ich bin dafür, dass sie gleich an einem Sashimi erstickt.«

39.

Isa Witte schwebte mit Werner über das Tanzparkett im *Cha Cha Club*. Obwohl Werner nicht mehr der Jüngste war und auch etwas übergewichtig, war er ein guter Tänzer. Isa ließ sich von ihm führen und warf ihm die passenden Blicke zu. Bei einem Tango lächelte sie ihn kokett an und beim langsamen Walzer schaute sie verträumt. Isa wusste, dass sie fantastisch aussah in dem mitternachtsblauen Cocktailkleid, dessen hoher Schlitz ihre wohlgeformten Beine zeigte. Ihr entging auch nicht, dass besonders männliche Gäste des schwimmenden Tanzlokals ihr anerkennende Blicke zuwarfen. Sie hoffte, dass auch Werner mitbekam, welche Wirkung sie auf andere Männer hatte. Für ihre Pläne wäre es sehr gut, wenn er sich der Konkurrenz bewusst war, denn dann würde er sich sicher noch mehr ins Zeug legen. Der Song endete, und sie ließ sich von Werner an ihren Platz führen. Eine Flasche Champagner wartete bereits in einem Eiskühler auf sie. Isa ließ sich lachend auf die Bank der Sitzgruppe am Rande der Tanzfläche nieder. »Wow, das war toll.« Sie blickte sich unauffällig nach Henrik um, konnte ihn aber nicht entdecken. Ihr Sohn war eben vorsichtig, aber auf ihn war Verlass. Er würde in der Nähe sein, um Fotos zu machen, die Werner in verfänglichen Situationen zeigten.

Werner nickte atemlos. Verschwitzt und mit rotem Kopf schenkte er Champagner in die Gläser. »Du bist aber auch eine großartige Tänzerin. Ich bin ganz aus der Puste.« Er hob das Glas. »Auf unser kleines Geheimnis.« Sie prosteten sich zu und tranken eine Schluck.

»Ach, wie köstlich«, schwärmte Isa und lehnte sich entspannt zurück. Werner war richtig aufgetaut. Er flirtete mit ihr und schien die anderen Passagiere vergessen zu haben. Alles lief viel besser, als sie zu hoffen gewagt hatte.

»Weißt du eigentlich, was grün ist und auf Knopfdruck rot wird?«, fragte Werner plötzlich. Isa schüttelte mit gespielter Neugier den Kopf. »Ein Frosch im Mixer. Im Mixer?« Werner schlug sich auf die Oberschenkel. »Das ist doch zu komisch.«

Sie lachte bezaubernd über den schlechten Witz ihres Gegenübers. »Ich liebe deinen Humor«, versicherte sie strahlend. »Ich finde ja, dass Humor sexy ist. Gerade im Alter.«

Werner sah sie verblüfft an. »Alter? Meine Schöne, du

bist doch nicht alt. Deine Figur kann mit jeder 30-Jährigen mithalten. Du bist so unglaublich aufregend.«

Isa lächelte ihn dankbar an. Werner hatte ja keine Ahnung, wie viel Arbeit in diesem Körper steckte. Sie musste jeden Tag ihren inneren Schweinehund überwinden, um sich im Fitnessstudio zu quälen. »Ach, Werner, du bist so charmant. Mit dir fühle ich mich tatsächlich jünger. Mit dir an meiner Seite.« Sie senkte traurig den Blick. »Ich weiß natürlich, dass das nicht geht. Verzeih mir.«

Werner streichelte unauffällig ihre Hand. »Mit dir fühle ich mich so lebendig. Ich würde sehr gern viel mehr Zeit mit dir verbringen, aber meine Frau ist die Mutter meiner Kinder. Wir haben sogar Enkel. Außerdem geht es ihr gesundheitlich nicht so gut. Ich würde sie nie verlassen. Isa, dass weißt du doch.«

Isa nickte mitfühlend. »Du bist ein so guter Mensch. Natürlich kannst du deine Frau nicht verlassen.« Sie sah ihn liebevoll an. »Ich würde es schrecklich finden, wenn du sie im Stich lassen würdest. Du bist wunderbar, und darum habe ich mich wahrscheinlich ein bisschen in dich verliebt.« Isa hatte vor dem Spiegel lange den perfekten Lady-Diana-Augenaufschlag geübt, und er verfehlte seine Wirkung nicht. Werner hatte Tränen in den Augen. »Ach Isa, was sollen wir nur machen?«

»Wir genießen die kurze Zeit, die uns vergönnt ist.« Sie hob ihr Glas. »Auf uns.« Das lief doch alles ganz wunderbar. So schlecht lagen ihre Chancen nicht, dass der schwerreiche Unternehmer ihr ein unmoralisches Angebot machen würde. »Könntest du dir vorstellen, nach Düsseldorf zu ziehen und in meiner Nähe zu sein?«

Isa klopfte vor Aufregung das Herz bis zum Hals. Hatte sie ihn bereits am Haken? Ruhig Blut, mahnte ihre innere Stimme. »Wie soll ich das verstehen?«

Werner sah plötzlich erschöpft aus. »Ich habe nur laut gedacht. Lass uns ein anderes Mal darüber reden.«

Isa nickte voller Verständnis. »Natürlich, Werner. Lass uns doch einfach den Abend genießen. Sollen die anderen Tanzpaare doch mal zeigen, ob sie uns das Wasser reichen können. Wir haben für heute genug getanzt. Ich werde auch langsam müde.«

Isa war alles andere als müde. In ihrem Kopf rasten die Gedanken. Was hatte er ihr vorschlagen wollen? Sie hoffte auf eine feste Liebschaft mit Eigentumswohnung und monatlicher Apanage. Aber warum hatte er plötzlich gemeint, sie sollten ein anderes Mal darüber reden? Sie war leider noch nicht am Ziel, aber sie hatte ja noch drei Tage, um Werner davon zu überzeugen, dass er sie zu seinem Glück brauchte. Und wenn das alles nicht reichen sollte, hatte ihr Sohn bestimmt genug Material gesammelt, um den guten Werner zu erpressen. Sie würde hier auf jeden Fall gewinnen. Nur diese verdammte Vivien Sander könnte ihre Pläne noch durchkreuzen. Aber das würde sie auf keinen Fall zulassen.

40.

Marianne und Martin saßen in der *Seabreeze Bar* am Heck des Schiffes an einem der kleinen runden Tischchen an der Reling. Die Bar war gut besucht. Die Passagiere genossen den späten Sonnenuntergang im hohen Norden. Marianne und Martin prosteten sich zu.

»Das ist doch ein wunderbarer Platz, um den Tag ausklingen zu lassen«, meinte Marianne und sah glücklich auf den Horizont.

»Das finde ich auch«, stimmte Martin ihr zu. »Und ist es nicht toll, dass die Mädels sich so gut verstehen? Sarah und ich sind zwar gerne zusammen, aber zwischendurch ist sie bestimmt froh, mit einer anderen jungen Frau zu quatschen. Deine Enkelin ist wirklich ganz bezaubernd.«

»Ja, ich bin auch sehr stolz auf sie«, versicherte Marianne. »Es ist schön, dass sie meine Einladung angenommen hat. Ich glaube nicht, dass alle jungen Mädchen Lust gehabt hätten, mit der Großmutter zu verreisen. Es ist doch eine glückliche Fügung, dass wir uns hier an Bord kennengelernt haben. Sarah und Laura hatten gestern Nacht anscheinend viel Spaß in der Disco. Alleine wäre Laura wahrscheinlich nicht dorthin gegangen, und ich bin für diese Art von Vergnügung wirklich zu alt. In die Shows wäre ich natürlich mitgekommen, aber ich bin ganz froh, dass sie in Sarah eine begeisterte Begleiterin gefunden hat. Wenn ich ehrlich bin, genieße ich nach dem Essen lieber ein Gläschen Rotwein und den wundervollen Ausblick.«

»Ich bin auch kein großer Fan von solchen Abendveranstaltungen«, gab Martin zu. »Da haben wir beide wohl Glück gehabt.«

»Na, und die Mädchen erst. Jetzt müssen sie nicht mit ihrer langweiligen Reisebegleitung im Theater sitzen.«

Martin nickte schmunzelnd. Die beiden schwiegen einen Moment und genossen einfach die fröhliche Atmosphäre in der Open Air Bar.

»Guten Abend, Marianne.«

Marianne sah überrascht auf. Lilly stand plötzlich neben ihrem Tisch. »Hallo, Lilly. Ich habe Sie gar nicht kommen gehört. Wie geht es Ihnen?«

»Mir geht es ganz gut«, versicherte die junge Frau. »Hatten Sie einen schönen Abend?«

»Ja, den hatten wir. Wir waren im Sushi-Restaurant, und das Essen war vorzüglich.« Lilly schien nicht betrunken zu sein, stellte Marianne erleichtert fest. Auch sonst sah sie ganz adrett aus in ihrem dunkelblauen Hemdblusenkleid. »Darf ich Ihnen Martin Hartwig vorstellen?«

Lilly lächelte ihn freundlich an. »Hallo. Ich bin Lilly Marino.«

»Angenehm. Möchten Sie sich setzen und noch ein Gläschen mit uns trinken?«, fragte Martin freundlich.

Lilly schüttelte den Kopf. »Nein, danke. Ich gehe gleich zu Bett. Ich möchte morgen früh aufbrechen, um möglichst viel von Oslo zu sehen.«

»Das klingt vernünftig«, räumte Marianne ein. »Dann wünsche ich Ihnen viel Spaß.«

»Ebenso. Einen schönen Abend noch.« Lilly winkte und verschwand.

»Sie scheint sich erholt zu haben«, bemerkte Marianne zufrieden. »Das war ja gestern ein ziemlich schräger Auftritt von der jungen Dame. Hast du das überhaupt mitbekommen?«

Martin schüttelte verdutzt den Kopf. »Was war denn?«

»Lilly ist nach der Taufe plötzlich bei Vivien Sander und ihrem Mann aufgetaucht, sehr zum Ärger der beiden.« Martin sah sie verständnislos an. »Lilly Marino ist die Ex-Freundin von Viviens frischgebackenem Ehemann Noah.«

»Und was macht sie dann hier?«, fragte Martin verwirrt.

»Nach ihrer eigenen Aussage will sie den beiden den Spaß verderben, aber wenn du mich fragst, quält sie sich in erster Linie selbst.«

»Ja, manchmal versteht man nicht, was in den Menschen so vorgeht«, äußerte Martin gedankenverloren. »Selbst, wenn man sie sehr gut zu kennen glaubt.«

Marianne blickte ihn fragend an. Das Gesicht des Mannes war plötzlich voller Sorge. »Denkst du gerade an deine Tochter?«, erkundigte sie sich vorsichtig. »Entschuldige meine Neugier, aber was ist mit Sarah los? Sie hat neulich erwähnt, dass sie an einer Essstörung gelitten hat.«

Martin atmete tief durch. »Ja, leider. Es liegt ein langer und schwerer Weg hinter ihr.«

»Na, hinter dir doch wohl auch. Du bist den Weg ja mitgegangen.«

Martin nickte erschöpft. »Da hast du wahrscheinlich recht. Es war auch für mich ein Albtraum. Meine Tochter hat Wochen in einer Klinik verbracht. Es folgte eine monatelange Therapie. Ich hatte solche Angst um sie. Sarah geht es wieder viel besser. Diese Reise ist so etwas wie ein Abschluss. Wir wollen jetzt wieder positiv in die Zukunft sehen.«

»Warum hat sie aufgehört zu essen?«, fragte Marianne bestürzt.

»Da kommt einiges zusammen. Meine Frau ist vor zehn Jahren gestorben. Sie hatte Krebs.«

»Ach, Martin, das tut mir sehr leid«, flüsterte Marianne betroffen und tätschelte dabei seine Hand.

»Sarah war gerade zwölf Jahre alt und mitten in der Pubertät. Sie war schwierig, aber das sind Kinder in dem Alter ja häufig. Sie interessierte sich besonders für diese Model Castings im Fernsehen und fing an, ihr Gewicht zu kontrollieren. Wir dachten uns anfangs nichts dabei.«

»Komm, wir gehen mal ein Stück.«

Martin sah sie dankbar an. Als sie die Bar verlassen hatten, fuhr er fort. »Als meine Frau dann die Diagnose bekam, lag meine volle Aufmerksamkeit natürlich bei ihr. Der Krebs war sehr aggressiv, und sie verstarb nach einigen Wochen. Die Krankheit ihrer Mutter und letztendlich ihr Tod haben Sarah natürlich sehr schwer mitgenommen. Ich habe versucht, ihr zu helfen, aber ich war selbst nur noch ein Schatten.« Er sah sie verzweifelt an. »Ist das zu glauben? Meine Tochter war jahrelang krank, und ich habe den Ernst der Lage nicht erkannt. Und dann brach sie zusammen.«

»Und Sarah kam in die Klinik«, folgerte Marianne.

»Ja. Die Ärzte haben mir erklärt, dass diese Hilflosigkeit Ursache ihrer Essstörung war. Sarahs Leben war außer Kontrolle geraten. Was sie aber kontrollieren konnte, war, was sie aß oder eben nicht.«

»Ist sie wieder ganz gesund?«, fragte Marianne besorgt.

Martin zuckte mit den Schultern. »Wann ist man von einer Sucht geheilt? Wenn ein Alkoholiker aufhört zu trinken, ist er ein trockener Alkoholiker. Er bleibt aber ein kranker Mensch. Ich würde meine Hand nicht dafür in Feuer legen, dass Sarah für immer gesund bleibt. Jede schwierige Situation könnte sie wieder rückfällig werden lassen.«

»Du machst dir Sorgen.«

»Ja, natürlich.« Er massierte sich den Nacken und lächelte sie traurig an. »Wahrscheinlich viel zu viele, und das ist sicher auch nicht richtig, schließlich ist Sarah mittlerweile eine erwachsene Frau. Aber irgendwie bleibt sie auch mein kleines Mädchen. Für meine Tochter würde ich alles tun. Ach, Marianne, Sarah hat heute Abend nach der unschönen Begegnung mit diesem Model kaum etwas gegessen, obwohl Sushi ihr Lieblingsessen ist. Wenn Vivien Sander mit ihrem schroffen Verhalten bei Sarah eine erneute Krise ausgelöst hat, kann ich für nichts garantieren.«

OSLO, NORWEGEN

41.

Marianne und Laura waren zeitig aufgestanden, um noch in aller Ruhe zu frühstücken. Zurück in ihrer Kabine suchten sie ihre Sachen für den Landgang zusammen.

»Soll ich einen Schirm einpacken?«, fragte Marianne und sah skeptisch nach draußen.

»Nein, den brauchen wir nicht. Es soll trocken bleiben. Das habe ich schon mit meiner Wetter App gecheckt. Es bleibt schön, allerdings auch etwas windig.«

»Gut, aber den hier nehme ich mit.« Marianne stopfte einen leichten Kaschmirschal in die Tasche. »Martin und Sarah wollen heute eine Stadtrundfahrt mit diesen *Hop on Hop off* Bussen machen.«

»Ja, ich weiß. Sarah hat mir erzählt, dass Martin unbedingt die Skisprungschanze Holmenkollen sehen möchte. Er ist ein begeisterter Wintersportler, zumindest vor dem Fernseher. Die Schanze wird auf der Tour auch angesteuert«, erläuterte Laura.

»Willst du auch so eine Stadtrundfahrt machen?«

Laura schüttelte den Kopf. »Nein. Ich dachte, wir erkunden Oslo zu Fuß. Der Innenstadtbereich ist nicht sehr weitläufig. Wir könnten durch die Geschäfte bummeln, Kaffee trinken und durch den Schlossgarten spazieren. Ich habe einen Reiseführer mit und mich gründlich eingelesen. Wenn du möchtest, könnte ich heute deine ganz persönliche Reiseleiterin sein.«

»Das klingt wunderbar«, jubelte Marianne. »Genauso machen wir das. Bist du soweit?«

»Ja, es kann losgehen.«

Sie verließen die Kabine und liefen zu den Fahrstühlen, an denen bereits unzählige Passagiere warteten.

»Wir müssen zum Deck drei. Vielleicht sollten wir besser das Treppenhaus nehmen. Oder ist dir das zu anstrengend?«

»Natürlich nicht«, erklärte Marianne und steuerte bereits die Treppe an.

»Ach, Mist. Stopp. Oma, mir fällt gerade auf, dass ich die Wasserflaschen in der Kabine vergessen habe. Ich hole die noch schnell.«

Laura lief zurück in den Flur. Vor ihr eilte eine Frau in einem blauen Cocktailkleid und mit zerwühlter Frisur über den Teppich. Laura erkannte Isa sofort. Sie wollte schon rufen und ihr einen schönen Tag wünschen, doch eine innere Stimme hielt sie davon ab. Vor ihrer Kabine 6118 wühlte Isa hektisch ihre Schlüsselkarte aus der Handtasche und huschte hinein. Laura wartete, bis Isa die Tür wieder geschlossen hatte. Dann lief sie zu ihrer eigenen Kabine, um die vergessenen Wasserflaschen einzusammeln.

»Da bist du ja endlich«, bemerkte Marianne, als Laura wieder bei ihr war.

»Endlich? Ich war höchstens fünf Minuten weg.«

»Weiß ich doch. Ich habe halt Hummeln im Hintern. Wir müssen doch hier runter, oder?«

Laura nickte und folgte ihrer Großmutter, die flott die Treppen hinabstieg. »Ich habe da eben was Merkwürdiges beobachtet«, erklärte Laura.

»Ach ja?«

»Isa Witte ist gerade auf ihre Kabine gegangen.«

»Ja und?«, wunderte sich Marianne. »Sie wird vom Frühstück gekommen sein.«

»Das glaube ich nicht«, widersprach Laura. »Sie trug ein Cocktailkleid. Ich wette, sie hat die Nacht woanders verbracht.«

Marianne lachte. »Na, da vermute ich mal, dass die feine Isa eine Eroberung gemacht hat. Mein Gott, Kind, wie kann man denn in deinem Alter so spießig sein. Das wird nicht das einzige Geheimnis hier auf der *Dalia Ocean* sein.«

42.

Alexander Harder lungerte an den Fahrstühlen auf Deck acht herum. Er hatte herausgefunden, dass Vivien Sander und ihr Mann auf diesem Deck eine Suite mit privater Sonnenterrasse am Heck bewohnten. Alexander hatte lange nachgedacht, wie er die Situation noch retten könnte, und er war zu dem Schluss gekommen, dass ihm nur eine Möglichkeit blieb. Er würde alles auf seine Kappe nehmen und der Sander finanziell großzügig entgegenkommen. Um diesen Plan umzusetzen, musste er sie aber unbedingt persönlich sprechen. Nun hoffte er, dass er sie auf dem Weg zum Landgang abfangen konnte. Sein Angebot hatte er in einer schwarzen Ledermappe dabei. Nervös blickte er auf seine Armbanduhr. Jetzt wartete er schon fast eine Stunde. Vielleicht würde sie das Schiff gar nicht verlassen? Wahrscheinlich kannte Vivien Oslo bereits und zog es vor, den Tag mit ihrem Mann in der Suite zu verbringen, dachte er erschrocken. Alexander fluchte leise. Er überlegte gerade, seinen Posten zu verlassen und Vivien am Abend rein zufällig über den Weg zu laufen, als er sie den Gang entlangkommen sah. In engen weißen Jeans und einer lässigen Lederjacke stolzierte sie, als wäre sie auf einem Laufsteg. Noah Hofmann war an ihrer Seite. Alexander machte sich bereit für seinen Auftritt.

»Guten Morgen, Frau Sander.« Er nickte ihrem Mann kurz zu. »Herr Hofmann.«

»Herr Harder. Ich habe Ihnen den Vertrag gemailt. Haben Sie alles bekommen?«, erkundigte sich Vivien freundlich, aber reserviert.

»Ja, habe ich.«

»Und? Haben Sie sich den Vertrag angesehen?«

»In der Tat. Ich wollte nur kurz …«

»Sehr gut.« Vivien schenkte ihm ein kurzes Lächeln. »Ich schlage vor, Sie sprechen mit meinem Anwalt darüber. Die Kontaktdaten finden Sie in den Unterlagen. Ich wünsche Ihnen noch einen schönen Tag.«

Alexander schlug das Herz bis zum Hals. Das Paar war bereits an ihm vorbeigegangen.

»Frau Sander, ich war gerade auf dem Weg zu Ihnen. Haben Sie vielleicht zwei Minuten für mich?«

»Hören Sie, ich möchte jetzt von Bord«, erklärte sie genervt. »Mein Anwalt ist im Bilde. Er wird mich dann über Ihre Nachforschungen unterrichten.« Alexander blickte sie flehend an. Vivien Sander seufzte. »Also gut, zwei Minuten. Na, dann schießen Sie mal los.«

Alexander holte Luft. »Es ist mir so wahnsinnig peinlich. Ich würde am liebsten im Erdboden versinken.«

»Jetzt haben Sie uns aber neugierig gemacht«, bemerkte Noah Hofmann und sah ihn auffordernd an.

»Die Firma, die diesen Schlamassel verursacht hat, gehört mir.«

»Was?« Vivien und Noah starrten ihn ungläubig an.

»Ich konnte selbst kaum fassen, was da alles schiefgelaufen ist. Sie können gar nicht erahnen, wie entsetzlich leid mir das Ganze tut«, versicherte Alexander Harder. »Ich hatte wirklich keine Ahnung. Da werden Köpfe rollen, das können Sie mir glauben.«

Viviens eisblaue Augen funkelten ihn wütend an. »Haben Sie Ihren Laden nicht im Griff? Das ist ja eine bodenlose Unverschämtheit.«

»Ich habe hier ein sehr großzügiges Angebot für Sie. Bitte, sehen Sie es sich wenigsten einmal an.« Alexander öffnete die Mappe und reichte ihr den Vertag. »Ich erlasse Ihnen 50 Prozent der Kosten. Und ich habe mir erlaubt, die Küche erst gar nicht auf die Rechnung zu setzen.« Er griff in sein Jackett und nahm einen Kugelschreiber aus der Innentasche. »Wenn Sie hier unterschreiben, haben Sie etwa 100.000 Euro gespart. Ich kann nur hoffen, dass es Sie etwas für die Unannehmlichkeiten entschädigt. Selbstverständlich wird in ein paar Tagen alles zu Ihrer Zufriedenheit erledigt sein.«

»Wow, das ist doch ein faires Angebot«, gab Noah verblüfft zu. »Ich würde es annehmen. Schatz, worauf wartest du noch?«

»Ich muss diesen Vertrag natürlich erst mal lesen.«

»Ach, Vivi, ich möchte jetzt wirklich los.«

Vivien warf ihrem Mann einen genervten Blick zu. »So viel Zeit muss sein.«

Alexander Harder versuchte, sich seine Nervosität nicht anmerken zu lassen. Er lächelte und nickte aufmunternd. Sie las den verdammten Vertrag wirklich Zeile für Zeile, unglücklicherweise auch das Kleingedruckte. Plötzlich stutzte sie und sah auf.

»Halten Sie mich wirklich für so blöd?« Vivien fing an zu lachen.

»Was ist denn?«, erkundigte sich Noah erstaunt.

»Hier.« Sie tippte auf eine Stelle im Vertrag. »Er will, dass ich mich im Gegenzug verpflichte, über den Vorfall zu schweigen und von einer Klage abzusehen. Mit anderen Worten, auch wenn seine dilettantische Firma es bis zum Sankt-Nimmerleins-Tag nicht fertigbringt, mir die gewünschte Einrichtung einzubauen, wären mir die Hände gebunden.«

»Das ist nur eine Standardformulierung«, erklärte Alexander lächelnd. »Wir können den Vertrag natürlich neu aufsetzen.«

»Herr Harder, Sie wollten mich reinlegen. Und wissen Sie was? Da haben Sie sich die Falsche ausgesucht. Wir sehen uns vor Gericht. Bis dahin können Ihre Leute den ganzen bereits eingebauten Kram wieder abtransportieren. Ich werde die Wohnung von einer professionellen Firma neu einrichten lassen. Ich werde Sie fertigmachen, Herr Harder, und ich halte meine Versprechen.«

Vivien Sander zerriss den Vertrag in kleine Schnipsel und ließ diese vor seinen Augen zu Boden fallen. Ohne ein weiteres Wort bestiegen sie und Noah den Fahrstuhl. Alexander Harder stand da wie ein Idiot. Jetzt hatte er alles noch viel schlimmer gemacht. Verzweifelt machte er sich auf den Weg zu seiner Kabine. Er musste in Ruhe nachdenken. Gab es wirklich keine Möglichkeit mehr, seinen katastrophalen Untergang noch aufzuhalten?

43.

Marianne und Laura hatten das Deck drei erreicht. Vor der Gangway, der Zugangsbrücke, über die sich das Schiff betreten und verlassen ließ, hatte sich eine lange Schlange gebildet.

»Na, hier ist ja ganz schön viel los«, staunte Marianne.

»Es sind ja auch etwa 2.000 Passagiere, die durch das Nadelöhr müssen«, erinnerte Laura. »Hast du deine Bordkarte zur Hand, Oma? Die müssen wir gleich vorzeigen. Die Karte wird dann gescannt. Wenn wir zurückkehren, gibt es dasselbe Prozedere.«

»Ich verstehe. So können sie sicher sein, dass alle Schäfchen wieder an Bord sind.«

Langsam schoben sie sich voran. Marianne blickte sich um. Direkt hinter ihr stand Noah Hofmann mit der schönen Vivien Sander.

»Guten Morgen«, grüßte Marianne freundlich. Vivien nickte ihr kurz lächelnd zu, blickte aber sofort wieder schlecht gelaunt zur Seite.

»Alles in Ordnung bei Ihnen?«, fragte sie Noah leise. »Oder hatten Sie wieder Ärger mit Lilly?«

Noah schüttelte gut gelaunt den Kopf und beugte sich zu ihr. »Diesmal regt sie sich über eine andere Sache auf«, erklärte er. »Sie hat doch Ärger mit der neuen Wohnung in Hamburg.«

»Ja, davon haben Sie mir erzählt«, bestätigte Marianne.

»Und nun stellen Sie sich vor, der Chef dieser Interieur

Firma ist auch an Bord. Ein gewisser Alexander Harder. Er hat versucht, Vivi einen neuen Vertrag unterzujubeln, aber meine schlaue Frau hat es bemerkt«, berichtete Noah stolz. »Der Schreck über Lillys Anwesenheit ist dadurch etwas in der Hintergrund getreten.« Noah zwinkerte ihr zu. »Vorerst zumindest.«

Marianne lächelte ihn verständnisvoll an.

»Noah? Ist das wirklich nötig, dass wir hier stehen müssen wie ausgestellt?«, echauffierte sich Vivien plötzlich. »Das ist doch unglaublich. Ich habe dieses Schiff getauft. Ich bin der Stargast. Und jetzt stehe ich mit diesen ganzen Leuten in einer verfluchten Schlange, um von Bord zu kommen«, zischte sie wütend. Die Passagiere drehten neugierig ihre Köpfe. Laura und Marianne sahen sich irritiert an.

»Jetzt beruhige dich, Schatz.« Noah streichelte ihr zärtlich eine Haarsträhne aus dem Gesicht. »Selbst die Crew muss auf diesem Weg auschecken. Wir haben es doch gleich geschafft.«

Seine Frau verschränkte mürrisch die Arme und wandte sich demonstrativ ab. »Karl-Friedrich?«, fragte sie plötzlich verblüfft. Marianne streckte sich, um das Geschehen hinter ihr besser beobachten zu können. Richter Behrens und sein Neffe hatten sich angereiht.

»Vivien, wie schön, dich mal wieder zu sehen. Es muss ja Jahre her sein.« Der Richter tätschelte ihr unbeholfen die Schulter. »Ich habe gehört, dass du geheiratet hast. Meinen Glückwunsch. Ist das der Glückliche?« Er gab Noah die Hand. »Karl-Friedrich Behrens.«

Noah lächelte freundlich. »Angenehm. Ich bin Noah Hofmann.«

Der Richter wandte sich wieder Vivien zu. »Wie geht es deinen Eltern?«

»Es geht ihnen sehr gut. Ich war gerade ein paar Tage in Hamburg und habe sie natürlich getroffen. Aber warum fragst du? Du siehst meinen Vater doch regelmäßig im Golfklub.«

Karl-Friedrich Behrens nickte nervös. »Da hast du natürlich recht.«

»Ich hätte ja nicht gedacht, dass du auf Kreuzfahrten stehst. Warst du mit deiner Frau nicht immer so gern in Österreich?«, wunderte sich Vivien.

»Das ist richtig. Aber es war vor allem der Wunsch meiner Ex-Frau, die Urlaube in den Bergen zu verbringen. Nach unserer Scheidung darf ich jetzt mal selbst die Reise aussuchen«, scherzte er. »Na ja, und da wollte ich jetzt einfach mal etwas Neues ausprobieren. Das ist hier sozusagen ein Experiment.«

»Und wer ist das?«, erkundigte sich Vivien und deutete auf Luca.

»Oh, das ist mein Neffe Luca.«

Vivien sah den Richter erstaunt an. »Dein Neffe? Ich dachte, du bist ein Einzelkind.« Beide sprachen sehr leise. Marianne musste sich konzentrieren, um das Gespräch mitverfolgen zu können.

»Er ist eine Art Adoptivneffe«, erklärte der Richter.

Vivien grinste. »Mal was Neues ausprobieren? Jetzt verstehe ich. Der herzlose Richter ist auf Liebesreise mit einem jungen Mann. Das ist wirklich interessant. Wenn das an die Öffentlichkeit kommen würde? Ach herrje, wo du doch immer so überkorrekt bist.«

Karl-Friedrich Behrens blickte sie streng an. »Mein

liebes Kind, wie soll ich das verstehen? Willst du mir drohen?«

»Nein, Karl, natürlich nicht«, versicherte sie charmant. »Obwohl, ich könnte da vielleicht tatsächlich deine Hilfe gebrauchen.«

»Ich wüsste nicht, wie ich dir helfen könnte.«

»Ich habe gerade großen Ärger mit einer Hamburger Firma für Inneneinrichtung«, erklärte die Schöne ernst. »Ich werde den Laden verklagen. Es wäre natürlich sehr in meinem Sinne, wenn diese Dilettanten ordentlich bluten müssten. Hamburg ist doch auch nur ein Dorf. Du kannst deinen Kollegen ja mal den Rat geben, in diesem Fall volle Härte zu zeigen.«

»Du weißt ganz genau, dass ich keinen Einfluss auf die Urteile anderer Richter habe«, erwiderte Karl-Friedrich empört.

»Wirklich?« Vivien Sander sah ihn voller Ironie traurig an. »Schade, ich hätte dich für kreativer gehalten. So ein öffentliches Outing ist ja eigentlich keine große Sache mehr, aber bei dir? Ich sehe die Schlagzeile schon vor mir. *Richter Herzlos hat sein Herz verloren.*«

»Karl-Friedrich, ich muss noch einmal zurück in die Kabine«, erklärte Luca in diesem Moment. »Ich habe dummerweise meinen Ausweis liegen lassen. Wir sehen uns dann an Land.«

Richter Behrens tupfte sich mit einem Taschentuch die Stirn ab. »Meine Liebe, ich warne dich.«

Vivien fing an zu lachen. »Ach, Karl-Friedrich, ich mach doch nur Spaß. Ich wünsche dir viel Vergnügen mit deinem Schnuckelchen. Wie heißt es doch immer so schön? Leben und leben lassen.«

44.

Marianne und Laura hatten den Ausgang fast erreicht. Ein Mitglied der Crew wartete auf die Bordkarten, um sie einzuscannen. Laura hielt ihm ihre Karte hin und drehte sich nach ihrer Oma um. Die blickte immer wieder zu den Passagieren hinter ihr in der Schlange.

»Oma!«

Marianne zuckte zusammen. Sie war in Gedanken noch bei der Szene, die sich gerade hinter ihr abgespielt hatte. »Was ist denn?«, erkundigte sie sich verwirrt.

»Du bist an der Reihe. Du musst die Karte einlesen lassen«, erinnerte Laura.

»Ach ja, natürlich. Entschuldigen Sie bitte. Ich war abgelenkt«, erklärte Marianne.

Sie stiegen die Gangway hinab und waren froh, endlich an die frische Luft zu kommen. Das Wetter war herrlich. Nur ein paar Wölkchen schmückten den blauen Himmel. Viele Passagiere machten sich bereits zu Fuß auf den Weg ins nahe gelegene Zentrum von Oslo. Andere sammelten sich vor dem Schiff am Kai für verschiedene organisierte Touren oder starteten eine Stadtrundfahrt mit den *Hop on Hop off* Bussen. Laura nahm einen Stadtplan aus der Tasche und warf einen Blick darauf. »Also, wir sind jetzt genau hier.« Sie tippte mit dem Finger auf die Karte. »Da oben liegt die Festung Akershus. Das ist allerdings der Schlusspunkt unseres Stadtspazierganges.« Laura blickte ihre Oma erwartungsvoll an, doch die schien gar nicht zugehört zu haben. Marianne blickte gedankenverloren auf das Schiff. »Oma? Ist alles in Ordnung?«

»Ich glaube, Vivien Sander hat dem Richter gedroht«, berichtete Marianne.

»Was? Womit denn?«, fragte Laura irritiert.

»Sie bräuchte seine Hilfe in einer Sache. Als er nicht wollte oder konnte, hat sie etwas über öffentliches Outing und Schlagzeile gesagt.« Marianne zuckte mit den Schultern. »Ich habe nicht alles verstanden. Die beiden haben leider sehr leise gesprochen.«

Laura schüttelte den Kopf. »Du hast dich bestimmt verhört. Ich habe beobachtet, dass die beiden sich sehr freundlich begrüßt haben.«

»Ja, das ist richtig« räumte Marianne ein. »Sie duzen sich sogar.«

»Auf der anderen Seite würde ich Vivien jede Gemeinheit zutrauen«, gab Laura zu. »Überleg doch mal, wie fies sie zu Sarah war. Und der Lilly hat sie ohne Skrupel den Mann ausgespannt. Ich finde diese Frau einfach total arrogant und unsympathisch. Ach guck, wenn man vom Teufel spricht. Da ist sie ja.«

Sie beobachteten Vivien und Noah, die keine zehn Meter entfernt standen und ebenfalls einen Stadtplan studierten.

»Außen hui, innen pfui. Das scheint sich hier immer mehr zu bestätigen. Die beiden wollen wohl auch auf eigene Faust die Stadt erkunden«, schlussfolgerte Marianne.

»Ja, sieht so aus«, stimmte Laura zu. »Es wundert mich, dass sie keinen Chauffeur bestellt hat. Es ist mir aber auch egal. Komm, Oma, wir starten jetzt. Ich habe uns eine schöne Route ausgesucht. Wir starten am Bahnhof und gehen dann die Karl Johans Gate entlang bis zum Schloss.«

Laura faltete die Karte zusammen und hakte ihre Großmutter unter.

»Achtung!«, brüllte plötzlich jemand. Es knallte laut. Einige Menschen schrien auf. Marianne fasste sich vor Schreck ans Herz. Direkt neben Vivien Sander war ein schwerer Schraubenschlüssel auf das Pflaster geknallt. Das Model hatte die Hände vors Gesicht geschlagen. Sie zitterte am ganzen Körper. Noah legte den Arm um sie und sprach leise auf sie ein.

»Oh mein Gott, das war knapp«, japste Laura.

Marianne blickte zum Schiff zurück. Vielleicht hatte ein Handwerker das Werkzeug fallen lassen. Sie konnte aber nur ein paar Passagiere auf ihren Balkonen ausmachen, die jetzt neugierig nach unten blickten. Marianne lief eilig zu Vivien und Noah.

»Geht es Ihnen gut?«, fragte sie sofort.

Vivien war bleich und klammerte sich an ihren Mann. »Wie kann denn so etwas passieren? Passen die nicht auf?«, stammelte sie aufgebracht.

»Und wenn es Absicht war?« Noah sah Marianne sorgenvoll an. »Hätte dieser Schraubenschlüssel ihren Kopf getroffen, wäre sie jetzt …«

Vivien begann zu schluchzen.

»Absicht? Wollen Sie damit sagen, dass jemand auf Ihre Frau gezielt hat? Ein ziemlich riskantes Unterfangen«, gab Marianne zu bedenken. »Hier stehen bestimmt 100 Menschen vor dem Schiff.«

»Das mag schon sein, aber die meisten Passagiere gehen rasch durch die Kontrolle und dann weiter in die

Stadt oder zu einem der Busse«, erklärte Noah aufgebracht.

Marianne dachte angestrengt nach. »Hören Sie, es konnte doch niemand davon ausgehen, dass Sie hier noch verweilen und den Stadtplan ansehen würden. Das kann nie und nimmer ein Anschlag gewesen sein, höchstens eine spontane Aktion. Aber warum sollte jemand so etwas tun? Haben Sie denn Feinde?«

»Nein, natürlich nicht«, hauchte Vivien. »Oder doch? Lilly hasst mich.«

»Na, da kann ich Sie beruhigen«, meinte Laura und zeigte auf die Uferpromenade. »Lilly kann nichts damit zu tun haben. Sie kommt gerade aus der Stadt zurück.«

Bevor Lilly den Vorplatz erreichte, wendeten sich Noah und Vivien demonstrativ ab. Lilly blieb vor Marianne und Laura stehen und ignorierte die Anwesenheit des Paares. »Guten Morgen«, grüßte sie fröhlich.

»Der frühe Vogel fängt den Wurm«, murmelte Marianne.

»Ja, ich bin ganz früh raus und habe mir die Stadt und den Schlossgarten angesehen. Es war richtig schön. Ist was passiert? Ihr seht so unentspannt aus.«

Marianne schüttelte den Kopf. »Nein, alles bestens«, schwindelte sie.

»Na gut, ich mach jetzt mal eine kleine Pause und leg mich aufs Ohr. Später wird noch geshoppt. Ich habe gemerkt, dass mir die Ablenkung hilft. Bis eben habe ich heute kaum an Noah gedacht. Viel Spaß euch.« Lilly lächelte und spazierte weiter zum Schiff.

»Dann war es doch keine Absicht«, schlussfolgerte Noah erleichtert. »Ich hatte im ersten Moment die Vermutung …« Er schwieg und machte eine Kopfbewegung in Richtung Schiff.

»Ich weiß«, meinte Marianne nachdenklich. Sie selbst hatte im ersten Moment auch an Lilly gedacht.

45.

Karl-Friedrich und Luca spazierten durch die alte Festungsanlage Akershus. Luca konnte sich nicht für die alten Gebäude, dicken Mauern und das Kopfsteinpflaster begeistern. Er wollte lieber in die Stadt und durch die Geschäfte bummeln. Außerdem konnte er nicht aufhören, über das unverschämte Verhalten dieser Vivien Sander nachzudenken. Karl schien den Vorfall zu verdrängen. Er blieb immer wieder stehen und las interessiert im Reiseführer nach.

»König Haakon V. soll mit dem Bau der Anlage Ende des 13. Jahrhunderts begonnen haben«, erklärte er fasziniert. »Es gibt auch zwei sehr interessante Museen hier.«

»Ach, wirklich?«, entgegnete Luca abwesend. Sie gingen weiter und kamen an die Festungsmauer. Es bot sich ein fantastischer Ausblick auf Oslo und seine moderne Hafenpromenade von Aker Brygge.

»Die Promenade da drüber erinnert mich sehr an unsere HafenCity in Hamburg. Findest du nicht?«

»Kann sein.«

»Was für ein perfekter Platz für dieses Bollwerk. Von hier konnte man feindliche Schiffe auf dem Oslofjord sofort ausmachen«, dozierte Karl-Friedrich weiter.

»Ich nehme an, aus diesem Grund haben die Norweger diese Festung genau hier erbaut«, gab Luca genervt zurück.

»Was ist eigentlich heute mit dir los?«, fragte der Richter ärgerlich. »Ein bisschen Kultur kann ja wohl nicht schaden.«

»Was ist mit dir los, Karl? Ich stand direkt daneben, als Vivien Sander dir gedroht hat. Ich habe jedes Wort gehört. Und ich dachte, du übertreibst mit deiner Panikmache. Wie kannst du jetzt plötzlich so gelassen durch diese alte Festung latschen?« Luca starrte ihn fassungslos an.

»Das sieht nur so aus. Ich versuche einfach, dem Ganzen nicht zu viel Bedeutung zu geben und den Tag zu genießen.«

»Karl, sie will dich erpressen. Sie droht dir, dich öffentlich zu outen, wenn du ihr nicht hilfst. Worum geht es überhaupt?«

Karl-Friedrich schüttelte den Kopf. Er war gerührt, dass Luca sich so um ihn sorgte. »Das Mädchen hat einfach einen widerlichen Scherz gemacht.«

»Wie kannst du dir da so sicher sein?«, fragte Luca skeptisch.

»Weil sie gemeint hat, sie mache nur Spaß.«

»Das habe ich aber nicht gehört«, erklärte Luca verärgert.

»Da warst du bereits weg, um deinen Ausweis zu holen.« Der Richter sah Luca plötzlich beunruhigt an. »Das war doch der Grund, oder?«

»Was guckst du mich so an?«, fragte Luca irritiert. »Moment mal, du glaubst doch nicht ernsthaft, dass ich diesen Schraubenschlüssel vom Schiff geworfen habe? Bist du verrückt?«

»Nein, natürlich nicht«, beruhigte Karl-Friedrich ihn sofort. In Wahrheit war er sich aber gar nicht so sicher. »Na komm, wir beenden den Geschichtsunterricht an dieser Stelle, gehen ins Zentrum und trinken einen Kaffee«, schlug der Richter versöhnlich vor. Luca nickte und lächelte sogar ein bisschen. Der Richter war erleichtert. »Vielleicht solltest du dich heute Abend in den Bars herumtreiben«, schlug er vor.

»Und Mädels anbaggern? Das kann doch nicht dein Ernst sein.«

»Es wirkt auf andere Passagiere vielleicht komisch, wenn wir immer zusammen sind«, verteidigte Karl-Friedrich seinen Vorschlag.

»Das ist Blödsinn und das weißt du auch«, erklärte Luca entnervt. »Bis auf Vivien interessiert sich niemand für uns. Aber wenn es dich beruhigt, spiele ich gerne den charmanten Heterosexuellen. Weißt du was? Im Moment wünsche ich mir, dieses verdammte Ding hätte der Sander tatsächlich den Schädel eingeschlagen. Dann hätten wir ein Problem weniger.«

46.

Isa Witte flanierte mit Werner die wundervolle Karl Johans Gate entlang. Die Prachtstraße führte direkt auf das königliche Schloss zu. Als sie das *Grand Hotel* erreichten, führte Werner sie zu einem Tisch auf der Terrasse an der Straße.

»Meine Liebe, ich denke, es ist Zeit für einen Kaffee.«

»Das ist eine sehr gute Idee«, bemerkte Isa und sah sich um. Ihr gefiel der helle Prachtbau mit den roten Markisen. »Was für ein wunderschönes Gebäude.«

»Nicht wahr? Es ist aus dem 19. Jahrhundert. Ich wollte unbedingt mit dir hier kurz verweilen. Das Haus passt zu dir.«

»Weil es alt ist?«, fragte Isa gespielt entrüstet.

»Natürlich nicht«, versicherte Werner. »Weil es so schön und elegant ist. Außerdem ist das *Grand Hotel* eine der ersten Adressen des Landes. Hier residieren Staatsoberhäupter und Nobelpreisträger. Es ist doch wohl keine Frage, dass du auch hier hergehörst, liebe Gräfin.« Werner lächelte sie liebevoll an.

»Ach, Werner. Du bist so ein Schatz.« Isa beugte sich vor und küsste ihn liebevoll auf den Mund. »Ich danke dir.«

Isa dachte gerade, wie gut die Dinge liefen, als sie von der Seite angesprochen wurde.

»Frau Witte? Ja, tatsächlich. Das ist ja verrückt, dass wir uns hier in Oslo begegnen.« Isa erstarrte. Vivien Sander hatte sie tatsächlich erkannt. »Schönes Outfit. Diese Bouclé Jacke von *Chanel* ist sehr exklusiv. Man könnte Sie glatt für eine Dame halten.« Isa hatte das Gefühl, gleich einen Herzinfarkt zu bekommen. »Noah, darf ich dir unsere ehemalige Putzfrau vorstellen?«, erklärte Vivien und sprach dabei das Wort *Putzfrau* sehr abfällig aus.

Werner schnaubte. »Was erlauben Sie sich? Frau von Witten-Brandenburg ist eine Dame.« Sein Gesicht war vor Empörung ganz rot.

»Vivi, du scheinst die Dame zu verwechseln. Lass uns bitte weitergehen«, schlug Noah unbehaglich vor.

Vivien sah ihn belustigt an. »Warum? Mich würde schon interessieren, warum die gute Isa statt eines Staubwedels plötzlich eine Jacke von *Chanel* trägt.«

Isa sammelte sich. Sie durfte jetzt keinen Fehler machen. Sie blickte Vivien direkt in die Augen. »Es tut mir leid, aber Sie irren sich. Ich habe Sie auf dem Schiff bei der Taufe das erste Mal gesehen. Und den Begriff *Putzfrau* verwendet man heute auch nicht mehr. Sie können Haushaltshilfe sagen oder Reinigungskraft. Ich bin im Übrigen froh, dass es Menschen gibt, die in diesem Beruf tätig sind. Ohne meine Zugehfrau wäre ich ziemlich aufgeschmissen, wenn ich ehrlich bin. Niemand muss sich für diesen Job schämen.«

Werner tätschelte ihre Hand. »Genauso ist es, meine Liebe.«

Vivien schien verunsichert. Sie blickte sie noch einmal sehr genau an. Isa hielt das aus. Ihr Haar war gefärbt und elegant hochgesteckt. Ihre Fingernägel waren perfekt manikürt, und ihre Garderobe war elegant, aber unaufdringlich. Sie hatte nichts mehr gemein mit der Putzfrau mit den ergrauten Strähnen, den abgesplitterten Nägeln und den praktischen Jogginghosen.

»Dann muss ich mich wohl tatsächlich geirrt haben«, gab Vivien verunsichert zu. »Komisch. Eigentlich kann ich mir Gesichter sehr gut merken.«

»Wir wollten zum Schloss«, erinnerte Noah sie entschlossen. »Komm jetzt. Das Ganze ist wirklich richtig peinlich.«

»Ist ja gut, Noah. Ich wünsche Ihnen noch einen schönen Tag.« Vivien warf Isa noch einen Blick zu, der ihr zu verstehen gab, dass sie ihr kein Wort glaubte. Sie war enttarnt. Die Frage war nur, was Vivien mit ihrem Wissen anfangen würde? Isa war erleichtert, als sich die beiden endlich auf den Weg machten. Kopfschüttelnd lächelte sie Werner an. »Ach du meine Güte, was war das denn?«

Werner zuckte mit den Schultern. Zum Glück hatte sich seine Gesichtsfarbe wieder normalisiert, stellte Isa erleichtert fest.

»Das war doch dieses Model. Wie kann sie es wagen? Die braucht wohl ständig Aufmerksamkeit. Was für eine übergriffige Person«, ärgerte sich Werner.

Isa fing an zu lachen. »Ach, Werner, von ihr lassen wir uns doch den Tag nicht verderben. Ich schlage vor, wir trinken jetzt erst mal ein Gläschen Champagner.«

»Das ist ein sehr vernünftiger Vorschlag«, bestätigte Werner und winkte dem Kellner. »Wir wollen ja jeden Augenblick genießen.«

»Das werden wir.« Isa kicherte. »Eigentlich war es ja ganz lustig, oder? Was für eine Verwechslung.«

Zum Glück war sie eine gute Schauspielerin. Werner durfte ihr nicht anmerken, wie schlimm die Situation gerade wirklich für sie war.

47.

Doktor Christine Winter saß auf der Terrasse eines Cafés im eleganten Neubauviertel Aker Brygge am Hafen. Sie hatte sich sehr gefreut, ein paar Stunden frei zu haben und Oslo zu besuchen. Als sie aber am Morgen beim Verlassen des Schiffes Vivien Sander am Anleger gesehen hatte, war ihre gute Laune schlagartig verflogen. Natürlich hatte sie gewusst, dass Vivien an Bord war, doch ihr persönlich zu begegnen, hatte die schlimmen Erinnerungen mit einer Heftigkeit zurückkehren lassen, als sei alles erst gestern geschehen. Sie war lange durch die Stadt spaziert, aber ihre Nerven ließen sich kaum beruhigen. Was für ein grausamer Zufall, dass ausgerechnet auf ihrer ersten Reise die beste Freundin der verhängnisvollen Patientin mit an Bord war. Die Patientin wusste, dass sie selbst schuld daran war, dass sich nach der Brustoperation die Narben entzündet hatten. Statt die verordnete Ruhe einzuhalten, hatte sie gefeiert. Christina hatte ihr trotzdem eine weitere Operation angeboten, um ein schönes Ergebnis zu bekommen. Ihre Praxis hatte einen guten Ruf, und den wollte sie nicht verlieren. Die Patientin war erleichtert, und alles hätte gut werden können. Doch dann hatte sie sich von ihrer Freundin Vivien bequatschen lassen. Plötzlich war von einer hohen Summe Schmerzensgeld die Rede. Die Sander beauftragte hochdekorierte Anwälte, die mit einem Gerichtsprozess drohten. Christina wurde schwindelig, wenn sie zurückdachte. Sie war damals regelrecht in Panik geraten. Auch wenn sie wusste, dass sie keinen Fehler gemacht hatte, galt es, genau das vor Gericht zu beweisen. Die Juristen hatten sie massiv eingeschüchtert. Es wäre ein Unterschied, recht zu haben oder Recht zu bekommen. Die Gegenseite war einfach zu stark gewesen. Sie hätte nicht gewinnen können. Aus Angst, ihre Approbation zu verlieren, ging sie auf den Vergleich ein. Ihr blieb nichts anderes übrig, als ihre Praxis zu verkaufen und von vorne anzufangen. Mit 45 Jahren stand sie nun wieder ganz am Anfang, und das verdankte sie einzig und allein Vivien Sander. Christina Winter hasste diese Frau mit jeder Faser ihres Körpers.

48.

Marianne und Laura hatten einen herrlichen Tag in Oslo verbracht. Sie waren die Prachtstraße zum Schloss entlang gebummelt und zwischendurch hatten sie kleine Pausen gemacht, einen Kaffee getrunken und die Menschen beobachtet. Besonders das *Theatercafé* im Hotel *Continental* hatte Marianne beeindruckt. Spontan hatte sie Laura in dem edlen Jugendstil-Kaffeehaus zum Mittagessen eingeladen. Doch auch die moderne Seite Oslos in Aker Brygge und die historische Festung Akershus hatte beiden sehr gefallen. Auf dem Weg zurück zum Schiff unterhielten sie sich angeregt über das Erlebte.

»Ach, das war wunderschön und sehr interessant«, schwärmte Marianne. »Und auch ein bisschen komisch. Gefühlt hatte ja jeder dritte Spaziergänger das Band mit der Bordkarte um den Hals.«

Laura lachte. »Das ist mir auch aufgefallen, aber das ist ja eigentlich auch kein Wunder. Die Innenstadt ist wirklich nicht besonders groß, und wir sind etwa 2.000 Passagiere, die sich mehr oder weniger das Gleiche ansehen.«

»Eine wahre Invasion. Jetzt wissen die Wikinger wenigstens, wie sich ein Überfall anfühlt«, behauptete Marianne. »Die haben ja damals ganz schön gewütet.«

Sie erreichten die Gangway. Es hatte sich bereits eine lange Schlange gebildet. Laura blickte auf die Uhr. »Wir legen bald ab. Willst du noch in die Kabine?«

Marianne schüttelte den Kopf. »Lieber nicht. Dann kuschle ich mich nur in mein Bettchen und stehe heute nicht mehr auf. Ich bin ganz schön erledigt, und großen Hunger habe ich auch nicht.«

»Was schlägst du vor?«

»Wie wäre es mit dem Büfett-Restaurant?«, überlegte Marianne. »Ich würde eine Kleinigkeit essen und ein Glas Rotwein trinken. Anschließend würde ich tatsächlich gerne zu Bett gehen. Morgen sind wir schon in Kopenhagen. Das wird nicht weniger anstrengend, und ich werde auch nicht jünger.«

»Alles klar, Oma. So machen wir das«, bestätigte ihre Enkelin.

Marianne und Laura hatten das Ende der Gangway erreicht. Sie ließen sie ihre Bordkarten scannen und die Handtaschen durchleuchten.

»Dann besetzt du uns einen Tisch im *Nautilus,* und ich ziehe mir schnell etwas anderes an«, schlug Laura vor. »Ich will später mit Sarah noch in die Show und danach vielleicht ein bisschen tanzen.«

»Mach das, Kind. Du bist jung. Das musst du feiern.«

»Ich nehme die Treppe. Bis gleich.«

Während Marianne sich in den Pulk der wartenden Passagiere vor den Fahrstühlen einreihte, sprintete Laura auf Deck sechs zu ihrer Kabine. Sie zog sich rasch um, kämmte sich das Haar und schminkte sich dezent. Dann eilte sie zu den Fahrstühlen, um das Büfett-Restaurant zu erreichen. Isa und ihr Sohn warteten ebenfalls auf den Aufzug. Sie schienen sie nicht zu bemerken, da sie in ein Gespräch vertieft waren.

»Es war schrecklich«, hörte Laura Isa sagen. Obwohl

die Frau sehr leise sprach, konnte Laura die Panik in ihrer Stimme erkennen.

Henrik fasste seiner Mutter sanft an die Schulter. »Bitte beruhige dich.«

»Vivien Sander hat mich erkannt«, flüsterte Isa.

»Das weißt du doch gar nicht.«

»Was? Natürlich weiß ich das«, zischte Isa. »Sie hat mich mit meinem echten Namen angesprochen und gesagt, ich wäre früher ja die Putzfrau gewesen.«

»Scheiße.« Henrik atmete tief durch. »Und dein – ich sag mal Freund?«

»Dem war das furchtbar peinlich.«

»Wie peinlich? Dass du eine Putzfrau warst?«

»Nein, natürlich nicht. Es war ihm unangenehm, dass ich verwechselt wurde und in diese Situation geraten bin.« Wütend drückte sie erneut auf den Knopf. »Wo bleibt denn der verdammte Fahrstuhl?«

»Also konntest du alles geraderücken?«, erkundigte sich Henrik leise.

»Ja.« Isa nickte angespannt. »Aber ich will Vivien nicht noch einmal begegnen. Das machen meine Nerven nicht mit. Ich habe auch Angst, dass sie auf diesem Schiff auf Werner trifft und ihm erzählt, dass sie sich nicht irrte. Dass ich nicht Gräfin Isolde von Witten-Brandenburg bin, sondern Isa Witte.« Der Fahrstuhl hielt, und die Türen öffneten sich. »Na endlich.«

»Mutter, es wird alles gut. Vertrau mir.«

Laura drehte sich schnell zu den gegenüber liegenden Fahrstühlen um. Sie hatte das Gefühl, dass sie besser nicht erkannt werden sollte.

49.

Marianne erreichte das Büfett-Restaurant in dem Moment, als sich die Pforten für die ausgehungerten Passagiere öffneten. Wie im Raubtierkäfig, dachte Marianne. Glücklich ergatterte sie einen Tisch an der Fensterfront. Entspannt schenkte sie sich ein Glas Rotwein aus der Karaffe ein und blickte auf Oslo. Was für ein ereignisreicher Tag.

»Ach nee, da sitzen Sie ja schon wieder alleine. Wo steckt denn Ihre hübsche Enkelin?«

»Hallo, Olli, schön, Sie zu sehen. Laura wollte sich noch umziehen. Sie kommt gleich«, versicherte Marianne.

»Macht sie sich denn keine Sorgen, dass ihre Oma von wilden Rentnern angebaggert wird?«

Marianne lachte. »Meine Enkelin weiß, dass ich mich wehren kann.«

»Na, ich werde doch lieber aufpassen, wenn Sie erlauben.«

Marianne deutete auf einen freien Stuhl, und Oliver setzte sich.

»Und? Was haben Sie heute in Oslo gemacht?«, erkundigte sich Marianne.

»Ich war bei einer bekannten Umweltorganisation. Wir arbeiten bei einigen Projekten mit den Norwegern zusammen.«

»Dann hatten Sie also einen anstrengenden Tag«, schlussfolgerte Marianne.

»Nein. Ich habe das Büro privat besucht«, erklärte

Oliver. »Normalerweise kommunizieren wir per Mail, Videokonferenzen und Telefon. Na ja, und da habe ich sehr viel mit einer gewissen Mitarbeiterin zu tun gehabt. Irgendwann waren wir bei *Facebook* befreundet und haben uns privat geschrieben und auch telefoniert. Heute habe ich sie endlich mal persönlich kennengelernt.«

»Das klingt ja spannend«, bemerkte Marianne und blickte ihn neugierig an. »Und? Ist es die große Liebe?«

»Ach, Marianne, Sie sind ja eine Romantikerin«, amüsierte sich Oliver.

»Manchmal.«

»Ich muss Sie leider enttäuschen, verliebt sind wir noch nicht. Liv ist sehr nett. Wir haben gemeinsame Projekte und gleiche Visionen. Das verbindet natürlich. Liv sieht aus wie eine Umweltaktivistin und ist etwas pummelig. Kein Topmodel also, aber schon niedlich. Und ich bin ja auch kein Adonis.«

»Äußerlichkeiten sollte man nicht zu wichtig nehmen. Man sieht nur mit dem Herzen gut.«

»Antoine de Saint-Exupéry.« Oliver nickte. »Da haben Sie natürlich absolut recht. Liv kommt mich nächsten Monat in Hamburg besuchen. Dann werde ich mir die Perle ganz genau ansehen, und das nicht nur mit dem Herzen.«

Marianne grinste und zwinkerte ihm zu. »Halten Sie mich auf dem Laufenden?«

Schönheit war wahrhaftig nicht alles. Man konnte auch schön und unzufrieden sein. Vivien Sander war doch das beste Beispiel.

»Da bist du ja endlich«, rief Laura erleichtert. »Ich habe schon das ganze Restaurant nach dir abgesucht.«

»Ich habe mich hier mit meinem jungen Freund versteckt«, behauptete Marianne schmunzelnd.

»Dann hast du die Wartezeit ja bestimmt genossen«, vermutete Laura grinsend. »Mir sind übrigens Martin und Sarah über den Weg gelaufen. Ich habe sie an unseren Tisch eingeladen.«

Gemeinsam verbrachten sie einen schönen Abend und erzählten sich von ihren Erlebnisse. Sie genossen es, von ihrem Fensterplatz das Auslaufen zu beobachten, und bestaunten die Fahrt durch den Oslofjord, bis Marianne gähnte. »Ihr Lieben, ich muss ins Bett.«

»Ich bin auch müde«, gestand Martin. »Darf ich dich zu deiner Kabine bringen?«

Marianne sah ihn entsetzt an. »Ich schaffe das wirklich ohne Hilfe.«

»Natürlich, aber ich bin ein Gentleman der alten Schule. Was ist mit euch?«

»Sarah und ich wollen gleich ins Theater und danach noch in eine Bar«, erklärte Laura. »Und du kommst mit, Olli.« Laura mochte den Kerl. Er war mit manchen Ansichten zwar sehr extrem, aber er hatte auch eine gehörige Portion Humor und war sehr charmant zu ihrer Großmutter.

Oliver schüttelte lachend den Kopf. »Vergiss es. Ich kann mit solchen Shows echt nichts anfangen.«

»Hast du sie nicht richtig verstanden?«, fragte Sarah mit gespielter Verwirrung. »Das war kein Vorschlag, sondern ein Befehl.«

»Jetzt komm schon, Olli. Du kannst das vielleicht für deine Anti-Kreuzfahrt-Recherche nutzen. Wir werden auf Menschen treffen, die Cocktails aus Plastikgläsern trinken, die mit Flugananas verziert sind. Das muss doch dokumentiert werden.«

Oliver stöhnte. »Ich habe keine Wahl, oder?«

Laura sah ihn streng an. »Du musst mit. Wer weiß, was der Abend noch so bringt?« Sie konnte nicht wissen, wie dramatisch die Nacht noch verlaufen würde.

50.

Karl-Friedrich Behrens und Luca Müller betraten ihre Deluxe-Suite am Bug auf Deck acht. Sie hatten im *Fugu* zu Abend gegessen, und Luca schwärmte begeistert von ihrem Dinner. Sobald sie die Tür geschlossen hatten, fiel Luca seinem Freund um den Hals.

»Danke, Karl, das war so lecker. Das Sashimi vom Thunfisch mochte ich besonders.«

Der Richter schmunzelte und wuschelte ihm durch das Haar. »Es freut mich, dass es dir geschmeckt hat.« Karl-Friedrich löste sich aus der Umarmung und öffnete die Terrassentür.

»Abgesehen von dem schrecklichen Zusammentreffen mit der Sander heute Morgen war der Tag doch wundervoll«, versicherte Luca. »Ich finde Oslo zauberhaft. Im Winter muss es hier doch auch richtig schön sein.«

»Im Winter ist es vor allem dunkel«, erklärte der Richter trocken.

»Das ist doch romantisch. Ach, Karl, und niemand hat uns komisch angeschaut.«

Karl-Friedrich öffnete eine Flasche Rotwein und schenkte sich ein Glas ein. »Ich hatte nie Angst davor, dass uns jemand in Oslo komisch findet. Es sind die Menschen auf dem Schiff, die mir Sorgen machen.«

»Das weiß ich doch«, erwiderte Luca. »Du hast zu mir gesagt, Vivien hätte nur einen bösen Scherz gemacht. Ich glaube dir nicht.« Der Richter atmete tief durch und ging auf die Terrasse. Luca folgte ihm. »Du weißt, was ich meine.«

»Ja, Luca, ich weiß es. Ob Vivien mich nur provozieren wollte, oder ob sie ihre Drohung wahr macht, kann ich dir nicht sagen. Ich kann nur hoffen, dass das Mädchen genug Grips hat, um zu wissen, dass ich keine Richter manipulieren kann. Was immer ihr Problem ist, sie wird es mit ihrem Geld und ihrer Armee guter Anwälte auch ohne mich lösen. Und jetzt solltest du dich umziehen.«

Luca sah ihn verwundert an. »Umziehen?«

»Wir hatten das besprochen, und an dem Plan hat sich nichts geändert«, stellte der Richter klar. »Du streifst heute durch die Bars und amüsierst dich wie ein heterosexueller junger Mann. Schaden kann das auf keinen Fall.«

»Ist das denn jetzt wirklich noch nötig?«, fragte Luca. »Vivien Sander und diese Journalistin wissen doch sowieso Bescheid.«

Karl-Friedrich legte sich in einen der Liegestühle und betrachtete ihn kopfschüttelnd. »Nein, sie wissen es nicht, sie vermuten es. Mein lieber Schatz, eines kannst du einem alten Juristen glauben. Zwischen *Wissen* und *Vermuten* liegt ein sehr großer Unterschied. Und jetzt mach dich bitte fertig.«

Luca schluckte. Er hatte wirklich überhaupt keine Lust, sich unter die Leute zu mischen, aber wenn es Karl so wichtig war, dann würde er es eben machen. Er ging ins Schlafzimmer und zog sich schwarze Jeans, ein schwarzes Poloshirt und Sneakers an. Anschließend ging er zurück auf die Terrasse. »Und? Sehe ich heterosexuell genug aus?«

Karl-Friedrich lächelte ihn versöhnlich an. »Du siehst großartig aus. Und nun amüsiere dich. Aber nur mit Frauen, damit das klar ist.«

»Was wirst du machen, so ganz ohne mich?«

»Ich werde den Abend mit einem guten Buch und einem Rotwein auf unserer Terrasse genießen«, verkündete der Richter. »Und natürlich werde ich sehnsuchtsvoll auf deine Rückkehr warten.«

Luca ging zu ihm und streichelte seinen Arm. »Das nächste Mal fahren wir auf eine einsame Insel. Dann bekommen wir auch keine Schwierigkeiten.«

Karl-Friedrich sah ihn nachdenklich an. »Ich bin ja selber schuld.« Er deutete auf sein Weinglas. »Wasser predigen und Wein trinken. Ich bin ein verdammter Heuchler.«

»Hauptsache, wir sind zusammen. Und nun ziehe ich los. Wenn es helfen kann, dass ich den Frauenheld mime, dann mach ich eben auch das für uns.«

Entschlossen machte sich Luca auf den Weg in die *Seabreeze Bar*. Er würde alles tun, um seinen Liebsten zu schützen.

51.

Die Show im Theater der *Dalia Ocean* endete, und das Publikum bedankte sich bei den Artisten mit tosendem Applaus. Auch Laura, Sarah und sogar Olli klatschten begeistert mit.

»Hat es dir etwa doch gefallen?«, fragte Laura augenzwinkernd, als sich die Ränge leerten.

»Das war schon beeindruckend«, gab Olli zu. »Die Akrobaten waren wirklich toll. Ich hatte Angst, dass ich mit euch in ein Musical muss. So ein Gejaule kann ich nämlich schwer ertragen. Ich stehe mehr auf Heavy Metal. Was machen wir jetzt?«

»Jetzt gehen wir etwas trinken«, verkündete Sarah. »Was haltet ihr von der *Seabreeze Bar a*m Heck?«

Die drei machten sich auf den Weg zum Deck zwölf. Die Bar war gut besucht. Bei dem schönen Wetter genossen viele Passagiere noch ein Gläschen an der frischen Luft.

»Es sind tatsächlich alle Plätze besetzt«, stellte Sarah enttäuscht fest, nachdem sie sich genau umgesehen hatten.

»An dem Tisch da hinten sitzt nur ein junger Typ. Vielleicht dürfen wir uns dazusetzen«, schlug Laura vor.

»Ich kümmere mich derweil um die Getränke«, bot Olli an.

Laura ging voran und lächelte den jungen Mann an. »Hey, wir kennen uns doch?« Er sah sie erschrocken an. »Dein Onkel und meine Oma haben sich gestern vor dem *Fugu* kurz unterhalten. Sie kennen sich wohl von früher.«

»Stimmt, ich erinnere mich.«

»Können wir uns dazusetzen? Oder kommt dein Onkel noch?«

Der junge Mann schüttelte den Kopf. »Nein, der ruht sich aus. Bitte setzt euch.«

Laura und Sarah nahmen Platz. »War ja auch ein langer Tag. Meine Oma ist auch schon in der Kabine«, bemerkte Laura. »Das ist übrigens Sarah, und ich bin Laura.«

Olli kam mit den Getränken zurück. »So, die Damen, zweimal Weißwein.« Er grinste den jungen Mann an und ließ sich auf den letzten freien Stuhl plumpsen. »Ich bin Olli.«

»Luca.«

»Na, Luca, dann erzähl doch mal, was dir an einer Kreuzfahrt gefällt?«

»Vorsicht«, ging Laura dazwischen. »Olli ist Umweltaktivist und will dich nur aushorchen. Wenn du in deinem Leben jemals eine Flugmango gegessen hast, bist du sowieso schon unten durch bei ihm.«

Die vier jungen Leute unterhielten sich angeregt und lachten viel. Sie bekamen gar nicht mit, dass sie zu den letzten Gästen der *Seabreeze Bar* zählten. Nur ein Mann, der an einem Tisch an der Reling saß, fiel ihnen auf.

»Der Typ dahinten ist doch komisch. Sitzt da die ganze Zeit alleine rum und trinkt ein Bier nach dem anderen«, wunderte sich Sarah. Die anderen blickten in die Richtung.

»Dabei sieht er ganz gut aus«, stellte Laura fest. »Er hat ein bisschen was von diesem *Traumschiff*-Kapitän.«

»Vielleicht hat er Ärger mit seiner Frau?«, überlegte Olli grinsend. »Wahrscheinlich hat die sich schon einen mega Sightseeing-Plan für Kopenhagen ausgedacht. Ein Museum nach dem anderen. Er ist einfach verzweifelt und überlegt noch, ob er das überstehen wird oder ob er sich doch lieber von Bord stürzt.«

»Du bist ein schlimmer Mensch«, kommentierte Sarah trocken.

»Bevor die Stimmung hier in den Keller geht, hole ich lieber noch eine Runde«, bot Laura an und machte sich auf den Weg zur Theke. Sie war erstaunt, Vivien Sander und ihren Mann Noah in einer Ecke am äußersten Ende des Tresens zu sehen. Zurück am Tisch erzählte sie den anderen davon.

»Ich hätte ja gedacht, dass die ihre Drinks eher auf ihrem privaten Sonnendeck schlürfen«, bemerkte Olli.

Sarah rollte genervt mit den Augen. »Wahrscheinlich müssen die beiden ständig auf irgendwelchen privaten

Terrassen Champagner trinken. Heute wollte die Sander vielleicht einfach mal das normale Volk beobachten.«

»Ach, Sarah, nun sei doch nicht so«, wiegelte Laura ab, um die Stimmung zu retten. »Vergiss ihre Arroganz und erinnere dich, dass du jahrelang ein Fan von ihr warst.«

Sarah stand auf. »Das mach ich irgendwann, aber nicht hier und jetzt. Ich gehe ins Bett. Gute Nacht, ihr Lieben. Das war ein sehr schöner Abend.« Sarah warf ihnen einen Luftkuss zu und verschwand.

»Was hat sie denn plötzlich?«, fragte Luca verblüfft.

Laura winkte ab. »Nicht so wichtig.«

»Ja der Haifisch, der hat Zähne und die trägt er im Gesicht, doch der Mackie hat ein Messer, doch das Messer sieht man nicht,« sang eine Frau plötzlich laut und lallend. Erstaunt blickten Luca, Laura und Olli in ihre Richtung.

»Was ist denn bei der nicht ganz richtig?«, wunderte sich Olli amüsiert. »Die ist ja voll wie ein Bus.«

Laura war entsetzt, Lilly in diesem Zustand zu sehen. »Das ist Lilly, die Ex von Vivien Sanders Ehemann«, erklärte sie schnell.

»Hier ist ja gar nichts mehr los«, rief Lilly und bewegte sich schwankend auf Lauras Tisch zu. »Laura, du hast ja gleich zwei Eroberungen gemacht. Herzlichen Glückwunsch. Ich hoffe, du wirst sehr glücklich. Ich war auch schon mal sehr, sehr glücklich. Mit diesem Mann.« Sie zeigte auf Noah. »Das war mein Mann, bevor diese Hexe ihn mir gestohlen hat. Das müsst ihr wissen.« Lilly hielt sich am Tisch fest und starrte in ihre Gesichter. »Das sind nämlich mein Ex-Freund und meine damals beste Freundin. Jetzt sind die beiden miteinander verheiratet. Wie findet ihr das? Verrat, oder?«

Laura lächelte sie beschwichtigend an. »Lilly, du solltest zu Bett gehen. Es ist ja auch schon spät, und du bist betrunken.«

»Auf keinen Fall.« Lilly sah sie verschwörerisch an. »Der Spaß fängt doch gerade erst an.«

52.

Vivien Sander verfolgte den Auftritt von Lilly mit einem Kopfschütteln. »Wie tief kann diese Frau eigentlich noch sinken? Das ist doch nicht normal«, schnaubte sie verächtlich.

Ihr Mann drückte tröstend ihre Hand. »Ich dachte, sie hätte sich endlich mit der Situation abgefunden, aber es wird immer peinlicher. Sie ist ja total betrunken. Wahrscheinlich weiß sie gar nicht, was sie da tut.«

»Ach, Noah, jetzt hör aber auf«, protestierte Vivien gereizt. »Sie weiß ganz genau, was sie tut. Sie will mich fertigmachen. Je betrunkener sie ist, desto hemmungsloser agiert sie. Unerträglich.« Vivien zog sich ihren Kaschmirschal enger um die Schultern und winkte dem Barkeeper. »Einen doppelten Wodka bitte.«

»Vivi, muss das sein?« Noah sah sie besorgt an.

»Ja, das muss jetzt sein.« Der Barkeeper stellte den Drink ab, und Vivien stürzte ihn in einem Zug hinunter. »Das hier ist das erste und letzte Schiff, das ich getauft habe. Ich werde auch nie wieder einen Vertrag unterschreiben, der festlegt, dass ich mich unter die Leute mischen muss. Für kein Geld der Welt.«

Noah nahm ihre Hand und küsste sie. »Natürlich nicht, mein Schatz.«

Lilly fing an zu lachen. »Habt ihr das gesehen?«, fragte sie Laura, Luca und Olli kichernd. »Er behandelt sie wie eine Prinzessin. So verhält sich doch kein richtiger Mann. Er ist ein Hündchen.«

Vivien griff nach ihrer Handtasche. »Es reicht jetzt. Ich tue mir das nicht länger an.«

»Ja, geh du auf die Kabine«, stimmte Noah ihr zu.

»Kommst du nicht mit?«, erkundigte sich Vivien überrascht.

Noah straffte die Schultern. »Nein, ich bleibe noch. Ich werde ihr nicht den Erfolg gönnen, uns beide hier zu vertreiben. Das würde ja auch nur ihre Meinung bestätigen, dass ich kein richtiger Mann bin.«

»Mir ist völlig egal, was Lilly denkt«, erklärte Vivien genervt. »Ich gehe ins Bett.«

»Vielleicht solltest du eine Schlaftablette nehmen. Morgen ist ein neuer Tag. Ich liebe dich.«

Vivien nickte und kletterte vom Barhocker.

»Ach, haust du ab, Vivien?«, kreischte Lilly. »Du bist doch eine feige Spielverderberin.«

Vivien ging hoch erhobenen Hauptes an Lilly vorbei. Ihre Augen brannten, aber sie würde jetzt nicht anfangen zu weinen. Zum Glück waren zu der späten Stunde kaum noch Passagiere unterwegs. Vivien fuhr mit dem Fahrstuhl bis zum Deck acht und lief dann die wenigen Schritte bis zu ihrer Luxus-Suite am Heck. Sie schloss die Tür und brach in Tränen aus. Morgen würde sie als Erstes ihre Assistentin anrufen und sie bitten, Noah und ihr den ersten Flug von Hamburg nach New York zu buchen. Sie musste weg von dieser Wahnsinnigen.

53.

Lilly strahlte Laura an. »Nun ist sie weg, und er ist geblieben.«

»Er wird sicher auch gleich gehen. Wahrscheinlich zahlt er nur noch die Rechnung«, meinte Luca freundlich.

Lilly sah ihn amüsiert an. »Er zahlt doch nicht. Wovon denn auch?«

»Darf ich mal was vorschlagen?«, fragte Olli versöhnlich. »Ich hole dir jetzt ein Glas Wein, wir plaudern noch einen Moment, und wenn du ausgetrunken hast, begleite ich dich bis zu deiner Kabine, und du schläfst dich aus. Morgen sieht die Welt schon wieder ganz anders aus.«

Lilly lächelte überlegen. »Ihr seid wirklich alle ganz lieb, aber ich werde jetzt sicher nicht die Gelegenheit verstreichen lassen, alleine mit Noah reden zu können. Ich bin doch nicht verrückt.«

Laura sah sie eindringlich an. »Genauso verhältst du dich aber gerade. Bleib bei uns. Verdammt, Lilly, du hast doch auch deinen Stolz. Außerdem bist du ziemlich betrunken. Bitte.«

Lilly schüttelte trotzig den Kopf. »Lasst mich in Ruhe.« Unsicher torkelte sie auf Noah zu. »Na? Was ist denn mit deiner Angetrauten? Mache ich sie doch ein bisschen nervös?«

Laura, Luca und Olli beobachteten die Szene. »Und was jetzt?«, wollte Olli wissen. »Ich bin müde und will ins Bett.«

»Ihr bleibt jetzt hier. Wir sind die letzten Gäste. Vielleicht braucht Lilly unsere Hilfe noch«, zischte Laura und verfolgte die Unterhaltung.

»Nein, Lilly, du machst sie natürlich nicht nervös«, versicherte Noah lächelnd. »Vivien ist einfach genervt von dir, und ich bin es auch. Du bist einfach peinlich. Ich werde jetzt zu meiner Frau gehen. Die wartet nämlich in der Suite auf mich, damit wir an unserem Projekt weiter arbeiten.«

»Was für ein Projekt?«

Der Barkeeper polierte die letzten Gläser. »Braucht ihr noch was?«, fragte er in die Runde. »Ich muss kurz ins Lager. In zehn Minuten bin ich aber wieder da.«

»Wir sind bestens versorgt«, versicherte Olli.

»Lilly, ich bin mit Vivien verheiratet. Wir wollen natürlich auch Kinder. Das ist doch klar. Wir arbeiten dran. Na, eigentlich ist es ja keine Arbeit, sondern ein Vergnügen.«

»Du dreckiges Schwein«, schrie Lilly. »Du willst mit ihr die Familie haben, die wir einmal wollten? Vergiss es. Dann kastriere ich dich hier und jetzt.« Lilly griff hinter den Tresen und hatte plötzlich ein Messer in der Hand. Ohne zu zögern stach sie zu. Laura, Olli und Luca konnten kaum glauben, was sich gerade vor ihren Augen abspielte. Noah stöhnte. Er starrte auf seinen Oberschenkel, in dem das Messer steckte. Lilly schluchzte laut. Mit einer schnellen Bewegung zog sie das Messer wieder aus der Wunde. Dann rannte sie zur Reling, warf es über Bord und brach zitternd zusammen.

»Verfluchte Scheiße«, rief Olli. Laura rannte los. Luca und Olli folgten ihr. Noah nahm ein Taschentuch aus seiner Jacke und presste es auf die Wunde. Das Taschentuch verfärbte sich rot.

»Warum hat sie das getan?«, fragte der geschockte Noah.

Laura fand als Erste die Sprache wieder. »Das ist jetzt egal. Wichtig ist, dass wir dich schnell in die Klinik bringen.«

»Nein, auf keinen Fall«, widersprach Noah heftig. »Das hier darf niemand wissen.« Er deutete auf Lilly, die immer noch zitternd und weinend am Boden lag. »Ihr müsst sie wegschaffen. Laura, bitte. Vielleicht zu deiner Großmutter. Lilly ist so labil.«

Laura hätte den Verletzten lieber zum Arzt gebracht, aber gegen seinen Willen war das unmöglich. »Also gut«, lenkte sie ein. »Luca, du musst mir helfen.« Luca nickte und eilte zu Lilly. Laura deutete auf den Oberschenkel. »Jemand sollte sich die Verletzung anschauen.«

»Das ist nicht so schlimm«, behauptete Noah.

»Ich bin Medizinstudentin. Soll ich mir das mal ansehen?«, meinte Laura besorgt.

»Später. Kümmert euch erst um Lilly«, bat Noah eindringlich. »Olli? Kannst du mich in meine Kabine bringen, bevor der Barkeeper hier wieder auftaucht? Ich will keinen Skandal. Für meine Frau wäre das ganz schlechte Presse. Und Lilly möchte ich das Leben auch nicht noch schwerer machen.«

»Na, dann los. Du kannst dich auf mich stützen«, bot Olli an. Noah kletterte mit schmerzverzerrtem Gesicht vom Barhocker und griff nach Ollis Arm. Nach ein paar Schritten stoppte er. »Ah, nein, ich schaffe das so nicht bis in die Suite. Verdammt, tut das weh.«

»Und was jetzt?«, fragte Laura und sah die Männer ratlos an.

»Hier um die Ecke sind doch die Toiletten«, erklärte Olli. »Es sind nur ein paar Schritte. Das schaffen wir zusammen. Dann bist du zumindest fürs Erste aus der Schusslinie.«

Laura war sich nicht sicher, ob das alles so richtig war, aber sie hatte jetzt auch keinen besseren Plan. »Also gut, wir machen das so. Ich komme gleich mit Verbandszeug wieder. Versteckt euch auf der Toilette. Und presse das Taschentuch fest auf die Wunde.«

Noah nickte erleichtert. »Ja, danke. Und bitte, deine Großmutter soll Lilly nicht aus den Augen lassen. Ich habe Angst, dass sie sich etwas antut.«

54.

Laura und Luca hakten Lilly unter und verließen die *Seabreeze Bar*. Lilly zitterte, aber sie hatte aufgehört zu schluchzen.

»Wir bringen dich jetzt zu meiner Oma, hörst du? Da kannst du dich erholen«, erklärte Laura. Lilly nickte schwach und ließ sich führen. Auf dem Weg zu den Aufzügen begegneten sie niemandem. Luca drückte auf den Fahrstuhlknopf. »Zum Glück ist kaum noch jemand unterwegs«, flüsterte er. Sie betraten die Kabine und fuhren ohne Unterbrechung auf Deck sechs.

»Hier entlang, Kabine 6119.« Laura öffnete die Tür mit ihrer Karte und schaltete das Licht an. Luca brachte Lilly zum Sofa. Sie setzte sich und fing wieder an zu weinen. »Was habe ich nur getan?«

Laura ging zum Bett. »Oma? Ich bin's, Laura. Bitte wach auf.«

Marianne öffnete die Augen und sah verwirrt zum Wecker. »Bist du verrückt?«, wunderte sich ihre Oma. »Es ist mitten in der Nacht.«

»Wir haben Besuch«, flüsterte Laura und deutete auf das Sofa.

Marianne rappelte sich hoch. »Lilly? Was ist denn passiert?«

Lilly schluchzte auf. »Ich … ich habe versucht, Noah zu töten. Oh, mein Gott. Ich habe ihn mit einem Messer angegriffen.« Sie wollte aufstehen, doch Luca drückte sie sanft zurück.

»Stimmt das?« Marianne sah Laura irritiert an.

»Ja, sie hat ihn verletzt. Es scheint nicht allzu schlimm zu sein, aber ich habe Noah versprochen, ihn zu verarzten.« Laura kramte in ihrem Koffer nach einem Erste-Hilfe-Set. »Du darfst Lilly nicht aus den Augen lassen. Sie ist völlig von der Rolle. Lass sie auf keinen Fall auf den Balkon. Hast du Schlaftabletten?«

Marianne kletterte aus dem Bett und zog sich ihren Morgenmantel über. »Ja, habe ich. Ein Hammerzeug.« Sie ging zum Sofa, setzte sich neben Lilly und nahm sie in den Arm. »Ach, Mädchen, das wird schon wieder.«

Laura sah Marianne streng an. »Oma, ich meine das sehr ernst. Bitte gib ihr eine Tablette und leg sie in mein Bett.«

»Was ist mit mir?«, fragte Luca unsicher.

»Bleib bitte bei Marianne, bis Lilly eingeschlafen ist. Ich kann nicht einschätzen, ob Lilly noch einen hysterischen Anfall bekommt und aus der Kabine türmen will. Oma allein kann sie nicht aufhalten.«

Luca nickte. »Alles klar. Marianne? Wo haben Sie die Schlaftabletten?«

Marianne deutete auf die Nachttischschublade. »Laura, ich wüsste schon gerne, was hier genau los ist.«

»Dann frag Luca. Er war ja auch dabei. Luca kann dir alles erklären«, versprach Laura. »Ich muss jetzt wirklich dringend nach Noah sehen.« Sie öffnete vorsichtig die Kabinentür und schielte auf den Flur. Schnell zog sie die Tür wieder zu. Isa Witte war auf dem Weg zu ihrer Kabine. Laura hatte das Gefühl, dass es sowohl für sie selbst als auch für Isa besser wäre, wenn sie sich nicht treffen würden.

55.

Oliver hatte Noah auf die Toilette nahe der *Seabreeze Bar* gebracht. Er hatte ihn stützen müssen, weil Noah kaum gehen konnte. Nun saß Noah auf dem Boden und presste sich noch immer das Taschentuch auf die Wunde. Zwischendurch stöhnte er leise.

»Hast du schlimme Schmerzen?«, fragte Olli und reichte ihm einige Papierhandtücher aus dem Spender.

»Es geht schon«, versicherte Noah mit einem gequälten Lächeln.

»Kann ich noch irgendetwas tun?«

Noah schüttelte den Kopf. »Nein. Laura wird sicher gleich hier sein und die Wunde behandeln. Ich hoffe, sie hat auch ein Schmerzmittel dabei.«

»Hat sie bestimmt«, versprach Olli zuversichtlich.

Plötzlich sah Noah ihn erschrocken an. »Verdammt. Olli, du musst zurück in die Bar. Da liegen noch meine Sachen und bestimmt auch noch was von Lilly oder Laura. Jacken, Taschen, keine Ahnung. Sammle alles ein und bring es in Lauras Kabine.«

»Das ist doch jetzt nicht so wichtig. Ich glaube nicht, dass hier noch jemand wach ist, der diesen Kram klauen möchte«, erwiderte Olli verwundert.

»Darum geht es doch nicht«, erwiderte Noah. »Wenn wir die Sachen dort einfach liegen lassen, wird sich der Barkeeper wundern und sich fragen, ob die Gäste gleich zurückkommen. Wir wollen doch, dass er Feierabend macht. Wir brauchen hier keine Zeugen.«

»Und du meinst, ich kann dich wirklich hier alleine lassen?«

Noah nickte mir schmerzverzerrtem Gesicht. »Ja klar. Laura kommt sicher gleich, und dann wird sie sich um alles kümmern. Jetzt beeil dich.«

56.

Oliver öffnete vorsichtig die Tür der Toilette und blickte sich um. Es war niemand zu sehen. Schnell lief er die kurze Strecke zur *Seabreeze Bar*. Der Barkeeper stand hinter der Theke und war dabei, die Kaffeemaschine zu reinigen. Unbemerkt würde er die Sachen leider nicht einsammeln können. Olli beschloss, ein wenig zu schwindeln.

»Hey. Sorry, dass wir einfach abgehauen sind, aber meiner Freundin ging es plötzlich nicht so gut. Waren wohl ein paar Weißwein zu viel«, bemerkte Olli verschwörerisch. »Ich musste sie auf die Kabine bringen. Im Eifer des Gefechts haben wir den ganzen Kram hier liegenlassen. Ich wollte die Klamotten noch schnell abholen.«

»Ich habe mich schon gewundert, wo ihr plötzlich abgeblieben seid.«

Olli schnappte sich die Jacken und Handtaschen und klopfte auf den Tresen. »Schönen Feierabend dann, und bis morgen.«

Der Barkeeper grinste. »Alles klar. Gute Nacht.«

Olli schlenderte aus der Bar. Sobald er im Treppenhaus war, rannte er los. Wie war noch die Kabinennummer? Er überlegte fieberhaft. Er hatte Mariannes Karte doch so oft an ihrem Hals baumeln sehen. 6119. Ja, er war sich sicher. An der Tür angekommen, klopfte er vorsichtig. Luca öffnete wenig später. Olli nickte ihm freundlich zu und betrat die Kabine. Marianne saß am Bett und streichelte der weinenden Lilly den Arm. Als sie Oliver sah, stand sie auf und ging zu ihm.

»Olli. Um Gottes willen. Luca hat mir alles erzählt. Was machst du hier? Solltest du nicht bei Noah sein?«

»Ja, schon. Aber Noah meinte, ich soll die Sachen aus der Bar herbringen, damit der Barkeeper sich nicht wundert.

»Gute Idee. Wie geht es ihm denn?«

»Er hat Schmerzen«, kommentierte Olli knapp, während er das Zeug auf den Sessel legte. »Was ist mit Lilly?«

»Ich habe ihr eine Schlaftablette gegeben. Sie schläft gleich. Laura ist schon wieder losgerannt. Sie hat ein Erste-Hilfe-Set mitgenommen.«

»Das ist gut«, erklärte Olli erleichtert. »Dann laufe ich jetzt wieder zurück und assistiere ihr. Zusammen können wir Noah anschließend in seine Suite bringen.« Olli wandte sich an Luca. »Kannst du noch hier bei Marianne bleiben, bis Lilly eingeschlafen ist?«

»Selbstverständlich«, beteuerte Luca. »Ich bleibe, bis sie mich rausschmeißt.«

»Ach, meint ihr, ich komme alleine nicht mit diesem Häufchen Elend zurecht?«, fragte Marianne empört.

»Wenn jemand die Situation im Griff hat, dann natürlich Sie«, versicherte Olli. »Aber wir sollten vorsichtig sein. Ich fühle mich einfach besser, wenn Sie Verstärkung haben. Diese Frau ist nämlich ein bisschen irre. Sie hat gerade ein Messer in das Bein ihres Ex-Freundes gerammt. Und wissen Sie was? Da hatte dieser Noah ja sogar noch Glück, dass es nur sein Bein war. Eigentlich sagte sie, sie wolle ihn kastrieren.«

57.

Laura rannte die Treppen hinauf bis zum Deck zwölf. Im Treppenhaus war sie niemandem begegnet. Alles war ruhig. Sie schlich zu der Toilette und öffnete leise die Tür.

»Ich bin es, Laura.« Noah saß auf dem Boden und krümmte sich vor Schmerzen. »Hey, du bist ja ganz schön blass geworden. Wie geht es dir?«

Noah blickte sie an. Auf seiner Stirn glänzten Schweißperlen. »Erst war es auszuhalten, aber jetzt pocht es ganz schön«, berichtete er kraftlos.

Laura kniete sich zu ihm. »Im ersten Schock spürt man oft nicht so viel. Wo ist eigentlich Olli? Er sollte doch bei dir bleiben.«

»Der kommt gleich zurück«, versicherte Noah.

»Ich werde mir die Verletzung jetzt einmal ansehen.« Laura zog sich sterile Handschuhe über. Sie war entsetzt, als sie sah, wie stark die Wunde blutete. Mit einer Schere schnitt sie ein Loch in das Hosenbein. Der Stoff war blutdurchtränkt. »Wow, das ist viel tiefer, als ich gedacht habe. Noah, da reicht kein Verband. Das muss genäht werden.«

»Kannst du das nicht machen?«

»Ohne Betäubung auf einem Klo?«, fragte Laura erstaunt. »Nein, Noah, beim besten Willen nicht. Außerdem bin ich noch Studentin, schon vergessen? Keine Ärztin.«

Beide zuckten zusammen, als plötzlich die Tür der Toilette geöffnet wurde. Laura war erleichtert, als sie Oliver sah.

»Wie geht es ihm?«

»Olli, gut, dass du da bist. Es geht ihm schlecht. Gib mir deinen Gürtel. Wir müssen das Bein abbinden und ihn in die Klinik bringen.«

»Bitte nicht. Wie soll ich das denn erklären? Ich will Lilly da nicht mit reinziehen.«

Olli öffnete seinen Gürtel, zog ihn aus den Schlaufen und reichte ihn Laura. »Warum eigentlich nicht?«, fragte er dann.

»Ich habe ihr mehr angetan, als mir bewusst war. Ich habe mich wie ein Arschloch verhalten. Mir war nur noch Vivien wichtig.«

Laura legte den Gürtel um das Bein und zog ihn zu. Noah stöhnte. Anschließend legte sie einen Druckverband an. »In der Klinik wird man dir gleich was gegen die Schmerzen geben. Sollen wir Vivien Bescheid sagen?«

Noah wischte sich den Schweiß von der Stirn. »Nein, sie soll sich nicht noch mehr aufregen. Außerdem wollte sie eine Schlaftablette nehmen nach dem ganzen Theater. Wahrscheinlich würde man Vivi gar nicht wach bekommen.«

»Wie du meinst. So, los geht's«, kommandierte Laura, während sie mit einem Stapel Papierhandtücher noch schnell einige Blutflecken wegwischte. »Olli und ich haken dich jetzt unter und schleppen dich zu den Fahrstühlen. Die Klinik ist auf Deck drei.«

»Laura, bitte. Es muss doch einen Plan B geben«, flehte Noah.

»Plan B? Aber natürlich gibt es einen Plan B«, bestätigte Laura ironisch. »Und der ist todsicher. Du verblutest einfach elendig auf dieser Toilette.«

58.

Doktor Christina Winter saß am Schreibtisch im Bordhospital. Sie hatte die Beine auf den Tisch gelegt und versuchte, ein bisschen zu dösen. Bis jetzt war ihre Schicht ruhig gewesen, und sie ging davon aus, dass das auch so bleiben würde. Die meisten Passagiere waren nach dem Landgang erschöpft und schliefen schon seit Stunden. Mittlerweile hatten auch alle Bars auf dem Schiff geschlossen. Dieser Job war noch langweiliger, als sie befürchtet hatte. Vielleicht sollte sie nach Brasilien gehen. In dem Land wurde Schönheitschirurgie groß geschrieben. Niemand kannte sie dort. Wahrscheinlich war es besser, einfach von vorne anzufangen. Je länger sie darüber nachdachte, desto besser gefiel ihr die Idee. Rio de Janeiro war eine aufregende Stadt voller Leben. Hier würde sie eingehen wie eine Primel. Christina schreckte aus ihren Gedanken, als es klingelte. Sie rappelte sich auf, ging zur Tür und öffnete. Sie erkannte Laura sofort wieder. Zusammen mit einem jungen Mann stützte die sympathische Medizinstudentin einen Verletzten.

»Laura? Kommt rein. Was ist denn passiert?«

»Er hat eine Stichverletzung. Sie ist ziemlich tief. Die Wunde blutet stark«, erklärte Laura.

»Okay, hier entlang.« Doktor Winter führte die drei zu der Behandlungsliege und half ihnen, den Patienten darauf zu legen. »Das sieht böse aus«, bemerkte sie, nachdem sie einen ersten Blick auf das Bein geworfen hatte. »Das muss auf jeden Fall genäht werden.«

»Können wir das diskret behandeln? Ich will nicht, dass jemand von der Sache erfährt«, erklärte der Patient mit schwacher Stimme.

»Na, Sie sind ja lustig«, wunderte sich Christina Winter. »Kurz vorm Verbluten, aber Forderungen stellen. Wie ist das überhaupt passiert?«

»Das möchte ich nicht sagen.«

Laura und der junge Mann blickten zu Boden.

»Laura?«, fragte Christina streng.

»Es ist vielleicht wirklich besser, wenn du es nicht weißt«, meinte Laura.

Christina Winter nickte resigniert. Sie würde die Wahrheit noch herausbekommen. Nun musste sie sich erst mal um den geheimnisvollen Patienten kümmern.

»Kann ich noch irgendwie helfen?«, fragte der junge Mann, der Laura geholfen hatte. »Ich kann das mit dem ganzen Blut nicht besonders gut ab.«

»Gehen Sie ruhig zu Bett. Laura wird mir helfen.«

Laura sah sie erschrocken an. »Ich?«

»Ja. Wenn ich keine Fragen stellen soll, musst du mir schon assistieren«, stellte Christina klar. »Oder soll ich eine Krankenschwester wecken?«

Doktor Winter zog sich Handschuhe über und reichte Laura ebenfalls ein Paar. »Wir müssen den Gürtel entfernen und die Hose ausziehen.« Laura nickte und packte mit an. »Gut, dann wollen wir mal. Laura, was haben wir hier?«

»Eine Stichverletzung. Es wurde ein Gefäß getroffen, darum die starke Blutung.«

»Das ist richtig. Vene oder Arterie?«

»Aufgrund des hellroten Blutes eine Arterie. Bei einer Vene wäre das Blut dunkler«, erklärte Laura.

»Genau.« Doktor Winter zog bereits eine Spritze auf. »Ich gebe Ihnen jetzt erst einmal was gegen die Schmerzen. Danach werde ich das Bein betäuben, die Wunde säubern und sie anschließend nähen.«

»Kann ich dann zurück in meine Kabine?«

Christina Winter sah ihren Patienten überrascht an. »Wie kommen Sie denn darauf? Nein, Sie bleiben über Nacht hier. Morgen sehen wir weiter. Und jetzt müssen wir anfangen.«

»Einen Moment noch«, unterbrach der Patient und wandte sich an Laura. »Kannst du mir bitte einen Gefallen tun?«

»Sicher.«

»Hier ist meine Kabinenkarte. Könntest du Vivien morgen früh wecken? So um 9 Uhr? Es wäre gut, wenn sie schonend erfahren würde, was passiert ist und wo ich bin.«

Laura nahm die Schlüsselkarte entgegen und nickte. »Kein Problem. Das mach ich gern.«

»Und bitte sie, mir ein paar frische Klamotten zu bringen. In diesem blutverschmierten Zeug kann ich mich wohl kaum blicken lassen.«

59.

Marianne saß auf dem Sofa ihrer Kabine und las einen Krimi. Ab und zu blickte sie zum Bett auf Lilly. Das Mädchen schlief tief und fest. Auf die Schlaftabletten war Verlass. Marianne schaute auf die Uhr. Es war schon nach 3 Uhr. Wo Laura nur blieb? In der Sekunde hörte sie, wie die Kabinentür geöffnet wurde. Marianne legte das Buch auf den Tisch und stand auf.

»Da bist du ja endlich«, flüsterte sie.

»Oma, wie ist es gelaufen?«

»Gut soweit. Komm, wir gehen auf den Balkon.« Laura folgte ihrer Großmutter. »Dieser Luca hat mit mir gewartet, bis Lilly eingeschlafen war«, berichtete Marianne, als sie draußen waren. »Ich habe die ganze Zeit gelesen, um nicht auch einzuschlafen. Zum Glück ist mein Krimi wirklich spannend. Was ist denn nun mit Noah?«

»Der wird schon wieder. Doktor Winter hat ihn zusammengeflickt. Er wird aber wohl eine unschöne Narbe behalten.«

»Doktor Winter?«, fragte Marianne überrascht. »Ich dachte, du wolltest ihn verbinden.«

»Ja, das wollte ich auch«, bestätigte Laura. »Die Verletzung sah zuerst gar nicht so schlimm aus, aber als ich wieder bei Noah war, blutete die Wunde sehr stark. Olli hat mir geholfen, Noah in die Bordklinik zu bringen. Er muss über Nacht dort bleiben. Ich soll Vivien morgen um 9 Uhr wecken und ihr schonend beibringen, was passiert ist. Außerdem soll ich sie bitten, ihm frische Klamotten zu bringen.«

»Ist das nicht eigenartig?«, erkundigte sich Marianne stirnrunzelnd. »Ich meine, dass sich eine Verletzung plötzlich verschlimmert?«

Laura zuckte mit den Schultern und gähnte. »Vielleicht ist die Wunde weiter aufgerissen, als Olli ihn zur Toilette gebracht hat. Es kann auch mit dem Schock zu tun haben. Keine Ahnung. Ich bin hundemüde.«

»Das ist ja interessant«, bemerkte Marianne. »Wie dem auch sei, ich muss mir die Beine vertreten. Du kannst jetzt mal den Babysitter spielen.«

»Was?«, fragte Laura entsetzt. »Warum? Oma, es ist mitten in der Nacht. Du bekommst weder Rotwein noch Kaffee.« Sie sah ihre Großmutter flehend an. »Lass uns bitte schlafen. Ich nehme das Sofa.«

»Papperlapapp. Du kannst dich morgen erholen. Wir legen erst um 16 Uhr in Kopenhagen an. Wo genau hat die Attacke denn stattgefunden?«

»In der *Seabreeze Bar*. Noah saß ganz rechts auf dem Barhocker an der Theke. Warum willst du das jetzt wissen?«, wunderte sich Laura und folgte ihrer Großmutter zurück in die Kabine.

»Ich will mir nur ein Bild machen«, flüsterte Marianne. »So, ich bin gleich wieder da. Und lass Lilly nicht aus den Augen.«

Laura nickte schlaftrunken und ließ sich auf das Sofa sinken. Marianne warf sich eine Jacke über und verließ die Kabine. Sie lief über das schlafende Schiff zu den Fahrstühlen im vorderen Bereich. Auf Deck zwölf verließ sie den Aufzug. Es war ein bisschen unheimlich, ganz allein über das Deck des riesigen Schiffes bis zum Heck zu laufen. Der Himmel war schwarz, und auf dem Meer tanzten weiße Schaumkronen. Was war wirklich vorgefallen? Laura schuldete ihr morgen einen genauen Bericht. Marianne lief weiter zur *Seabreeze Bar*. Der Boden war frisch gewischt. Die fleißigen Geister hatten in der Zwischenzeit alles wieder fein gemacht. Marianne verstand immer mehr, was Olli so wütend machte. Die billigen Arbeitskräfte aus Fernost sorgten dafür, dass für die Passagiere am nächsten Morgen wieder alles glänzte, und niemand interessierte sich für den schäbigen Lohn. Sie schaltete die Taschenlampe ihres Smartphones an und leuchtete den besagten Barhocker ab. An der Seite fand sie einen dunklen Tropfen. Marianne nahm ein Taschentuch aus ihrer Jackentasche und wischte ihn ab. »Das ist kein Blut«, murmelte sie leise. »Viel zu rot. Blut reagiert mit Sauerstoff und wird braun. Wahrscheinlich ist das irgendein Sirup, den man in die Cocktails gibt.« Sie steckte das Taschentuch zurück in die Jackentasche und machte sich auf den Rückweg. Wie hieß dieses süße Zeug noch? Grenadine. Genau. Ein eingefärbter Zuckersirup. Rot wie künstliches Blut.

KURS AUF KOPENHAGEN

60.

Die resolute Stimme ihrer Großmutter weckte Laura am nächsten Morgen.

»So, Lilly, und jetzt reißen Sie sich endlich zusammen. Ich reagiere gereizt, wenn ich vor dem ersten Kaffee schon so ein Theater um mich habe«, erklärte Marianne entschlossen. »Ich würde es begrüßen, wenn Sie sich jetzt etwas frisch machen und wir dann zusammen zum Frühstück gehen.«

»Ich kann doch jetzt nichts essen«, jammerte Lilly.

»Sie müssen sogar. Hier ist niemandem geholfen, wenn Sie aus den Latschen kippen.«

Laura sah müde auf die Uhr. Es war 8.30 Uhr. Sie musste sich ranhalten, wenn sie pünktlich bei Vivien Sander sein wollte. »Guten Morgen«, grüßte sie gespielt fröhlich. Eigentlich fühlte sie sich wie zerschlagen. Sie hatte unter der dünnen Wolldecke die ganze Nacht gefroren, und das Sofa hatte ihrem Rücken nicht gut getan.

»Ach, schön, dass du auch schon wach bist«, erwiderte ihre Großmutter missmutig. Sie war bereits angezogen und stand mit verschränkten Armen in der Kabine. Laura kletterte vom Sofa und gab Marianne ein Zeichen, ihr zum Bad zu folgen. »Ich muss schnell unter die Dusche springen, aber ich beeile mich«, erklärte Laura leise.

»Willst du mich schon wieder mit der Verrückten alleine lassen?«, flüsterte Marianne gereizt.

»Nur kurz«, versprach Laura. »Noah hatte mich doch gebeten, Vivien zu erklären, was passiert ist. Sie wird sich wundern, warum er nicht bei ihr ist.«

»Stimmt, das hast du mir gestern Nacht bereits erzählt«, erinnerte sich Marianne. »Sie soll ihm saubere Klamotten in die Klinik bringen.«

»Genau. Ich brauche nur ein paar Minuten. Wir treffen uns dann anschließend im *Nautilus* zum Frühstück«, schlug Laura vor.

»Einverstanden. Ich werde Lilly vor dem Frühstück noch zu ihrer Kabine begleiten, damit sie sich waschen und umziehen kann. Sie steckt ja seit gestern in diesem Kleid«, erläuterte Marianne. »Was willst du Vivien eigentlich genau sagen?«

»Ich werde ihr ganz ruhig erklären, dass es gestern einen kleinen Streit gab, bei dem Lilly Noah leicht verletzt hat, es aber keinen Grund zur Sorge gibt, da es ihm gut geht.«

»Und wenn Vivien die Sache nicht so gut aufnimmt? Vielleicht wird sie hysterisch«, gab Marianne zu bedenken.

»Warum sollte sie?«, fragte Laura irritiert. »Lilly hat ihr mit der Attacke doch eigentlich einen Gefallen getan.«

»Wie meinst du das?« Marianne sah sie gespannt an.

»Na ja, ich glaube nicht, dass Lilly die beiden weiterhin terrorisieren wird. Dafür schämt sie sich zu sehr. Die sind sie los. Noah wird schon wieder, und unser Glamour-Pärchen kann seine Zukunft unbeschwert genießen.«

»Vielleicht hast du recht«, räumte ihre Großmutter nachdenklich ein.

»Noah? Ihr redet über Noah«, rief Lilly. Marianne rollte genervt mit den Augen. Wenige Sekunden später stand Lilly zitternd bei ihnen. »Marianne meinte, er musste in der Klinik genäht werden, und du warst dabei. Wie geht es ihm wirklich?« Lilly starrte sie voller Sorge an.

»Es geht ihm besser«, erklärte Laura freundlich.

»Ich will ihn besuchen.«

»Das halte ich für keine gute Idee«, bemerkte Marianne scharf.

»Aber ich bin schuld an allem.«

»Das ist richtig«, stimmte Marianne zu. »Das war eine dumme Aktion, und wären Sie nicht so betrunken gewesen, hätten Sie ihn auch nicht angegriffen. Ich kann verstehen, dass Sie verletzt sind. Noah hat Sie fallen lassen, aber so spielt das Leben eben manchmal. Ihre Tat rechtfertigt das sicher nicht. Aber nun ist es, wie es ist. Zum Glück ist ja niemand dabei umgekommen.«

61.

Laura hatte kurz geduscht und sich schnell angezogen. Das feuchte Haar hatte sie zu einem Dutt zusammengedreht. Marianne und Lilly waren inzwischen aufgebrochen. Es war bereits kurz vor 9 Uhr. Jetzt musste sie sich beeilen. Laura schnappte sich die Schlüsselkarte und ihre Tasche und machte sich auf den Weg. Die luxuriöse Suite von Vivien und Noah lag am Heck der *Dalia Ocean* auf Deck acht. Vor den Fahrstühlen hatte sich eine Menschentraube gebildet. Die hungrigen Passagiere waren unterwegs zu den verschiedenen Restaurants. Laura entschied sich, die Treppe zu nehmen. Während sie die Stufen hoch sprintete, wuchs ihre Neugier. Sie kannte die Luxusunterkünfte nur von den Bildern im Reisekatalog. Es würde interessant sein, sich das mal persönlich anzuschauen, falls Vivien Sander sie überhaupt in ihre Suite lassen würde. Laura fand die richtige Kabinennummer und klopfte. Es rührte sich nichts. Sie versuchte es nochmal.

»Frau Sander? Hier ist Laura.« Sie wartete einen Moment und klopfte erneut. »Bitte machen Sie auf. Ich soll Ihnen etwas von Noah ausrichten.« Schlief Vivien tatsächlich so fest? Oder war sie bereits aufgestanden? Dann hatte sie sich sicher gewundert, wo ihr Mann war. Vielleicht suchte sie ihn gerade. Laura überlegte, was sie jetzt machen sollte. Sollte sie die Suite einfach betreten? Wahrscheinlich schon. Sonst machte es ja keinen Sinn, dass Noah ihr seine Karte gegeben hatte. »Vivien?« Sie klopfte ein letztes Mal. Da sie wieder keine Antwort bekam, öffnete sie schließlich die Tür. »Vivien? Nicht erschrecken. Hier ist Laura. Die Enkelin von Marianne. Sind Sie wach?« Laura lief durch den großzügigen Wohnbereich zum Schlafzimmer. Die Tür stand offen. Sie klopfte noch einmal vorsichtig am Türrahmen. »Frau Sander?« Laura trat in den Raum und sah zum Bett. Da lag sie doch. Das Model schlief tatsächlich. »Bitte wachen Sie auf. Noah schickt mich«, erklärte Laura und näherte sich dem Bett. »Ich soll Ihnen …« Laura stockte der Atem. Vivien Sander lag in ihrem eigenen Blut. Jemand hatte ihr die Kehle durchgeschnitten.

62.

Laura fand ihre Großmutter und Lilly beim Frühstück auf der Heckterrasse des Büfett-Restaurants. Beide blickten auf, als sie den Tisch erreichte.

»Da bist du ja schon«, freute sich Marianne. »Wir haben dir einen Platz freigehalten. Worauf wartest du? Hol dir was zu essen.«

»Oma, ich muss dringend mit dir reden«, entgegnete Laura ruhig. Sie versuchte, sich ganz normal zu verhalten, obwohl ihr Herz pochte und ihr Mund ganz trocken war.

»Wie hat Vivien reagiert?«, fragte Lilly ängstlich.

»Ich habe ihr die genauen Umstände noch nicht erklärt«, log Laura. »Ich dachte, es wäre besser, wenn Noah das selbst macht.«

Lilly sah sie traurig an. »Ja, da hast du wahrscheinlich recht.«

»Oma, bitte komm jetzt kurz mit. Es ist wichtig«, drängte Laura wieder.

»Was ist denn los?«, erkundigte sich Marianne. Sie legte ihre Serviette auf den Tisch und sah Laura erstaunt an. »Du bist ja ganz blass. Bist du etwa seekrank?«

»Nein, ich bin nicht seekrank«, versicherte Laura ungeduldig.

Marianne erhob sich. »Also gut. Lilly, ich bin gleich wieder zurück. Und bitte hindern Sie den Kellner daran, meinen Teller abzuräumen. Ich werde das noch essen.«

Laura führte ihre Großmutter an die Reling und zückte ihr Smartphone. Sie klickte das Foto an, das sie gerade gemacht hatte und zeigte es Marianne.

»Was ist das?«, erkundigte sich ihre Oma und setzte sich die Lesebrille auf. »Eine Szene aus einem Krimi?«

»Sieh genauer hin. Das ist Vivien Sander. So habe ich sie gerade gefunden«, berichtete Laura.

»Du lieber Himmel«, flüsterte Marianne bestürzt. »Das arme Mädchen.« Sie gab Laura das Smartphone zurück und schüttelte entsetzt den Kopf.

»Hier läuft ein Mörder herum, Oma. Wir müssen den Kapitän verständigen.«

»Und dann?«, fragte Marianne nach. »Nein, der Kapitän kann da jetzt auch nichts machen. Ich brauche etwas Zeit, um nachzudenken. Das Problem ist, dass das Personal die Leiche finden wird.«

»Erst mal nicht«, versicherte Laura. »Ich habe das *Bitte nicht stören-Schild* an die Tür gehängt. Außerdem habe ich die Klimaanlage voll aufgedreht.«

»Okay. Das gibt uns etwas Zeit.«

Laura sah ihre Großmutter entsetzt an. »Zeit? Für was? Mir ist nicht ganz klar, was du meinst? Willst du den Mörder persönlich stellen? Du spinnst doch.«

»Laura, nicht in diesem Ton«, mahnte ihre Großmutter streng. »Die Sache ist kompliziert. Wir wissen doch gar nicht, wann und wo der Mord stattgefunden hat.«

»Doch«, behauptete Laura. »Vivien Sander ist definitiv in ihrem Bett umgebracht worden, irgendwann zwischen Mitternacht und 9 Uhr morgens.«

»Das ist ein Zeitraum von neun Stunden. Wo waren wir, als es passiert ist?«, überlegte Marianne laut. »Waren wir noch in Norwegen? Oder bereits in Dänemark? Welche Behörde ist denn jetzt zuständig? So einfach ist das nicht.«

»Der Kapitän wird schon wissen, wie er vorzugehen hat. Wir sollten ihn informieren.«

»Das werden wir. Aber noch nicht gleich«, erklärte Marianne entschlossen. »Lass mir ein bisschen Zeit zum Nachdenken. Vielleicht haben wir etwas übersehen.«

Laura atmete tief durch. Ihre Großmutter hatte sich anscheinend vorgenommen, ein bisschen Detektiv zu spielen. »Okay. Wie geht es jetzt weiter?« Sie deutete auf ihre Tasche. »Ich habe eine Jogginghose und ein T-Shirt für Noah aus dem Schrank genommen. Ich wollte ihm die Klamotten gleich ins Hospital bringen. Ich hoffe, mir fällt noch eine gute Ausrede ein, warum Vivien ihm die Sachen nicht persönlich bringt. Er wird Fragen stellen.«

Marianne blickte sie nachdenklich an. »Ja, das ist tatsächlich ein Problem.«

63.

Marianne starrte auf die See und überlegte fieberhaft, wie sie nun vorgehen sollten. Laura sah sie erwartungsvoll an.

»Oma, wir sollten Lilly nicht so lange alleine lassen. Nicht, dass sie plötzlich auf die Idee kommt, Noah im Hospital zu besuchen. Ich sehe schon vor mir, wie sie ihn vor dem Klinikpersonal dramatisch um Verzeihung bittet.«

»Da hast du recht«, stimme Marianne zu. »Geh du zurück zu Lilly und frühstücke mit ihr. Ich werde die Klamotten in die Bordklinik bringen.«

»Warum du?«, fragte Laura verwirrt.

»Ich brauche jetzt dringend eine Pause von Lilly. Außerdem hast du noch nichts gegessen. Und da ist noch was. Ich will zu Karl-Friedrich Behrens.«

»Dem Richter?«, wunderte sich Laura.

Marianne nickte. »Er wird sich mit der Rechtslage auskennen. Ich bin immer noch der Meinung, dass wir die Stunden vor der Ankunft in Kopenhagen nutzen sollten, um vielleicht etwas mehr über die Umstände herauszufinden. Ich will nur sicher sein, dass wir nicht in Teufels Küche kommen.«

Laura sah ihre Großmutter amüsiert an. »*Wir*? Man kann uns vielleicht vorwerfen, eine Attentäterin geschützt zu haben. Dass du dich um Lilly gekümmert hast, war aber die beste Lösung. Das wird jeder genauso sehen. Und von uns beiden hat niemand Vivien Sander getötet.«

»Das weiß ich auch, aber deine Fingerabdrücke sind wahrscheinlich in der Suite zu finden. Oder hattest du Handschuhe an?«

»Nein, natürlich nicht«, erwiderte Laura beunruhigt.

»Dann machen wir es so«, verkündete Marianne. »Gib mir Noahs Sachen und kümmere dich um Lilly.« Laura reichte ihrer Großmutter die Tasche. »Bis später.«

Marianne eilte zu den Fahrstühlen und fuhr runter auf Deck drei. Sie betrat die Klinik und lief zum Empfang.

»Guten Morgen. Wie kann ich Ihnen helfen?«, begrüßte sie eine junge Arzthelferin freundlich.

Marianne öffnete die Tasche und nahm die Jogginghose und das T-Shirt heraus. »Ich soll das hier für den Mann mit dem verletzten Bein vorbeibringen.«

»Das ist wirklich sehr nett«, bedankte sich die junge Frau und nahm die Sachen entgegen. »Dann können Sie mir sicher sagen, wie der Patient heißt. Er schläft nämlich noch, und Frau Doktor Winter hat wohl vergessen, den Namen einzutragen. Das ist sehr ungewöhnlich, aber sie ist ja noch neu, und es war auch schon spät.« Die Arzthelferin nahm einen Block und einen Stift und sah sie erwartungsvoll an. »Der Name?«

Marianne dachte nicht daran, Noah zu verraten. Er selbst wollte ja inkognito bleiben, und Frau Doktor Winter hatte mitgespielt. Das hatte jetzt den Vorteil, dass niemand auf die Idee kommen würde, seine Frau aufzusuchen. »Der Name?« Marianne gab vor, zutiefst verunsichert zu sein. »Ich wusste ihn doch gerade noch. Der Name? Von dem Mann. Es war doch ein Mann? Verdammt, das passiert mir immer öfter. Ich vergesse plötzlich die einfachsten Dinge. Das ist mir furchtbar peinlich.«

»Nicht doch. Er fällt Ihnen bestimmt gleich wieder ein.«

Marianne nickte. »Ja, sicher. Entschuldigen Sie mich bitte.« Mit hängenden Schultern drehte sie sich um und ging zum Ausgang.

»Bleiben Sie doch hier«, rief die Arzthelferin ihr nach. »Wir kümmern uns gern um Sie.«

Marianne dachte nicht daran. Schnell verließ sie die Klinik und nahm die Treppe nach oben, aus Angst, dass die besorgte Frau ihr nachlaufen würde. Wie furchtbar musste es für Menschen sein, die tatsächlich dement wurden und nach und nach verstanden, dass sie immer mehr vergessen würden. Sie sollte wirklich dankbar sein, dass sie noch so fit war. Auf Deck fünf trat sie ins Freie und kramte ihr Smartphone aus der Tasche. Sie loggte sich ins Bord-WLAN ein und suchte in ihren Kontakten. Richter Karl-Friedrich Behrens, da war er ja. Schnell schrieb sie ihm eine Nachricht.

Es ist etwas Schreckliches passiert. Ich muss Sie sofort sehen. Welche Kabine haben Sie?

Marianne wartete ungeduldig auf eine Antwort. Würde er ihr überhaupt antworten? Sicher wollte er auf seiner Kreuzfahrt mit seinem jungen Freund nicht gestört werden. Ihr Telefon piepte.

8203. Und ich hoffe, es ist wirklich wichtig, Frau Larsen.

64.

Marianne überlegte nicht lange. Schnurstracks machte sie sich auf den Weg zur Suite des Richters und klopfte an die Kabinentür. Ihr wurde einen Augenblick später geöffnet.

»Frau Larsen«, meinte Karl-Friedrich Behrens reserviert. »Was für eine Überraschung.«

Marianne lächelte tapfer. »Es ist mir wirklich sehr unangenehm, Sie in Ihrem Urlaub mit Ihrem Neffen zu stören, aber ich müsste Sie dringend sprechen.«

Der Richter zögerte einen Moment, doch dann trat er zur Seite. »Na dann, wenn es so wichtig ist. Kommen Sie herein.« Marianne betrat die Suite und wartete, bis Karl-Friedrich die Kabinentür geschlossen hatte und auf die Sitzgruppe zeigte.

»Wo drückt denn der Schuh?«, fragte der Richter, nachdem beide Platz genommen hatten.

»Diese Nachricht ist schockierend«, warnte Marianne. »Vivien Sander ist ermordet worden.«

Karl-Friedrich sah sie entsetzt an. »Um Gottes willen.«

»Was ist passiert?«, rief Luca. Einen Augenblick später kam der junge Mann vom Balkon in die Kabine gestürmt. »Mord? Marianne, das ist ja schrecklich. Vivien ging es gestern Nacht doch noch gut. Sie war natürlich genervt von Lilly.« Luca setzte sich sichtlich geschockt auf das Sofa. Marianne ärgerte sich, dass sie sich nicht davon überzeugt hatte, mit dem Richter allein zu sein. Auch wenn sie Luca äußerst sympathisch fand, war sie nicht glücklich darüber, dass es nun einen weiteren Mitwisser gab.

»Wie geht es Lilly denn?«, fragte Luca aufgeregt.

»Es geht ihr noch nicht so gut, aber Laura ist bei ihr und kümmert sich um sie«, bemerkte Marianne.

»Weiß sie überhaupt, was passiert ist?«

»Nein«, erwiderte Marianne. »Und das sollte sie im Moment auch nicht erfahren. Ich bitte Sie, niemandem von Viviens Tod zu erzählen.«

Luca lächelte sie traurig an. »Das ist doch selbstverständlich. Machen Sie sich keine Sorgen, Marianne. Ich kann ein Geheimnis für mich behalten.«

Karl-Friedrich warf ihm einen mahnenden Blick zu und wandte sich wieder an Marianne. »Frau Larsen, wie kann ich Ihnen denn nun helfen?«

»Zuerst hätte ich eine Frage«, erklärte Marianne. Der Richter sah sie erwartungsvoll an. »Ich würde gerne wissen, wie die Rechtslage auf einem Kreuzfahrtschiff ist. Wer ist denn in diesem Fall überhaupt zuständig?«

»Das ist in der Tat gar nicht so leicht zu beantworten«, überlegte der Richter. »Das Opfer kommt aus Deutschland. Entscheidend ist aber, wo sich das Schiff zum Zeitpunkt der Tat befand. Außerhalb der Zwölf-Meilen-Zone, also auf dem offenen Meer, gilt das Recht des Flaggenstaates. Die *Dalia Ocean* fährt unter italienischer Flagge. In den Küstengebieten innerhalb dieser zwölf Meilen gilt das entsprechende Landesrecht.«

»Wie könnt ihr denn im Moment über so etwas nachdenken?«, wunderte sich Luca. »Vivien Sander ist tot. Das ist eine Tragödie. Wie ist sie denn ermordet worden? Weiß man schon, wer es war?«

»Luca, nicht jetzt«, bestimmte der Richter. Der junge Mann verschränkte beleidigt die Arme und schwieg.

»Ich nehme an, die Leiche wurde bereits in die dafür vorgesehene Räumlichkeit abtransportiert«, erkundigte sich Karl-Friedrich.

Marianne rutschte unbehaglich auf dem Sofa hin und her. »Noch nicht so ganz.«

Der Richter sah sie entgeistert an. »Wie meinen Sie das, Frau Larsen?«

»Wir haben eine Leiche an Bord, von der noch niemand weiß«, fuhr Marianne fort. »Na ja, fast. Ich weiß es von meiner Enkelin, die sie heute Morgen gefunden hat. Und der Mörder weiß natürlich auch Bescheid. Und Sie beide.«

Karl-Friedrich Behrens stand auf und tigerte durch die Suite. »Und Sie sind sich sicher, dass Ihre Enkelin sich nicht geirrt hat?«

»Absolut. Laura ist angehende Medizinerin. Sie weiß, was sie gesehen hat«, versicherte Marianne.

»Sie sollten dringend den Kapitän verständigen«, riet Karl-Friedrich entschieden.

»Da haben Sie vermutlich recht«, gab Marianne zu. »Luca, würde es Ihnen etwas ausmachen, mich für ein paar Minuten mit Ihrem Onkel allein zu lassen?«

»Nein, natürlich nicht.« Luca stand auf und griff nach seiner Jacke. »Dann gehe ich mir mal die Beine vertreten. Bis später.«

»Vielleicht sollten Sie zumindest vor mir mit diesem Theater aufhören«, schlug Marianne vor, nachdem Luca die Suite verlassen hatte.

»Ich weiß nicht, was Sie meinen, Frau Larsen«, erwiderte der Richter.

»Ach, zum Kuckuck. Herr Behrens, wir kennen uns seit einer Ewigkeit. Wir beide wissen, dass Sie keine Geschwister haben. Luca ist nicht Ihr Neffe, sondern Ihr Freund.«

»So ein Unsinn«, zischte der Richter, doch er war blass geworden. Kraftlos ließ er sich zurück auf das Sofa sinken.

»Sie kannten Vivien Sander«, erklärte Marianne bestimmt.

»Flüchtig«, gab Karl-Friedrich zu. »Sie ist die Tochter eines Golffreundes. Das ist alles.«

Marianne warf ihm einen strengen Blick zu. »Als wir in Oslo an Land gehen wollten, stand ich hinter Ihnen in der Schlange. Erinnern Sie sich? Ich konnte Sie und Vivien sehen und hören. Sie hat sich über Sie lustig gemacht und hat gewusst, dass Ihr Neffe nicht Ihr Neffe ist.«

»Sie deutete so etwas an, ja.«

»Sie hat es nicht nur angedeutet«, behauptete Marianne verärgert. »Sie hat versucht, Sie zu erpressen.«

»Das sehe ich anders. Sie hat vielleicht einen schrägen Humor, aber bedroht gefühlt habe ich mich keineswegs«, erwiderte der Richter süffisant.

Marianne war dabei, die Geduld zu verlieren. »Es wäre Ihnen also egal, wenn in der feinen Hamburger Gesellschaft bekannt werden würde, dass ausgerechnet Sie homosexuell sind?«

»Nein, natürlich nicht«, gab Karl-Friedrich zu. »Frau Larsen, ich weiß, dass ich Ihnen nichts vormachen kann, und ich vertraue auf Ihre Verschwiegenheit. Hören Sie, die Situation ist für uns schon schwer genug. Wir wollten einfach zusammen mal etwas erleben. Luca hatte die Idee mit der Kreuzfahrt. Ich hatte die ganze Zeit über Sorge, dass ich auf Bekannte treffe.«

»Von mir erfährt niemand etwas. Sie haben mein Wort«, versprach Marianne. Der Richter nickte ihr dankend zu. »Aber eine Frage hätte ich noch. Haben Sie eigentlich ein Alibi?«

»Ein Alibi?«, rief der Richter und sprang auf. »Sind Sie noch ganz bei Trost? Ich war hier in der Kabine und habe gelesen. Glauben Sie tatsächlich, dass ich solche Angst vor Vivien hatte, dass ich sie umbringe? Ich glaube, Sie gehen jetzt besser, Frau Larsen. Ermitteln Sie woanders.«

»Das werde ich«, beteuerte Marianne. »Aber vorher möchte ich Sie noch um einen Gefallen bitten.«

65.

Karl-Friedrich Behrens konnte kaum glauben, worum Marianne Larsen ihn bat. Sie war eine kluge und faire Journalistin gewesen. Er hatte ihr gerne Interviews gegeben, weil sie keine Tatsachen verdrehte und immer neutral berichtete. Was sie ihm aber jetzt vorschlug, war völlig verrückt. Das tote Model lag mit aufgeschlitzter Kehle in ihrer Kabine und ihr Ehemann mit einer schlimmen Verletzung im Bordhospital. Soweit hatte Marianne ihn informiert. Die kleine Vivi war tot.

»Sie meinen das wirklich ernst?«, vergewisserte sich der Richter.

Marianne nickte und schaute sich um. »Ich brauche nur Ihre Suite als Location. Um Champagner und Häppchen kümmere ich mich, und natürlich um die Gäste.«

Karl-Friedrich lief durch die Kabine. »Warum? Ich verstehe nicht, was das soll? Ein Krimi-Event für ausgewählte Passagiere? Wer hat denn Lust, da mitzumachen? Alle wollen nach Kopenhagen.«

»Wir erreichen Kopenhagen doch erst in ein paar Stunden. Das wird eine sehr interessante Veranstaltung«, versprach Marianne. »Lassen Sie sich überraschen.«

Karl-Friedrich setzte sich wieder und sah Marianne direkt in die Augen. »Ich will die Wahrheit wissen. Was haben Sie wirklich vor?«

»Also gut. Butter bei die Fische.« Marianne atmete tief durch. »Ich glaube, ich weiß, wer Vivien Sander getötet hat.«

Der Richter rieb sich erschöpft den Nacken. »Natürlich. Frau Larsen hat den Fall bereits aufgeklärt. Dann erzählen Sie es doch einfach dem Kapitän und lassen das ganze Theater.«

»Ich weiß es leider nicht sicher«, gab Marianne zu. »Aber der Täter wird sich selbst entlarven. Sie können mir glauben, dass sich hier mehr Menschen an Bord über den Tod von Vivien Sander freuen, als Sie sich vorstellen können.«

Der Richter sah sie erstaunt an. »Ach ja? Abgesehen von mir, meinen Sie?«, fragte er spöttisch.

»Herr Behrens, ich weiß, dass Sie es nicht waren. Und auch Luca hat Vivien Sander kein Haar gekrümmt. Im Gegenteil. Er hat uns gestern Nacht sehr geholfen.«

Karl-Friedrich Behrens wurde nun doch neugierig. »Jetzt bin ich aber gespannt. Wer steht denn alles auf Ihrer geheimnisvollen Liste? Die Hauptverdächtigen sind doch wohl diese Lilly und der Ehemann, Noah Hofmann.«

»Das ist richtig«, bestätigte Marianne. »Leider haben

genau die beiden ein wasserdichtes Alibi. Es gibt aber andere mögliche Täter, die ein Motiv hätten.«

Der Richter schlug sich auf die Oberschenkel. »Dann mal raus mit der Sprache. Wenn ich bei dieser grotesken Vorstellung mitmachen soll, dann will ich Namen.«

»Einverstanden«, erklärte Marianne. »Da wären Alexander Harder, Isa Witte und ihr Sohn Henrik, Sarah Hartwig und ihr Vater Martin, Oliver Kramer und sogar die Schiffsärztin Doktor Christina Winter. Das sind die Personen, die auf meiner Gästeliste stehen.«

66.

Nach dem Frühstück war Laura mit Lilly auf das Pooldeck gegangen. Dort hatten sie noch zwei freie Sonnenliegen ergattern können. In Wolldecken gekuschelt lagen sie nebeneinander und blickten auf das Meer. Laura hätte gerne in Ruhe über die Geschehnisse nachgedacht, doch Lilly redete ohne Pause. Sie konnte nicht aufhören zu bekunden, wie leid ihr alles tat.

»Ich verstehe mich selbst nicht«, jammerte sie wieder. »Ich liebe Noah doch. Wie konnte ich so etwas Schreckliches nur tun?« Lilly fing leise an zu weinen. »Ich hätte ihn fast getötet.«

Laura fragte sich, wo ihre Oma nur so lange blieb. Ihre Geduld mit Lilly war allmählich am Ende.

»So langsam kann ich es nicht mehr hören«, antwortete Laura genervt. »Du hattest zu viel getrunken, und das Ganze ist aus dem Ruder gelaufen. Noah geht es zum Glück ganz gut, und jetzt will ich nichts mehr hören. Versuch, ein bisschen zu schlafen.«

Lilly nickte schniefend und rollte sich in die Decke ein wie ein kleines Kind. Nach ein paar Minuten atmete sie regelmäßig. Sie hatte den Mund leicht geöffnet und schnarchte leise. Laura war erleichtert, dass Lilly tatsächlich eingeschlafen war. Sie selbst hätte nach der kurzen Nacht ebenfalls gern ein bisschen geschlummert, doch sie wollte Lilly nicht unbeobachtet lassen. Während Laura noch darüber nachdachte, wie sie es schaffen sollte, wach zu bleiben, näherte sich ihre Großmutter.

»Da seid ihr ja«, stellte Marianne erleichtert fest. Laura legte den Finger auf die Lippen. »Leise«, flüsterte sie. »Sie ist gerade eingeschlafen.« Laura machte ihrer Oma Platz auf ihrer Liege, und Marianne setzte sich. »Das wird ihr gut tun«, bemerkte ihre Großmutter leise, während sie die schlafende Frau betrachtete. »Schlafmangel wirkt sich schlecht auf den Allgemeinzustand aus.«

»Ach, bist du jetzt die Ärztin?«

»Nein, ich bin die Detektivin und ermittle in einem Mordfall«, hauchte sie.

»Wo warst du eigentlich so lange?«

»Nachdem ich die Klamotten in die Klinik gebracht habe, habe ich mit Richter Behrens gesprochen«, berichtete Marianne. »Ich habe einen Plan und müsste dringend mit dir darüber reden, aber nicht hier.«

»Wir können Lilly nicht alleine lassen. Die ist immer noch ganz schön durcheinander, kann ich dir sagen. Das war kein Spaß mit ihr. Sie redet nur von Noah und wie schlecht sie sich fühlt.« Laura stand von der Liege auf und streckte sich. Dann hob sie den Arm und winkte. Marianne sah sie fragend an. »Da ist Olli. Er hat mich gesehen und kommt rüber. Ich gehe ihm entgegen, damit er Lilly nicht weckt. Der soll jetzt mal den Babysitter spielen, damit wir uns in Ruhe unterhalten können.«

»Das ist eine sehr gute Idee«, lobte Marianne.

Laura machte die paar Schritte auf Olli zu. Sie musste grinsen. Olli wirkte mit seinem strubbeligen Haar und dem ausgeleierten T-Shirt mit dem Aufdruck einer Heavy Metal Band wie ein Fremdkörper auf der *Dalia Ocean*. »Hey, wie geht es dir?«

»Mir geht es gut«, versicherte Olli. »Was ist mit dir? Warst du noch lange in der Klinik?«

»Ich war etwa um 3 Uhr zurück in der Kabine. Doktor Winter hat das wirklich toll gemacht. Ich war echt beeindruckt.«

»Und Lilly? Hat die sich wieder eingekriegt?«

Laura zuckte mit den Schultern. »Noch nicht so richtig. Und da kommst du jetzt ins Spiel.«

»Ich?«

»Ja, du musst uns helfen. Ich habe eine wunderbare Aufgabe für dich«, versprach Laura charmant.

Olli sah sie entsetzt an. »Och nö. Das gestern hat mir echt gereicht. Ich wollte mir einen entspannten Tag machen.«

»Keine Sorge. Alles, was du für mich tun musst, ist, dich in den Liegestuhl neben Lilly zu legen und sie nicht aus den Augen zu lassen. Marianne muss zum Mittagessen. Sie unterzuckert sonst, und dann ist die Laune richtig im Keller«, erläuterte sie ernsthaft. »Wir wollen Lilly aber nicht allein lassen. Im Moment schläft sie. Na komm, ich bin in einer halben Stunde wieder da.«

Olli sah sie skeptisch an. »Und wenn sie aufwacht und ausflippt? Wenn ich da an ihren Auftritt gestern denke wird mir angst und bange.«

»Dann wird dir schon was einfallen«, ermutigte Laura den armen Kerl und schlug ihm freundschaftlich auf die Schulter. Olli stöhnte leise und machte sich auf den Weg. Einen Augenblick später war Marianne bei ihr.

»Komm, wir gehen in unsere Kabine«, kommandierte sie sofort. »Von meinem Plan darf niemand etwas erfahren.«

Laura war überrascht von dem strengen Tonfall ihrer Großmutter.

67.

In der Kabine nahm Marianne an dem kleinen Schreibtisch Platz und gab Laura ein Zeichen, sich auf das Bett zu setzen.

»Jetzt erzähl endlich, was du vorhast?«, bettelte Laura nervös. Marianne nahm einen Block und einen Stift zur Hand und begann, etwas aufzuschreiben. »Oma?«

»Wir müssen die Alibis der Passagiere überprüfen«, machte Marianne klar.

Laura riss fragend die Augenbrauen hoch. »Der Passagiere? Alle 2.000? Gute Idee. Wie gehen wir vor? Wollen wir jetzt einfach mal von Tisch zu Tisch gehen und fragen, was sie gestern Nacht so gemacht haben und ob es dafür Zeugen gibt? Da müssen wir uns aber beeilen. Wir sind in ein paar Stunden in Kopenhagen. Mensch, Oma, muss ich mir Sorgen machen?«

Marianne hob die Hand. »Jetzt beruhige dich. Ich meine natürlich nicht alle Passagiere. Ich meine nur die in unserem Umfeld. Die, die wir näher kennengelernt haben.«

»Was soll das bringen?«, wunderte sich Laura. »Die Wahrscheinlichkeit, dass der Täter bei dem übersichtlichen Grüppchen dabei ist, ist eher gering.«

Marianne räusperte sich und sah ihre Enkelin bedeutungsvoll an. »Laura, ich glaube zu wissen, was vorgefallen ist. Leider kann ich es aber nicht beweisen. Ich habe mit dem Richter ausgemacht, dass wir einen kleinen Empfang geben.«

»Was denn für einen Empfang?«, fragte Laura verwirrt.

»Eine Art Krimi-Champagner-Empfang mit ausgewählten Gästen«, erklärte Marianne begeistert.

»Krimi-Champagner-Empfang? Oma, das ist hier doch kein Spaß. Es gibt wirklich eine Leiche«, erinnerte Laura sie entsetzt.

»Ja, aber bisher wissen nur wir, der Richter, Luca und der Mörder davon. Jetzt hör gut zu. Ich brauche deine Hilfe.« Marianne reichte Laura das Blatt, auf dem sie sich gerade Notizen gemacht hatte. »Ich möchte, dass du diese Einladung an die hier aufgelisteten Gäste verteilst.«

Laura nahm den Zettel entgegen und las ihn durch. Dann starrte sie ihre Großmutter entgeistert an. »Du verdächtigst diese Menschen? Wir haben uns mit einigen angefreundet. Da steht Oliver Kramer drauf. Olli ist vielleicht ein bisschen schräg, aber doch kein Killer. Der ist ein super Typ.«

»Er hat kein richtiges Alibi«, behauptete Marianne.

»Natürlich hat er eines«, widersprach Laura vehement. »Er war den ganzen Abend mit mir zusammen und hat uns geholfen. Hast du das schon vergessen?«

»Er hätte später nach dem ganzen Schlamassel an Viviens Kabinentür klopfen können«, beharrte Marianne weiter.

»Aus welchem Grund denn bitte«, protestierte Laura. »Außerdem war das Blut nur im Bett. Ich bin mir sicher, Vivien wurde im Schlaf getötet. Wie soll Olli die Kabinentür geöffnet haben? So ein Schwachsinn. Das macht mich richtig wütend.«

»Olli hat Vivien verachtet«, fuhr Marianne mit ruhiger Stimme fort.

»Verachtet? Das ist doch übertrieben. Er hat sich über die Sander aufgeregt, das ist alles. Aber gut, Oma, wie du meinst. Dann sind wir eben alle verdächtig. Ich hätte auch zu Vivien gehen können, nachdem ich nachts aus der Klinik kam. Ich hatte sogar die Schlüsselkarte.«

»Wir beide waren es aber nicht«, stellte Marianne klar. »Wir haben nämlich kein Motiv.«

Laura blickte wieder auf den Zettel und betrachtete die darauf notierten Namen. »Und diese Personen haben alle eines? Das ist doch Quatsch.«

Marianne schüttelte den Kopf. »Leider nicht. Sie alle haben Vivien Sander gehasst.«

68.

Laura starrte auf die Liste und dachte an die Worte ihrer Großmutter. Sie wusste, dass ihre Oma eine schlaue Frau war und in ihrem Berufsleben als Journalistin erfolgreich recherchiert hatte, aber ging sie nun zu weit?

»Was ist mit dem Richter?«, fragte Laura nach. »Der hatte doch Stress mit Vivien. Du hast mir erzählt, sie habe ihm gedroht.«

»Das ist richtig«, bestätigte Marianne. »Karl-Friedrich Behrens hätte tatsächlich ein Motiv gehabt, aber er war es nicht. Und sein Neffe auch nicht. Darum stehen sie auch nicht auf der Liste.«

»Wie kannst du dir da so sicher sein?«

Marianne lächelte geheimnisvoll. »Das wirst du noch erfahren.«

Laura stöhnte genervt. »Aha, du willst es also spannend machen. Aber verrate mir wenigstens, warum Lilly und Noah auf der Liste stehen. Sie können es nicht gewesen sein, denn sie waren seit der Attacke nie unbeobachtet.«

»Das stimmt«, gab Marianne zu. »Aber sie sollten bei dem Empfang dabei sein, allein aus dem Grund, dass wir dann ein Auge auf Lilly haben können.« Laura nickte zustimmend. »Wie schwer ist Noahs Verletzung wirklich?«, erkundigte sich Marianne.

»Lilly hat ein Gefäß getroffen. Ich musste das Bein mit Ollis Gürtel abbinden. Ohne Hilfe wäre er wahrscheinlich verblutet.«

»Soso«, murmelte Marianne und machte sich weitere Notizen.

»Wer ist denn Alexander Harder?«, erkundigte sich Laura erstaunt. »Den kenne ich gar nicht.«

»Das ist tatsächlich der Inhaber der Firma, die den Innenausbau von Viviens Wohnung in der *Elbphilharmonie* verbockt hat«, erläuterte Marianne.

»Und der ist hier an Bord? Das ist ja ein merkwürdiger Zufall.«

Marianne legte den Stift zur Seite und reichte Laura ein weiteres Blatt. »Wenn du die Einladungen verteilt hast, dann überprüfst du bitte das.«

Laura überflog die Anweisungen und starrte ihre Großmutter erstaunt an. »Ich soll *was* machen? Die Zeiten stoppen?«

»Ja, das ist ganz wichtig«, bestätigte Marianne. »Bitte laufe die Wege ab, so schnell du kannst. Einmal über das Treppenhaus und dann mit dem Fahrstuhl. Und da ist noch was. Konntest du einschätzen, wie lange Vivien schon tot war, als du in ihrer Suite warst?«

Laura schüttelte den Kopf. »Nein. Ich habe sie doch nicht untersucht. Ich habe sicherheitshalber nur den Puls gefühlt, obwohl mir klar war, dass sie nicht mehr am Leben war.«

»War das Blut schon angetrocknet? Welche Farbe hatte das Blut auf der Bettdecke? Rot oder schon eher braun?«, löcherte Marianne sie weiter.

»Oma, ich weiß es nicht. Ich schicke dir das Foto von Viviens Leiche. Dann kannst du selber nachgucken«, antwortete Laura genervt. »Fest steht, dass Vivien gegen Mitternacht die Bar verlassen hat und in ihre Kabine wollte. Ich habe sie um 9 Uhr heute Morgen tot aufgefunden. In diesem Zeitraum hat sie jemand getötet.«

Marianne nickte unzufrieden und erhob sich. Sie griff nach ihrer Jacke und der Schlüsselkarte. »Okay. Bitte mach jetzt, worum ich dich gebeten habe. Ich werde mich um Lilly kümmern, das Catering organisieren und noch ein paar Dinge recherchieren. Uns bleibt nicht mehr viel Zeit.«

69.

Nachdem Marianne die Kabine verlassen hatte, setzte sich Laura an den kleinen Schreibtisch und schrieb die Einladungen nach den Vorgaben ihrer Großmutter mit der Hand. Mit einem knappen Text wurden die Gäste gebeten, sich um 14.30 Uhr in der Suite 8202 zu einem spannenden Champagner-Empfang einzufinden. Laura steckte die Einladungen in Umschläge und machte sich auf den Weg, die Briefe an die adressierten Personen zu verteilen. Zuerst klopfte sie an die Kabine nebenan, in der Hoffnung, dass Isa Witte dort war und nicht bei ihrem Liebhaber. Isa öffnete in einem eleganten Kleid. In der Hand hielt sie ein paar Haarnadeln. Laura nahm an, dass sie sich für das Mittagessen zurechtmachte.

»Ach, hallo«, grüßte Isa Witte überrascht.

»Entschuldigen Sie bitte die Störung. Ich habe hier eine Einladung von meiner Großmutter an Sie und Ihren Sohn,« erklärte Laura und überreichte Isa das Schreiben. Isa öffnete den Umschlag und überflog die Zeilen. »Oh, das klingt ja sehr nett. Wird der Kapitän auch zugegen sein?«

Laura sah sie geheimnisvoll an. »Wer weiß?«

»Wir freuen uns«, versicherte Isa Witte und schloss die Tür. Als Nächstes steuerte Laura das Büfett-Restaurant *Nautilus* an, in der Hoffnung, weitere Gäste zu finden. Die Passagiere standen pünktlich zum Mittagessen an den verschiedenen Büfetts und beluden sich die Teller.

Laura schlängelte sich durch die Menschen und Tischreihen und hielt Ausschau. An einem Fenstertisch entdeckte sie Martin und Sarah.

»Hey, Laura. Hattet ihr noch einen schönen Abend?«, erkundigte sich Sarah sofort. »Sorry, dass ich abgehauen bin, aber ich hatte keine Lust, mir die eingebildete Vivien weiter anzusehen. Außerdem hatte ich bereits genug intus. Mir war ein bisschen schlecht.«

»Wir waren auch nicht mehr lange in der Bar«, behauptete Laura mit einem schlechten Gewissen, da sie ihre neue Freundin anlügen musste. »Es war ja auch schon spät.« Sie lächelte Martin an und überreichte ihm den Umschlag. »Ich habe hier etwas von Marianne. Sie möchte euch zu einem Empfang einladen, und zwar in knapp zwei Stunden. Es ist wieder so eine spontane Idee von Oma.«

»Ach, das ist ja süß«, freute sich Martin. »Wir kommen auf jeden Fall. Sonst haben wir ja auch nichts zu tun, oder? Willst du dich nicht setzen?«

»Nein, ich kann leider nicht«, entschuldigte sich Laura und winkte mit den restlichen Einladungen. »Ich habe den Auftrag, die noch schnell zu verteilen. Anweisung von Marianne. Wir sehen uns ja später.«

Laura verließ das Restaurant wieder und fuhr mit dem Fahrstuhl auf das Deck fünf. Sie musste ein kleines Problem lösen. Leider hatte sie keine Ahnung, wie Alexander Harder überhaupt aussah. Da sie ihn schlecht ausrufen lassen konnte, musste sie ein bisschen googeln. Auf diesem Deck standen Internetterminals, mit deren Hilfe sie dem Mann ein Gesicht geben konnte. Schneller als gedacht fand sie mit den Suchworten *Hamburg* und *Ale-*

xander Harder seine Webseite, die auch ein Foto des Firmeninhabers zeigte. Sie erkannte den Typen wieder, der gestern in der Bar ganz alleine ein paar Bier gezischt hatte. Alexander Harder war ein gut aussehender Herr Ende 40. Laura war sich sicher, dass sie ihn auf ihrem Rundgang durch das *Nautilus* nicht gesehen hatte. Der Mann wäre ihr aufgefallen. Sie lief durch das Schiff und beschloss, es auf gut Glück in der *Seabreeze Bar* zu versuchen. Sie sprintete die Treppen hinauf und sah sich um. Tatsächlich. Alexander Harder saß am gleichen Tisch wie gestern Nacht und trank ein Bier. Laura ging zu ihm.

»Herr Harder?«

Der Mann sah sie verdutzt an. »Ja?«

»Ich habe hier eine Einladung von Marianne Larsen, meiner Großmutter«, erklärte sie freundlich.

Alexander Harder betrachtete den Umschlag und schüttelte den Kopf. »Ich kenne keine Marianne Larsen. Das muss ein Irrtum sein.«

»Nein, ganz sicher nicht«, versicherte Laura.

»Das ist ja sehr rätselhaft«, stutzte er und öffnete den Umschlag. »Schon in zwei Stunden?«

»Sie haben es ja nicht weit«, bemerkte Laura und grinste. »Sie werden doch kommen?«

»Tja, jetzt haben Sie mich neugierig gemacht«, gestand Alexander Harder. »Bis später.«

Jetzt musste sie nur noch Olli und Christina finden. Zumindest wusste sie, wo Noah sich aufhielt. Was hatte ihre Großmutter mit den Gästen hinterher bloß vor?

70.

Marianne hatte Lilly vom Pooldeck abgeholt und mit auf ihre Kabine genommen, weil sie nicht wusste, was sie sonst mit dem Mädchen anfangen sollte. Sie hatte Lilly vorgeschlagen, es sich doch auf dem Sofa gemütlich zu machen und ein bisschen Fernsehen zu schauen. Es hatte glücklicherweise keine Einwände gegeben. Nun sah sich Lilly eine deutsche Komödie an, während Marianne am Schreibtisch saß und ihren Empfang organisierte. Der Champagner und die Häppchen wurden vom Personal direkt in die Suite des Richters geliefert. Außerdem notierte sich Marianne einige Fragen, die sie später ihren Gästen stellen wollte. Ein paar Anrufe hat sie auch getätigt und so noch einiges über die verschiedenen Personen erfahren. Marianne legte ihre Notizen zur Seite und blickte auf die Uhr. Es wurde Zeit, dass sie sich etwas zurechtmachte.

»Lilly?« Das Mädchen blickte sie aus großen Augen an. »Ich werde mich jetzt umziehen. Ich bin also kurz im Bad.« Lilly nickte nur und richtete ihre Aufmerksamkeit wieder auf das Fernsehgerät. Marianne ging zum Kleiderschrank und wählte das dunkelblaue Etuikleid, in dem sie sich immer so adrett fühlte. Anschließend machte sie sich im Bad frisch, bürstete die roten Locken und schlüpfte in das Kleid. Sie ließ die Tür vorsichtshalber angelehnt, damit Lilly nicht unbemerkt abhauen konnte. Eigentlich war Marianne sich aber sicher, dass Lilly froh über ihre

Gesellschaft war. Marianne beschloss, Lilly fairerweise auch die Chance zu geben, sich für den Empfang umzuziehen. Sie würde das Mädchen gleich zu ihrer Kabine begleiten. Lilly könnte sich dann selbst ein Outfit aussuchen. Marianne merkte, dass sie langsam immer aufgeregter wurde. Würde es ihr tatsächlich gelingen, den Täter zu entlarven? Es musste einfach. Sie blickte ein letztes Mal in den Spiegel. »Also gut, altes Mädchen. It's showtime.«

71.

Laura hatte Olli schlafend auf dem Pooldeck gefunden. Sie hatte ihn geweckt und ihm von Mariannes Einladung erzählt. Olli hatte begeistert versichert, auf jeden Fall dabei zu sein. Er hatte sogar versprochen, seine besten Klamotten anzuziehen. Laura war jetzt schon gespannt, was Olli darunter verstand. Mit den letzten beiden Umschlägen machte sie sich auf den Weg in die Bordklinik. Sie hoffte, Christina Winter dort anzutreffen. Sie trat ein und wurde von der Arzthelferin freundlich begrüßt.

»Hallo, was kann ich für Sie tun?«

»Ich muss mit Frau Doktor Winter sprechen«, erklärte Laura. »Ist sie hier?«

Im selben Moment öffnete sich die Tür zum Behandlungsraum, und Christina begleitete eine ältere Dame heraus. Als sie Laura erblickte, lächelte sie. »Hallo, Laura, willst du unseren Patienten besuchen?«

»Eigentlich nicht«, gab Laura zu. »Ich bin hier, um dir eine Einladung von meiner Oma zu überbringen. Sie gibt gleich einen Champagner-Empfang.« Sie überreichte Christina den Umschlag. Die Ärztin öffnete ihn und überflog die Zeilen. »Das ist sehr nett, aber ich muss eigentlich arbeiten.«

»Wie geht es unserem Patienten denn?«, erkundigte sich Laura.

»Es geht ihm gut«, versicherte Christina. »Er muss sich noch schonen, aber er kommt schon wieder auf die Beine.«

Laura lächelte sie erfreut an. »Das ist sehr gut. Er ist nämlich auch zu dem Empfang eingeladen. Könntest du ihn bitte mitbringen?«

Christina sah sie erstaunt an. »Warum?«

»Ich kann dir da auch nicht mehr sagen, aber es ist meiner Oma sehr wichtig, dass er dabei ist.«

Christina überlegte einen Moment. »Okay. Frische Sachen hat er ja jetzt. Eine verwirrte alte Dame hat sie vorhin vorbeigebracht. Allerdings handelt es sich um eine Jogginghose und ein T-Shirt. Damit ist er für einen Champagner-Empfang eher unpassend gekleidet, fürchte ich.«

Laura winkte ab. »Das macht nichts. Hauptsache, er ist dabei.«

»Ich finde es ja ungewöhnlich, dass seine Frau hier noch nicht aufgetaucht ist. Man sollte doch denken, dass sie sich Sorgen macht. Aber wahrscheinlich hat man als Supermodel keine Lust, sich in eine kleine Bordklinik zu begeben«, bemerkte Christina schnippisch. »Man wartet einfach, bis der zusammengeflickte Ehemann wieder vor der Tür steht.«

Laura war irritiert. »Aber du wusstest doch gar nicht, wer der Patient ist?«

»Nein, das wusste ich nicht«, bestätigte Christina schlecht gelaunt. »Aber die Arzthelferin, die vorhin ihre Schicht angetreten hat, kam aus dem Schwärmen gar nicht mehr raus. Das sei doch der glückliche Ehemann von Vivien Sander. Wie aufregend!«, äffte sie die Arzthelferin nach. »Zum Kotzen.«

Laura war verblüfft, wie bitter die Ärztin plötzlich klang. »Christina? Was ist denn los? Das hört sich an, als würdest du Vivien Sander besser kennen und überhaupt nicht leiden können.«

»Ach, klingt das so?«, fauchte Christina. »Ich kann dir auch sagen, warum. Diese selbstgefällige Ziege ist der Grund, warum ich hier diesen furchtbaren Job als Bordärztin machen muss.«

»Das verstehe ich nicht. Was ist denn passiert?«, erkundigte sich Laura perplex.

»Das ist mittlerweile egal«, erwiderte Christina trotzig.

»Wie du meinst. Dann sehe ich dich und Noah gleich auf dem Empfang,« meinte Laura abschließend.

»Wie stellst du dir das vor?«, fragte die Ärztin verärgert. »Ich habe Dienst.«

»Lass dich vertreten«, bat Laura. »Es ist meiner Oma sehr wichtig, und es wird auch nicht lange dauern.« Als Christina mürrisch den Kopf schüttelte, warf Laura ihr einen Köder hin. »Du wirst etwas über Vivien Sander erfahren, das dich freuen dürfte«, versprach sie. Sofort meldete sich ihr schlechtes Gewissen darüber, so eine Äußerung gemacht zu haben, doch Christinas Interesse schien geweckt.

»Ich werde sehen, was sich machen lässt«, versicherte die Ärztin etwas freundlicher. Laura verabschiedete sich und verließ die Klinik. Jetzt musste sie nur noch die letzte Aufgabe ihrer Großmutter erledigen. Sie sollte die Strecke von der Toilette auf Deck zwölf bis zu Viviens Suite auf Deck acht zurücklegen und dabei die Zeit stoppen. Ihre Oma wollte, dass sie den Weg sowohl mit dem Fahrstuhl als auch mit der Treppe zurücklegte. Laura fragte sich, wozu ihre Großmutter diese merkwürdige Information brauchte. Und noch etwas bereitete ihr Bauchschmerzen: Warum äußerte sich Christina Winter so abfällig über Vivien Sander? Und was hatte das Model mit dem Ende ihrer Karriere als Plastische Chirurgin zu tun?

72.

Marianne wartete vor Lillys Tür geduldig darauf, dass diese umgezogen aus der Kabine kam. Marianne pfiff vor Begeisterung, als die junge Frau durch der Tür trat. Lilly trug ein weißes Sommerkleid. Sie hatte etwas Make-up aufgelegt und den dunklen Pagenkopf ordentlich gekämmt.

»Lilly, Sie sehen zauberhaft aus. Wie ein Engel«, bemerkte Marianne anerkennend.

»Danke, Marianne. Auch dafür, dass Sie sich so lieb um mich kümmern«, erklärte Lilly schüchtern.

»Ach, Kind, dafür müssen Sie sich wirklich nicht bedanken«, versicherte Marianne. Gemeinsam machten sie sich auf den Weg zur Suite von Karl-Friedrich Behrens und klopften. Der Richter öffnete.

»Frau Larsen, hereinspaziert. Es wurde bereits alles hergerichtet.«

»Das ist ja großartig.« Marianne und ihre Begleitung betraten die Suite. »Darf ich Ihnen Lilly Marino vorstellen? Sie ist sozusagen unser erster Gast. Lilly, nehmen Sie doch schon mal Platz. Die anderen Gäste werden erst in etwa 20 Minuten eintreffen.« Lilly nickte und setzte sich auf das Sofa. »Herr Behrens, es ist wirklich ausgesprochen freundlich von Ihnen, dass wir den Empfang hier machen dürfen«, versicherte Marianne.

»Kein Problem«, beteuerte Karl-Friedrich. »Ich hatte ja keinerlei Umstände. Das Personal hat alles geliefert.

Jetzt liegt der Champagner auf Eis, und die Häppchen sind auf den abgedeckten Platten arrangiert.«

Marianne sah sich um. Das Personal hatte sogar zwei Stehtische bereitgestellt, auf denen die Gläser und der Eiskübel mit dem Champagner standen.

»Ich bin mittlerweile wirklich gespannt, was Sie im Schilde führen«, erklärte der Richter.

»Lassen Sie sich überraschen. Wo ist eigentlich Ihr … Ihr Neffe«, fragte Marianne mit einem Augenzwinkern.

Der Richter rollte genervt mit den Augen. »Mein Neffe ist im Bad.«

Es klopfte erneut, und Karl-Friedrich öffnete. Laura trat ein, und Marianne nahm sie sofort zur Seite, um ungestört mit ihrer Enkelin reden zu können. »Hast du alle Einladungen verteilt?«

»Ja, Oma. Und ich habe auch die Zeiten gestoppt.«

»Gut.« Marianne seufzte erleichtert. »Dann bleibt uns jetzt nur, auf die Gäste zu warten. Ich bin selbst gespannt, ob wir gleich herausfinden werden, wer Vivien Sander getötet hat.«

DER CHAMPAGNER-EMPFANG

73.

Marianne sah auf ihre Armbanduhr. Die Gäste mussten jeden Moment kommen. Aufgeregt sah sie sich um. Lilly saß auf dem Sofa. Sie wirkte sehr zart und ängstlich. Karl-Friedrich stand neben der Sitzgruppe. Er hatte die Hände hinter dem Rücken verschränkt und machte ein ernstes Gesicht. Luca machte sich nützlich. Er hatte den Champagner geöffnet und stand mit einem Tablett gefüllter Gläser bereit. Nun starrten die Anwesenden gespannt auf die geöffnete Tür. Christina Winter und Noah Hofmann erschienen als Erste. Die Ärztin schob Noah in einem Rollstuhl in die Suite. Lilly sprang auf und eilte zu ihm. Sie fiel vor dem Rollstuhl auf die Knie und griff nach Noahs Händen.

»Bitte verzeih mir«, schluchzte sie verzweifelt. »Ich habe dich beinahe umgebracht. Es tut mir so leid.«

»Lilly, steh auf«, forderte Noah peinlich berührt.

»Ich verspreche dir, ich werde euch in Zukunft in Ruhe lassen«, versprach Lilly schniefend. »Hast du schlimme Schmerzen?«

»Setzen Sie sich wieder, Lilly«, forderte Marianne. »Ich

kann ja verstehen, dass Sie sich entschuldigen wollen, aber jetzt ist nicht der richtige Zeitpunkt.«

Lilly schlich mit hängendem Kopf zurück zu ihrem Platz. Weitere Gäste betraten die Suite.

»Was will der Versager denn hier?«, schnauzte Noah, als Alexander Harder die Suite betrat. »Wissen Sie, wie sehr dieser Dilettant meine Frau verärgert hat?«

»Noah, bitte beruhigen Sie sich«, appellierte Marianne. »Wir werden über alles reden. Jetzt lassen wir die Gäste doch erst einmal ankommen, oder?«

Marianne begrüßte jeden Einzelnen freundlich. Einige stellten Fragen, aber Marianne ging nicht darauf ein. Sie bat darum, ein Glas zu nehmen und sich einen Platz zu suchen. Sie war erleichtert, dass tatsächlich alle gekommen waren. Die Damen hatte sich auf die Sofas gesetzt, die Herren standen daneben oder dahinter. Laura war an Mariannes Seite. Als ihre Großmutter zur Begrüßung ansetzte, ging sie ein Stück zurück.

»Herzlich willkommen. Ich freue mich wirklich sehr, dass Sie alle meiner Einladung gefolgt sind«, verkündete Marianne begeistert. »Ich dachte, es wäre doch schön, noch kurz zusammenzutreffen, bevor wir in Kopenhagen einlaufen. Morgen Mittag werden wir schon wieder in Deutschland sein, und jeder wird seiner Wege gehen. Wir haben uns hier an Bord kennengelernt und hatten doch einige vergnügliche Stunden zusammen. Ich wollte mich einfach bei Ihnen bedanken. Karl-Friedrich Behrens war so freundlich, seine Suite zur Verfügung zu stellen.« Einige Gäste klatschten.

»Ich glaube, ich bin hier falsch«, erklärte Alexander Harder. »Wir hatten doch gar nichts miteinander zu tun.«

Marianne hob die Hände. »Herr Harder, Sie sind hier goldrichtig. Bitte bleiben Sie.« Luca ging herum und füllte die Gläser nach. Marianne nickte ihm dankbar zu.

»Einige von Ihnen wissen ja, dass dies meine erste Kreuzfahrt ist. Und ich bin nach wie vor begeistert«, gestand sie. Die Gäste murmelten bestätigende Kommentare. »Ich hätte auch gedacht, dass die Reise viel anonymer ablaufen würde. Wir sind immerhin 2.000 Menschen an Bord, aber irgendwie habe ich das Gefühl, immer nur euch über den Weg zu laufen, und das gefällt mir sehr. Danke.« Marianne hob ihr Glas. »Auf einen schönen Abschluss unseres Abenteuers.« Die Gäste prosteten sich zu, und Luca reichte eine Platte mit Schnittchen herum. »Zusammen mit meiner Enkelin Laura habe ich mir ein kleines Spiel ausgedacht«, ließ Marianne ihre Gäste wissen. »Mögen Sie Krimis?« Einige Gäste stimmten vergnügt zu. »Das ist doch großartig. Vielleicht war schon einmal einer von Ihnen bei einem Krimi-Dinner. Es geht darum, dass wir zusammen einen fiktiven Mordfall aufklären.«

»Ja, das kenne ich«, rief Martin dazwischen. »Ich habe das mal in Bremen mitgemacht. Das war lustig.«

Marianne lächelte in die Runde. »Dann lassen Sie uns beginnen.«

»Wie lange brauchen wir denn für die Ermittlungen?«, fragte Olli grinsend. »Wir sind bald in Kopenhagen.«

»Machen Sie sich keine Sorgen, Olli. Ich bin mir sicher, dass wir den Täter vorher finden werden«, versprach Marianne. Sie wandte sich wieder der Gruppe zu. »Liebe Detektive, stellen Sie sich mal vor, auf diesem Schiff hätte es gestern Nacht einen Mord gegeben.« Die Gäste reagierten amüsiert.

»Was für eine schreckliche Vorstellung«, kommentierte Isa schmunzelnd.

»Wen hat es denn überhaupt erwischt?«, erkundigte sich Henrik kichernd. Die Gruppe lachte mit.

Marianne sah in die Runde. »Nehmen wir mal an, unser Opfer wäre Vivien Sander. Unsere schöne Taufpatin, die doch alle so bewundert haben.«

74.

Lilly Marino erhob sich zitternd. »Was für ein dummes Spiel. Alle werden mich verdächtigen. Ich war eifersüchtig auf Vivien. Außer mir hat doch niemand einen Grund, sie zu ermorden.«

Marianne atmete tief durch. »Lilly, nun beruhigen Sie sich. Es ist nur ein Spiel, und es gibt noch andere Verdächtige.« Marianne stellte sich an einen der Stehtische und legte ihre Notizen ab. Sie sammelte sich eine Sekunde und fuhr dann fort. »Jeder Mord hat ein Motiv. Die Beweggründe sind verschieden. Es geht um Rache,

Angst, Liebe, Hass oder einfach um den schnöden Mammon.«

»Ich finde dieses Spiel ziemlich geschmacklos, Frau Larsen«, empörte sich Noah. »Wo ist meine Frau überhaupt?«

Marianne zwinkerte ihm zu. »Herr Hofmann, nun seien Sie doch kein Spielverderber. Ihre Frau ist am Ende doch die Überraschung.«

»Ach so. Dann bitte ich um Entschuldigung. Ich wollte Sie nicht unterbrechen.«

Marianne lächelte ihn dankbar an und nahm den Faden wieder auf. »Es gab gestern einen kleinen Streit in der *Seabreeze Bar*. Meine Enkelin Laura, Oliver Kramer und Luca Müller waren Zeugen. Laura, ich schlage vor, du berichtest, was passiert ist, damit wir alle im Bilde sind.«

»Bitte nicht«, wimmerte Lilly.

Laura stellte sich neben Marianne. »Wie meine Oma schon berichtet hat, war ich gestern mit Olli, Luca und Sarah in der Bar«, erzählte sie und zeigte auf die drei jungen Leute. Die übrigen Anwesenden sahen sich fragend an. »Wir haben etwas getrunken und hatten viel Spaß«, fuhr Laura fort. »Am Tresen saßen Noah und Vivien. Sarah ist dann gegangen. Sie hatte keine Lust, Vivien zu sehen.«

»Darauf kommen wir später noch zurück«, unterbrach Marianne. »Was passierte dann?«.

»Lilly ist in die Bar gekommen«, berichtete Laura. »Sie war ziemlich betrunken und hat dieses Haifischlied aus der *Dreigroschenoper* gesungen. Es war, ehrlich gesagt, ein ziemlich peinlicher Auftritt. Lilly ist dann zu Noah und Vivien gegangen und hat eine Szene gemacht.«

»Wer war noch in der Bar?«

»Er.« Laura zeigte auf Alexander Harder. »Er hat an einem Tisch etwas abseits gesessen.«

»Ich habe an der Reling gesessen, ziemlich weit weg vom Tresen. Ich habe gar nichts mitbekommen«, verteidigte sich Alexander Harder.

Marianne ging nicht weiter auf seinen Kommentar ein, sondern forderte ihre Enkelin auf, weiter zu sprechen. »Was geschah als Nächstes?«

Laura konzentrierte sich. »Vivien ist gegangen.«

»Vivien Sander hat die Bar ohne ihren Mann verlassen?«, vergewisserte sich Marianne.

Laura nickte. »Ja, und ich kann sie auch total verstehen. Lilly hat sie als Hexe betitelt, die ihr den Mann gestohlen hat. Mir wäre das auch zu doof gewesen.«

»Das ist mir alles wirklich unangenehm«, beteuerte Lilly.

»Das kann ich mir vorstellen«, kommentierte Laura. »Olli, Luca und ich haben versucht, sie zu überzeugen, dass sie besser zu Bett gehen sollte, aber sie war stur. Als Vivien weg war, ist Lilly zu Noah gegangen. Sie haben gestritten, und plötzlich ging alles ganz schnell.«

»Was ging schnell?«, fragte Isa Witte gespannt.

»Der Barkeeper informierte uns, dass er kurz ins Lager müsse. Es war ja schon spät, und er war dabei, die Bar aufzuräumen und die Bestände aufzufüllen. Lilly hat plötzlich nach einem Messer gegriffen und hat es Noah ins Bein gerammt.« Lilly schlug sich vor Scham die Hände vor das Gesicht. »Sie schien selbst nicht fassen zu können, was sie da gerade getan hatte. Dann ist sie zur Reling getaumelt und hat das Messer über Bord geworfen«, beendete

Laura ihren Bericht. Die Gäste blickten sich verunsichert an. Ein unangenehmes Schweigen machte sich breit. Martin fand seine Sprache als Erster wieder.

»Also ist das jetzt wirklich passiert? Oder gehört das zum Spiel?«, erkundigte er sich irritiert.

»Ja, bis dahin ist das wirklich passiert«, bestätigte Marianne. »Lilly hat Noah mit einem Messer angegriffen.«

»Und ich habe das alles verpasst«, bedauerte Sarah.

»Aber wieso läuft die dann frei rum? Die ist ja irre«, wunderte sich Alexander Harder. Einige Gäste nickten bestätigend. Lilly sah beschämt zu Boden.

Marianne räusperte sich. »Herr Harder, kommen wir doch mal zu Ihnen.«

75.

Marianne musterte Alexander Harder einen Moment. Der gut aussehende Mann betrachtete sie mit einer Mischung aus Neugierde und Belustigung. Seine Hände steckten lässig in den Hosentaschen seines grauen Sommeranzugs, unter dem er ein schwarzes T-Shirt mit V-Ausschnitt trug. Sein Haar war dicht und an den Schläfen leicht ergraut.

»Was wollen Sie von mir?«, fragte Alexander Harder. Er lächelte sie auffordernd an und ließ seine schneeweißen Zähne blitzen. »Ich bin im Urlaub und habe ein paar Bier gezischt. Na und? Ich kannte die Frau ja nicht einmal.«

»Das ist eine verdammte Lüge«, brüllte Noah dazwischen.

»Nein, das ist die Wahrheit. Ich bin Vivien Sander auf dem Schiff das erste Mal begegnet«, beharrte Alexander Harder.

»Das stimmt tatsächlich«, bestätigte Marianne. »Aber die Begegnung war kein Zufall, und Sie machen hier auch keinen Urlaub, Herr Harder.« Sie blickte in die gespannten Gesichter ihrer Gäste. »Liebe Detektive, für Alexander Harder ist es sogar ein Glücksfall, dass Vivien Sander tot ist.«

Alexander sah sie belustigt an. »Wenn Sie das sagen. Ich habe keine Ahnung, vorauf Sie hinauswollen.«

»Ich kann Ihrem Gedächtnis ein bisschen auf die Sprünge helfen«, versicherte Marianne. »Dazu muss ich kurz ausholen. Ich habe die Nacht vor der Schiffstaufe im Hotel in der *Elbphilharmonie* verbracht. Meine Enkelin Laura hat mich dort am nächsten Morgen abgeholt. Wir haben uns in der Lobby getroffen und wurden Zeugen eines Streits zwischen Vivien Sander und einem Ihrer Mitarbeiter.«

Alexander Harder zuckte mit den Schultern. »Na und?«

»Es ging um die Wohnung, die Vivien Sander gekauft hatte und für den Innenausbau Sie mit Ihrer Firma *Elbe-*

Interieur beauftragt waren. Sie haben es nicht hinbekommen. Vivien Sander war extrem verärgert und hat mit einer Klage gedroht.«

»Und er hat versucht, meiner Frau einen neuen Vertrag unterzujubeln«, ging Noah aufgebracht dazwischen. »Er wollte sie mundtot machen.«

Marianne gab Noah ein Zeichen, sich zu beruhigen.

»Was wäre denn passiert, wenn Vivien Sander morgen in Hamburg angekommen wäre? Wäre die Wohnung nach ihren Wünschen fertiggestellt?«

»Nein«, gab Alexander Harder zerknirscht zu. »Aber wir haben keine Kosten und Mühen gescheut, um ein erstklassiges Ergebnis zu bekommen. Außerdem war ich bereit, ihr finanziell sehr entgegenzukommen, wenn sie von einer Klage absieht.«

»Das stimmt«, erinnerte sich Noah. »Ich fand das Angebot sehr großzügig.«

»Aber das wollte Vivien nicht?«, vergewisserte sich Marianne.

»Nein, sie hat den Vertrag zerrissen und mir gedroht, mich fertigzumachen.«

»Durch Viviens Tod wären Sie aus dem Schneider. Sie haben auf jeden Fall ein Motiv«, stellte Marianne fest. »Aber haben Sie auch ein Alibi? Wann haben Sie die *Seabreeze Bar* verlassen, Herr Harder?««

»Nach mir auf jeden Fall«, bemerkte Sarah. »Als ich ins Bett gegangen bin, saß er noch da.«

Alexander Harder stürzte den Rest seines Champagners herunter. Von seiner selbstgefälligen Art war nicht mehr viel übrig. »Ich habe Vivien beobachtet. Als sie die Bar verlassen hat, bin ich ihr gefolgt und habe sie angesprochen«, gestand Alexander Harder. »Ich dachte, ich hätte vielleicht noch den Hauch einer Chance, sie zu überzeugen, dass wir uns außergerichtlich einig werden können.«

»Aber Vivien wollte nicht.«

»Nein, sie hat gesagt, ich solle mich verpissen.«

»Und dann?«, rief Noah wütend. »Sind Sie meiner Frau zu unserer Suite gefolgt? Haben Sie sie umgebracht, um Ihre Firma zu retten?«

Alexander Harder schüttelte traurig den Kopf. »Natürlich nicht. Ich bin direkt in meine Kabine gegangen. Mir war klar, dass ich wahrscheinlich alles verlieren würde.«

»Aber jetzt ist doch alles gut für Sie ausgegangen«, stellte Sarah fest. »Es wird keine Klage geben. Ich finde, Sie haben ein astreines Motiv, aber kein richtiges Alibi.«

Die Gäste tuschelten aufgebracht. Marianne räusperte sich und wartete, bis sie wieder die volle Aufmerksamkeit der Gruppe hatte.

»Alexander Harder hätte sicherlich gute Gründe gehabt, Vivien Sander aus dem Weg zu räumen, aber er war es nicht«, versicherte Marianne den staunenden Anwesenden. »Sarah, reden wir doch mal über dein Verhältnis zu Vivien Sander.

76.

Sarah starrte Marianne aus großen Augen an. »Mein Verhältnis zu Vivien Sander? Was meinen Sie damit? Ich kannte sie gar nicht. Sie ist ein internationales Supermodel, und ich bin eine Studentin. Uns trennen Welten.«

»Am Anfang der Reise hast du von Vivien Sander geschwärmt«, erinnerte Marianne.

»Ja, das ist richtig«, gestand Sarah.

Marianne betrachtete das dünne Mädchen mit dem hübschen Gesicht und dem leicht mürrischen Mund. Ihre dünnen Beine steckten in engen Jeans. Durch den Stoff konnte man ihre knochigen Knie erahnen. Auch die Schlüsselbeine standen leicht vor. Sarah musste noch einige Kilo zunehmen, um ein normales Gewicht zu erreichen. Aber sie war ja angeblich auf einem guten Weg.

»Dein Vater hat mir erzählt, dass du seit Kindertagen von diesen Models fasziniert bist. Er war in Sorge, weil du so schlank werden wolltest wie sie. Du bist sogar krank geworden.«

»Marianne«, ging Martin dazwischen. »Das geht hier niemanden etwas an.

»Also gut, ich werde an dieser Stelle nicht weiter darauf eingehen«, gab sie nach. »Sarah, du hast Vivien Sander vorgestern zufällig vor der Parfümerie getroffen.«

»Das stimmt.«

»Du hast uns davon erzählt, als wir im *Fugu* zusammen essen waren. Vivien wäre gemein zu dir gewesen, hast du gesagt und du warst ganz schön angefressen. Vivien meinte, du wärst ganz hübsch, aber kein Model.«

Sarah strich sich grimmig eine Haarsträhne aus dem Gesicht. »Sie war der Meinung, ich sei zu klein. Da kann man mal sehen, dass sie keine Ahnung hat. Die Zeiten haben sich glücklicherweise geändert. Heute muss man nicht mehr riesig sein. Es ist Abwechslung gefragt. Es gibt sogar mollige Models, die sehr erfolgreich sind«, erläuterte Sarah.

»Das ist wahr«, bestätigte Marianne. »Kommen wir zurück zur gestrigen Nacht. Du bist also direkt ins Bett gegangen, nachdem du die Bar verlassen hast?«

Sarah nickte.

»Marianne, jetzt ist es aber genug«, warnte Martin. »Du kannst doch nicht ernsthaft meine Tochter verdächtigen.«

»Jetzt rege dich doch nicht auf, Martin. Es ist ein Spiel«, erinnerte Marianne. »Aber kommen wir gleich direkt zu dir.«

»Ich war es nicht«, versicherte Martin und hob die Hände. »Ich hatte keinen Ärger mit Vivien Sander, und ich wollte auch noch nie Model werden. Wirklich nicht.« Einige Gäste lachten. Auch Marianne musste schmunzeln. »Ich glaube dir, dass du kein Model werden wolltest«, erwiderte sie. »Aber deine Tochter hat den Traum noch nicht aufgegeben. Sie plant, als Influencerin durchzustarten.«

Martin zuckte mit den Schultern. »Und wenn schon. Solang sie dabei ihr Studium nicht vernachlässigt, ist mir das wirklich egal.«

»Nein, Martin, das ist dir überhaupt nicht egal«, behauptete Marianne. »Im Netz wird beleidigt und gehetzt. Da ist ja alles so schön anonym. Für ein sensibles Mädchen, das in der Vergangenheit viel durchgemacht hat, ist das ein Pulverfass. Du bist krank vor Sorge, dass Sarah wieder rückfällig werden könnte. Im *Fugu* hat Sarah kaum etwas gegessen, obwohl sie Sushi liebt. Das muss ja ein direktes Warnsignal gewesen sein. Alles wegen dieser Sander. An deiner Stelle wäre ich wütend und voller Angst.«

Martin blickte zu seiner Tochter und lächelte sie liebevoll an. »Selbstverständlich bin ich besorgt«, gab er zu. »Und natürlich hätte ich diesem arroganten Model gerne mal ein paar Takte erzählt.«

»Und? Hast du?«

»Was meinst du?«, fragte Martin irritiert.

»Vielleicht hast du Vivien in der Nacht gesehen, als sie auf dem Weg zu ihrer Suite war«, überlegte Marianne. »Hast du ihr mal gehörig die Meinung gegeigt? Sarah könnte dir erzählt haben, dass sie die Bar verlassen hat, weil sie das Model nicht mehr sehen wollte. Das Model, für das sie früher so geschwärmt hatte.«

»Du willst wissen, ob ich ihr gefolgt bin?«, rief Martin außer sich. »Und dann bin ich mit in ihre Suite und hab sie umgebracht? Wie denn eigentlich? Hab ich sie erwürgt? Oder habe ich ihr einen schweren Gegenstand über den Schädel gehauen? Erzähl doch mal, Marianne.«

Marianne lächelte. »Jetzt beruhige dich, Martin. Wir spielen doch nur. Ich muss alle miteinbeziehen. Jeder hat ein Motiv, und ich überprüfe die Alibis.«

Martin beruhigte sich etwas. »Also kommen die anderen auch noch dran?«

»Selbstverständlich«, versicherte Marianne. »Liebe Mitspieler, ich kann verraten, dass weder Sarah noch

Martin etwas mit dem Mord an Vivien Sander zu tun haben. Aber machen wir doch weiter. – Laura, was ist passiert, nachdem Lilly das Messer über Bord geworfen hat?«

77.

Laura sah in die Runde. Alle Augen waren auf sie gerichtet. Die Anwesenden warteten gespannt auf ihren Bericht.

»Nachdem Lilly das Messer über die Reling geschleudert hatte, ist sie zusammengebrochen und hat geweint«, erzählte Laura. »Noah war geschockt. Sein Oberschenkel hat geblutet. Ich habe ihm vorgeschlagen, dass wir ihn in die Bordklinik bringen, aber er hat sich anfangs geweigert. Ihm war wichtiger, dass wir uns zuerst um Lilly kümmern. Noah wollte auf jeden Fall vermeiden, dass der Vorfall bekannt wird.«

Marianne wandte sich an Noah. »Warum eigentlich?«

»Ich wollte nicht, dass es einen Skandal gibt. Meine Frau ist nicht scharf darauf, dass die Regenbogenpresse sich auf sie stürzt. Ihre Werbepartner buchen sie, weil sie einen tadellosen Ruf hat. Da macht es sich nicht gut, wenn der Name Vivien Sander mit einer Messerstecherei in Verbindung gebracht wird«, erklärte Noah. »Außerdem wollte ich Lilly schützen.«

»Die Frau, die dir gerade ein Messer ins Bein gerammt hat?«, fragte Henrik erstaunt. »Tut mir leid, aber das kann ich wirklich nicht verstehen.«

»Ich hatte ein schlechtes Gewissen«, erwiderte Noah. »Lilly tat mir leid. Ich habe sie verlassen, weil ich mit Vivien zusammen sein wollte. Es ist ja offensichtlich, dass meine Ex-Freundin mit der Situation nicht besonders gut zurechtkommt. Da wollte ich ihr das Leben nicht noch schwerer machen.«

»Das ist doch nicht zu fassen«, echauffierte sich Isa Witte. Sie beugte sich etwas vor, um Lilly besser sehen zu können. »Ich kann ja verstehen, dass Sie eifersüchtig sind, aber diesen Messerangriff finde ich maßlos übertrieben. Was haben Sie sich nur dabei gedacht? Sie sind ja eine Gefahr.«

»Du hast vollkommen recht, Mutter. Lilly ist unberechenbar. Ich denke, der Fall wird jetzt schnell aufgeklärt werden«, meinte Henrik amüsiert. Er zeigte mit dem Finger auf Laura, Luca und Olli. »Während ihr mit dem verletzten Noah geredet habt, könnte Lilly im Blutrausch zu Viviens Kabine gelaufen sein. Vivien hat ihr geöffnet. Wahrscheinlich dachte sie, es sei ihr Mann. Oder Lilly hat vorgetäuscht, sie wolle sich für ihr unmögliches Benehmen in der Bar entschuldigen.« Die Gäste tuschelten anerkennend.

»Ja, so könnte es gewesen sein«, pflichtete Martin ihm aufgeregt bei.

»Wir hatten Lilly die ganze Zeit im Auge«, erklärte Olli und zerstörte damit Henriks Szenario.

»Ich habe ihr kein Haar gekrümmt«, wimmerte Lilly. Sie saß mit hängendem Kopf auf dem Sofa und wirkte klein und zerbrechlich.

»Das ist richtig«, bestätigte Marianne. »Wir wissen, dass Lilly die Tat gar nicht begangen haben kann.«

Die Gruppe sah sie ratlos an und schwieg. Henrik fand als Erster seine Sprache wieder. »Warum nicht?«, fragte er enttäuscht. »Sie hat doch ein eindeutiges Motiv.«

»Das mit dem Motiv stimmt natürlich«, gab Marianne zu. »Lilly hat aber auch ein wasserdichtes Alibi. Sie war es mit Sicherheit nicht.«

»Das wird ja richtig spannend«, freute sich Isa. »Ich liebe Krimis. Gibt es eigentlich noch Champagner?«

Luca nickte und machte mit der Flasche die Runde.

»Warum hat Lilly ein Alibi?«, fragte Martin erstaunt.

»Das klärt sich gleich auf«, versicherte Marianne. »Laura, erzähl bitte weiter.«

Laura nickte und wandte sich wieder den Gästen zu. »Wie gesagt, Noah wollte nicht in die Klinik. Er bat Olli, ihn in seine Suite zu bringen, aber die Schmerzen waren zu stark. Noah meinte, dass er es so weit nicht schaffen würde. Olli hat dann vorgeschlagen, Noah erst mal auf die Toilette unweit der Bar zu bringen. Ich bin Medizinstudentin und wollte ihn später medizinisch versorgen.«

»Warum erst später?«, erkundigte sich Henrik erstaunt.

»Weil ich kein Verbandszeug dabeihatte und mich erst um Lilly kümmern musste«, antwortete Laura. »Sie war außer sich. Mit Lucas Hilfe habe ich sie in die Kabine meiner Oma gebracht.«

»Und hier erklärt sich das Alibi von Lilly«, resümierte Marianne. »Lilly war seit ihrer Attacke auf Noah keine Sekunde allein. Sie hat in meiner Kabine genächtigt, nachdem ich ihr eine Schlaftablette gegeben hatte. Ich war die ganze Nacht wach und habe aufgepasst. Lilly kann es also nicht gewesen sein.«

Lilly schluchzte erleichtert auf.

»Okay, aber wer war es dann?«, fragte Martin verwirrt.

»Das werden wir bald geklärt haben«, versprach Marianne. »Wir haben hier ja noch einige Personen, die wir überprüfen müssen. Warten wir es also ab.« Marianne richtete sich an Oliver. »Olli, vielleicht berichten Sie uns jetzt mal, wie Sie Noah auf die Toilette gebracht haben und was noch so passierte.«

78.

Oliver Kramer trat vor die Gruppe und räusperte sich.

»Wie Laura bereits berichtet hat, habe ich Noah auf die Toilette gebracht. Ich musste ihn stützen. Auf der Toilette habe ich ihn auf den Boden gesetzt. Wir haben dann gewartet, dass Laura mit dem Verbandszeug zurückkommt.«

»Wie ging es Noah?«, fragte Marianne nach.

»Wie es ihm ging? Er hatte starke Schmerzen.«

»Sie können mich auch direkt fragen, Marianne«, maulte Noah. »Ich bin anwesend.«

»Zu Ihnen kommen wir noch«, versprach Marianne. »Jetzt wollen wir Ollis Aussage hören.«

»Noah hat sich das Tuch auf die Wunde gepresst, wie Laura es ihm geraten hatte«, berichtete Oliver weiter. »Ich hatte das Gefühl, er wollte tapfer sein, aber zwischendurch hat er gestöhnt.«

Marianne nickte verständnisvoll. »Und du warst die ganze Zeit bei ihm?«

»Ja, na ja, nein«, gestand Olli. »Ich war noch einmal kurz weg. Noah hatte mich gebeten, die Jacken und Taschen aus der Bar einzusammeln, damit der Barkeeper sich nicht wundert und Feierabend macht.«

»Hat dich jemand gesehen?«

»Ja, der Barkeeper«, erklärte Olli. »Ich habe ihm erzählt, dass ich meine Freundin auf die Kabine bringen musste, weil sie zu viel getrunken hat, und ich noch schnell die Sachen einsammeln wollte. Und dann habe ich alles auf Ihre Kabine gebracht. Das wissen Sie doch.«

»Das ist richtig«, bestätigte Marianne. »Ich möchte nur, dass alle Gäste die gleichen Informationen haben. Also weiter. Ich habe dich dann wieder losgeschickt, damit du Laura helfen kannst. Sie war ja bereits wieder auf dem Weg zu Noah.«

»Genau. Ich bin dann wieder zurück zur Toilette gelaufen.«

»Und du hast keinen Umweg gemacht?«, erkundigte sich Marianne.

»Warum sollte ich?«, fragte Olli verblüfft.

»Vielleicht um Vivien Sander einen Besuch abzustatten?«, gab Marianne zu bedenken. »Du mochtest diese Frau nicht. Das hast du mir selbst gesagt. Ihr verlogenes Verhalten, sich auf der einen Seite für eine Umweltschutzorganisation nackt fotografieren zu lassen, aber auf der anderen Seite Luxusprodukte wie teure Ledertaschen zu bewerben, fandest du verlogen.«

»Das stimmt«, gab Olli zu. »Aber es ging ja nicht nur um Vivien, sondern um diese ganze reiche, verlogene Gesellschaft, die sich einen Dreck um die Umwelt schert.«

»Du hast auch darüber nachgedacht, wie man etwas Spektakuläres veranstalten könnte, das um die Welt geht«, erinnerte Marianne. »Es müsste mal krachen, um die volle Aufmerksamkeit zu bekommen. Über den Tod von Vivien Sander würde die ganze Welt berichten. Du wärst plötzlich gefragt, weil du mit ihr auf demselben Schiff warst. Die Medien würden sich plötzlich für dich interessieren, und du hättest die Gelegenheit, ein bisschen über die Situation an Bord zu plaudern und zusätzlich deinen Blog und deine Organisation weltweit bekannt zu machen.«

Oliver war blass geworden. Alle Augen waren auf ihn gerichtet. »Das kann doch nicht Ihr Ernst sein, Marianne. Ich habe Noah geholfen und dann die Sachen geholt.«

»Trotzdem hast du ein Motiv und für einen gewissen Zeitraum kein Alibi.«

Olli sah sie entsetzt an: »Ich bin Umweltaktivist. Ich versuche, die Welt zu retten. Ich kümmere mich um Straßenhunde. Niemals könnte ich einen Menschen töten.«

»Noah, hier können Sie uns sicher weiterhelfen«, bemerkte Marianne. »Wie lang war Olli weg?«

Noah überlegte einen Moment. »Ein paar Minuten vielleicht. Ich war abgelenkt, weil Laura in der Zwischenzeit angekommen war. Außerdem hatte ich starke Schmerzen. Ich kann mir aber nicht vorstellen, dass man in der kurzen Zeit einen Mord begehen kann.«

Olli sah Noah erleichtert an. »Danke. Mann, ich habe gedacht, wir spielen einfach ein unterhaltsames Spiel. Dafür ist es ja ganz schön persönlich.«

»Sonst wäre es ja nicht so spannend«, versicherte Marianne augenzwinkernd. »Und natürlich bist du nicht der Mörder von Vivien Sander.«

Oliver schnaufte erleichtert. »Na, da bin ich aber froh. Zwischendurch habe ich mich schon selbst verdächtigt, bei Ihrer strengen Fragerei.«

Die Gesellschaft lachte über seine Bemerkung, doch die Spannung der Anwesenden wuchs. Wer hatte denn nun Vivien Sander getötet?

79.

Marianne nippte an ihrem Glas und sah sich um. Ihr Blick blieb an Laura hängen.

»Kommen wir doch mal zu dir.«

»Zu mir?«, wunderte sich Laura. »Oma, ich habe kein Motiv und hatte auch keine Zeit, Vivien Sander zu töten. Was soll das? Ich habe mich um Lilly und Noah gekümmert.«

Marianne schmunzelte. »So ist das Spiel. Jeder ist mal dran.«

Die Anwesenden nickten belustigt.

»Genau«, rief Henrik. »Warum sollst du es nicht gewesen sein?«

»Laura hat ja auch kein Alibi für die Zeit, in der sie angeblich zurück zur Toilette gelaufen ist«, merkte Noah an.

Die Gäste spekulierten wild durcheinander, bis Marianne mit ihrem Ring an ihr Glas klopfte.

»Bitte beruhigen Sie sich, damit wir Lauras Bericht folgen können.« Sie nickte ihrer Enkelin aufmunternd zu. Laura atmete durch und trat einen Schritt nach vorne.

»Luca hat mir geholfen, die verzweifelte Lilly zu dir auf die Kabine zu bringen«, erläuterte Laura. »Ich habe Luca gebeten, noch bei euch zu bleiben, bis Lilly eingeschlafen ist. Ich konnte nicht einschätzen, ob du alleine mit ihr fertig wirst, wenn sie vielleicht noch einmal ausflippt. Anschließend bin ich zurück zu Noah gelaufen. Das wissen doch bereits alle.«

»Ist dir jemand begegnet, als du auf dem Schiff unterwegs warst?«, erkundigte sich Marianne. Laura war erschrocken über den strengen Ton ihrer Großmutter.

»Bevor ich die Kabine verlassen habe, habe ich vorsichtig die Tür geöffnet und rausgeschaut.«

»Und?«, fragte Alexander Harder neugierig.

»Ich habe Isa Witte gesehen.«

»Mich?«, rief Isa erschrocken. »Das ist doch Unsinn.«

Laura ignorierte ihren Einspruch. »Sie kam gerade den Flur entlang und ist in ihre Kabine gegangen.«

»Hat sie dich bemerkt?«, fragte Marianne nach.

Laura schüttelte den Kopf. »Nein, ich glaube nicht. Ich habe kurz gewartet. Als ich hörte, dass die Tür ins Schloss fiel, bin ich mit dem Verbandzeug losgelaufen. Mir war klar, dass Noah dringend Hilfe brauchte.«

Marianne sah Isa verwundert an. »Wo kamen Sie denn mitten in der Nacht her?«

»Das ist mir sehr unangenehm«, erklärte Isa Witte. Sie strich ihr elegantes Seidenkleid glatt und überlegte einen Moment. »Ich glaube, ich möchte lieber nicht darüber sprechen.«

»Haben Sie Vivien Sander einen Besuch abgestattet?«, bohrte Marianne nach.

»Ich?« Isa riss fragend die Augen auf. »Warum sollte ich? Ich kannte sie doch nicht einmal.«

Marianne hob mahnend den Zeigefinger. »Doch, Sie kannten sie. Laura, erzähl uns doch bitte, was du mitangehört hast.«

Die Anwesenden lauschten gespannt.

»Als wir gestern von unserem Landgang zurückkamen, wollte ich noch schnell in die Kabine«, berichtete Laura. »Ich bin zu den Fahrstühlen gegangen und habe Sie und Ihren Sohn dort warten sehen. Sie schienen sehr aufgebracht zu sein. Henrik hat versucht, Sie zu beruhigen.«

»Sie belauschen andere Leute?«, fragte Isa Witte empört. »Das ist ja nicht zu glauben.«

»Sprich weiter«, forderte Marianne ihre Enkelin auf.

»Frau Witte erklärte ihrem Sohn, dass Vivien Sander sie als frühere Putzfrau ihrer Familie erkannt hätte. Vivien hatte sie in einem Café in Oslo damit konfrontiert, vor ihrer Begleitung. Ihrem Bekannten war diese Begegnung sehr peinlich, aber es ist Frau Witte wohl gelungen, ihn von einer Verwechslung zu überzeugen. Frau Witte sagte Henrik aber auch, dass sie fürchtet, Vivien würde vielleicht doch noch das Gespräch mit ihrem Bekannten suchen. Sie hätte Angst, dass herauskommt, dass sie nicht Gräfin Isolde von Witten-Brandenburg ist, sondern Isa Witte.«

Die Anwesenden starrten Isa ungläubig an.

»Wer sind Sie denn jetzt?«, fragte Olli.

Isa Witte sah hilflos zu ihrem Sohn.

»Meine Mutter ist Isa Witte«, stellte Henrik klar. »Sie hat über eine Dating-Plattform einen Herrn kennengelernt. Auf der Plattform hat sie sich Gräfin Isolde von Witten-Brandenburg genannt. Das ist doch kein Verbrechen. Es ist sozusagen ein Künstlername.«

»Und dieser Herr ist hier an Bord und denkt, er umgarne eine echte Gräfin«, schlussfolgerte Marianne.

»Ich will ihm ja die Wahrheit sagen, aber es gab noch nicht den richtigen Augenblick«, erklärte Isa reumütig.

»Wissen Sie, Isa, für mich klingt das eher danach, dass Sie mit Ihrem Adelstitel einen dicken Fisch an Land ziehen wollten«, bemerkte Marianne trocken. »Ist Ihre Bekanntschaft sehr vermögend?«

Isa Witte zuckte mit den Schultern. »Das weiß ich gar nicht so genau«, gab sie lächelnd vor. »Aber er hat mich auf diese Reise eingeladen. Bettelarm kann er dann ja wohl kaum sein.«

»Ich wette, dass er sehr vermögend ist. Glückwunsch. Das ist Ihre Angelegenheit. Die Frage ist nur, ob er Ihnen die Lüge verziehen hätte, wenn Vivien ihn aufgeklärt hätte?«, überlegte Marianne. »Verstehen Sie mich bitte nicht falsch. Als Reinigungskraft zu arbeiten, ist ein ehrenhafter Job, doch ich vermute, dass sich mit der Bezahlung keine großen Reserven ansparen lassen. Waren Sie so verängstigt, dass Sie versucht haben, noch einmal mit Vivien zu sprechen?«

»Sie hat doch ein klares Motiv«, rief Olli dazwischen. Die Gäste waren der gleichen Meinung.

»Sie ist auf jeden Fall eine Hochstaplerin«, befand Alexander Harder.

»Vielleicht kam es ja zum Streit, und Frau Witte hat Vivien umgebracht«, vermutete Sarah aufgeregt.

Isa war bleich geworden. »Nein, ich habe ihr nichts getan. Das müssen Sie mir glauben.«

»Jetzt ist es aber genug«, brüllte Henrik. »Meine Mutter war sicherlich nicht immer ganz ehrlich, aber sie ist doch keine Mörderin. Was ist das denn für ein bescheuertes Spiel. Wir haben Ihre Einladung angenommen, weil wir dachten, wir verbringen eine nette Zeit miteinander. Und jetzt stellen Sie uns alle bloß?«

Marianne hob beschwichtigend die Hände. »Bitte beruhigen Sie sich. Isa ist nicht die Mörderin.«

»Wie kannst du dir da so sicher sein?«, fragte Martin erstaunt.

»Weil ich es eben weiß. Isa wird ihrer Begleitung sicher einiges zu erklären haben, aber nicht der Polizei.

»Der Polizei?« Henrik lachte laut auf. »Marianne, Sie steigern sich etwas zu sehr rein in Ihre Inszenierung. Vergessen Sie mal nicht, dass wir ein Spiel spielen. Die Polizei interessiert das sicher nicht.«

»Da haben Sie natürlich recht. Ich übertreibe wahrscheinlich«, gab Marianne zu. »Aber kommen wir doch mal zu Ihnen, Henrik. Sie haben sogar zwei Motive.«

80.

Henrik sah Marianne verblüfft an. Dann fing er wieder an zu lachen. »Echt jetzt? Ich habe zwei Motive? Wow, da bin ich aber gespannt. Schießen Sie los.«

Marianne nahm sich einen Moment und musterte den

jungen Mann. Henrik war ein hübscher Kerl, der augenscheinlich viel Wert auf seine Garderobe legte. Er war sehr modisch gekleidet und wirkte wie ein Model aus einem Versandhauskatalog. Eigentlich machte er einen oberflächlichen Eindruck. Für ihn sprach aber, dass er seiner Mutter zur Seite stand.

»Was hast du an den Fahrstühlen noch gehört?«, erkundigte sich Marianne bei ihrer Enkelin.

»Henrik sagte zu seiner Mutter, dass alles gut wird. Sie solle ihm vertrauen«, berichtete Laura.

»Aha, Sie wollten also dafür sorgen, dass alles gut wird? Wie denn?«, fragte Marianne nach. »Wollten Sie Vivien Sander zum Schweigen bringen? Haben Sie ihr einfach aufgelauert und sie überfallen, als sie in ihre Suite wollte?«

»Nein, habe ich nicht«, erklärte Henrik gelangweilt. »Theoretisch hätte ich das natürlich machen können. Ich habe ja sonst nichts zu tun auf diesem Kahn. Ich hätte sie auf gut Glück beobachten und hinter ihr her schleichen können, als sie die Bar alleine verließ. Sie hätte es sicher nicht gemerkt, wenn ich ihr gefolgt wäre. Hier läuft ja immer jemand über die Flure. Als sie dann in ihrer Tasche nach der Schlüsselkarte gesucht hat, hätte ich sie packen und in ihre Kabine ziehen können.«

Marianne nickte. »So könnte es gewesen sein.«

Henrik schüttelte belustigt den Kopf. »Und was ist dann geschehen? Habe ich ihr gedroht, dass etwas Schlimmes passiert, wenn sie meine Mutter verpetzt? Oder habe ich ihr gleich den Hals umgedreht?«

»Gute Frage. Sagen Sie es uns?«

»Ich habe gar nichts gemacht«, stellte Henrik klar. »Ich liebe meine Mutter und freue mich, dass sie jemanden kennengelernt hat, der ihr mit Glück die nächsten Jahre versüßt und ihr die finanziellen Sorgen nimmt. Ihr Bekannter ist verrückt nach meiner Mutter. Daran hätte auch Vivien Sander nichts ändern können. Mutter hätte ihre Eroberung ruck-zuck wieder um den Finger gewickelt. Außerdem wäre es auch nicht besonders klug gewesen, ein Gespräch mit Vivien Sander zu suchen. Es hätte die Angelegenheit künstlich aufgebläht. Dann wäre unsere schöne Taufpatin vielleicht tatsächlich neugierig geworden. So hatte sie die Angelegenheit sicher schon vergessen. Ihre Klage gegen Alexander Harder oder ihr schöner Ehemann waren bestimmt wichtiger als das Schicksal der ehemaligen Putzkraft ihrer Eltern. Dafür hätte ich sicher nicht riskiert, lebenslang in den Knast zu wandern.«

»Du hast ja so recht, mein Junge«, bestätige Isa Witte die Aussage ihres Sohnes. Nebenbei gab sie Luca ein Zeichen, die Gläser wieder aufzufüllen.

»Ich glaube auch nicht, dass Sie für Ihre Mutter ein so großes Risiko eingegangen wären«, stimmte Marianne zu.

»Aber ich sprach ja von zwei Motiven.«

»Stimmt«, erinnerte sich Henrik. »Also dann, Feuer frei, Marianne.«

Marianne blätterte in ihren Notizen. Die Anwesenden warteten gespannt auf die weiteren Enthüllungen.

»Ich habe früher als Journalistin gearbeitet und habe zum Glück immer noch Kontakt zu ehemaligen Kollegen oder auch Polizisten«, informierte Marianne die Gäste. »Ich habe mich mal ein bisschen umgehört.«

»Kommen Sie auf den Punkt«, forderte Henrik ungeduldig.

»Es konnte sich tatsächlich jemand an Sie erinnern. Sie sind vorbestraft.«

Henrik winkte ab. »Das ist zehn Jahre her. Es war eine Jugendstrafe. Das ist doch längst gelöscht. Ich bin nicht stolz darauf, aber mit 16 hat man eben manchmal dumme Ideen. Man hat mir Sozialstunden aufgebrummt.«

Marianne nahm einen Zettel vom Tisch und überflog die Zeilen. »Henrik hat damals mit einem Komplizen in Parks ältere Damen beobachtet. Die beiden sind ihnen nach Hause gefolgt. Wenn die Frauen in einem Einfamilienhaus wohnten, und sie sicher waren, dass sie alleine lebten, haben sie gehandelt.«

»Was hat er denn dann gemacht?«, fragte Sarah geschockt.

»Vielleicht sollten Sie das mit eigenen Worten schildern«, schlug Marianne vor.

»Von mir aus«, erklärte Henrik gleichgültig. »Es lief folgendermaßen ab: Mein Kumpel hat an der Tür geklingelt und die Dame in ein Gespräch verwickelt. Ich bin dann durch die Terrassentür rein und habe nach Schmuck und Geld gesucht. Es ist nicht zu fassen, wie unvorsichtig die mit ihren Wertgegenständen umgehen. Das Zeug lag einfach herum, und ich habe es kurzerhand genommen.«

»Hatten Sie kein schlechtes Gewissen?«, fragte Marianne nach.

»Eigentlich nicht«, gab Henrik zu. »Die Frauen hatten ein eigenes Haus und damit ja wohl genug Kohle. Wir wohnten in miesen kleinen Wohnungen in schlechten Wohnvierteln. Wir waren uns sicher, dass die Frauen sich ohne Probleme neue Schmuckstücke leisten konnten. Für uns war das Geld wichtiger. Wir haben Klamotten davon gekauft, oder auch einfach mal was richtig Gutes zu essen.«

»Mir kommen gleich die Tränen«, erklärte der Richter trocken.

»Also ich kann Sie sogar ein bisschen verstehen«, gestand Marianne. »Sie haben versucht, sich das Leben etwas leichter zu machen. Aber was ist heute?«

»Heute? Was soll sein? Ich steige in keine Häuser mehr ein. Ich will nämlich nicht im Knast landen.«

»Da landet man nur, wenn man erwischt wird«, bemerkte Marianne. »Erinnern Sie sich an die Taufe?«

»Ich bin doch nicht dement«, kommentierte Henrik genervt.

»Vivien Sander trug ein traumhaftes Kleid und diese fantastischen Ohrringe«, schwärmte Marianne.

»Ja, sie trug diese *BVULARI* Klunker.«

Marianne sah ihn überrascht an. »Ach, Sie wissen sogar, dass es Schmuck von *BVULARI* war? Beindruckend. Ich hätte das nicht gewusst.«

»Ich interessiere mich halt für Schmuck. Das ist ja wohl nicht verboten.«

»Natürlich nicht, aber es ist ungewöhnlich. Ich verstehe ja, dass Männer sich für Uhren interessieren, aber für Ohrringe? Ich frage mich gerade, ob Ihr Herz beim Anblick dieser Juwelen nicht plötzlich schneller geschlagen hat?«, überlegte Marianne. »Diese Ohrringe wären der Jackpot. Wissen Sie, Henrik, ich glaube Ihnen, dass Sie Vivien nicht aufgesucht haben, um mit ihr über Ihre Mutter zu sprechen.« Henrik grinste in die Runde und deutete eine Verbeugung an. »Aber ich denke schon, dass die Versuchung für Sie sehr groß war, an diesen Schmuck zu kommen«, nahm Marianne den Faden wieder auf. »Wie haben Sie es in ihre Suite geschafft? Haben Sie vom Personal eine Generalkarte geklaut? Ist Vivien überraschend zurück in die Kabine gekommen, als Sie noch nach den Ohrringen suchten? Kam es zum Kampf?«

Henrik sah sie erschrocken an und schüttelte den Kopf. »Nein, so war das nicht. Ich gebe zu, ich habe überlegt, ob es eine Möglichkeit geben könnte, die Klunker zu stehlen, aber ich habe es nicht getan. Es war eher ein Gedankenspiel.«

Martin war aufgesprungen. »Das ist doch nicht zu fassen. Sie sind wegen Diebstahls verurteilt worden. Wer sollte Ihnen noch glauben?«

»Jetzt lassen Sie meinen Jungen in Ruhe«, schrie Isa Witte. »Er hat seine Strafe bekommen. Es reicht jetzt.«

Marianne nickte. »Ja, es reicht. Henrik, Sie sollten sich mal einen anständigen Job suchen und endlich auf eigenen Beinen stehen.«

»War er es auch nicht?«, fragte Martin verwirrt.

»Nein. Henrik hängt an Mutters Rockzipfel, aber er ist nicht der Mörder.«

Karl-Friedrich Behrens räusperte sich. »Marianne, ich glaube, langsam wird die Luft dünn. Sie haben jetzt mit fast allen gesprochen und erklärt, dass sie unschuldig sind.«

»Noch sind wir nicht am Ende«, verkündete Marianne. »Laura, bitte berichte jetzt, wie du Noah in der Toilette aufgefunden hast und was anschließend passierte.«

81.

Laura blickte in die Gesichter der Anwesenden. Der Richter hatte recht. Ihre Großmutter hatte nun so gut wie alle Gäste freigesprochen. Laura fragte sich, was der ganze Hokuspokus zu bedeuten hatte und wozu ihre Großmutter das ganze Theater veranstaltete.

»Als ich zurück auf die Toilette kam, war Noah allein«, verkündete sie.

»Weil ich doch die Klamotten in eure Kabine bringen sollte«, rief Olli dazwischen.

Laura ignorierte seinen Kommentar und sprach weiter. »Es ging Noah schlechter. Er war sehr blass und hatte Schweißperlen auf der Stirn. Er meinte, dass die Schmerzen zu Beginn auszuhalten waren, aber nun schlimmer würden. Ich dachte, dass es vielleicht am Schock liegen könnte. Seine Hose war blutdurchtränkt. Ich habe sie mit einer Schere aufgeschnitten, um mir die Verletzung genauer anzusehen. Die Wunde blutete stark.«

»Sind Sie Ärztin?«, fragte Isa Witte erstaunt.

»Nein, ich bin Medizinstudentin«, erklärte Laura. »Aber ich kann Ihnen versichern, dass ich die Situation einschätzen konnte.«

Isa Witte nickte. »Selbstverständlich. Entschuldigen Sie die Unterbrechung.«

Laura atmete durch und sprach weiter. »Die Wunde war viel tiefer, als ich gedacht hatte. Ein Gefäß war offenbar verletzt. Ich habe Noah gesagt, dass da kein Verband reichte. Die Wunde musste genäht werden.«

»Ich wollte eigentlich nicht in die Klinik, aber Laura hat mich dann überzeugt«, warf Noah ein.

»Was passierte dann?«, fragte Marianne nach.

»Olli ist zurückgekommen. Mit seinem Gürtel habe ich das Bein abgebunden und einen Druckverband gemacht. Zusammen mit Olli habe ich Noah anschließend in das Bordhospital gebracht. Doktor Christina Winter hatte Dienst.«

»Das ist richtig«, bestätigte Doktor Winter. »Wir haben den Patienten ins Behandlungszimmer gebracht. Er bat darum, die Angelegenheit diskret zu behandeln.«

»Ach, das ist doch eher ungewöhnlich, oder?«, wollte Marianne wissen.

Christina Winter nickte. »Das stimmt, aber ich hatte Ihre Enkelin ja bereits kennengelernt. Sie machte auf mich einen vernünftigen Eindruck, und darum habe ich mich entschieden, keine Fragen zu stellen. Der junge Mann ist dann gegangen.« Sie deutete auf Oliver. »Ich habe Laura gebeten, mir zu assistieren. Wir haben die Wunde genäht. Der Patient war nicht begeistert, dass er über Nacht in der Klinik bleiben musste, aber ich wollte ihn unter Beobachtung haben.«

»Ich habe Ihre Enkelin dann gebeten, meine Frau am nächsten Morgen zu informieren und sie zu bitten, mir frische Kleidung zu bringen«, bemerkte Noah. »Für den Fall, dass Vivien nicht aufwacht, habe ich Laura meine Kabinenkarte gegeben.«

»Warum sollte Ihre Frau nicht aufwachen?«, fragte Karl-Friedrich Behrens verwundert.

»Sie wollte eine Schlaftablette nehmen. Normalerweise schläft sie dann aus. Wo ist Vivi denn jetzt?«

»Dazu kommen wir gleich«, versprach Marianne. »Frau Doktor Winter, wie wollten Sie die Angelegenheit beim Schichtwechsel erklären? Da lag nun ein Patient ohne Namen.«

Christine Winter lächelte entschuldigend. »Ich habe einfach gehofft, dass mir noch eine gute Ausrede einfällt.«

»Ich verstehe«, versicherte Marianne freundlich. »Ich habe da noch eine Frage an Sie. Hatten Sie viel zu tun in der Nacht?«

Christina Winter schüttelte den Kopf. »Ehrlich gesagt, nein. Es war ziemlich langweilig, bis Ihre Enkelin mit dem Verletzten kam.«

»Und arbeiten Sie ganz alleine?«

»Ich habe die Arzthelferin ins Bett geschickt. Es gab keinen Grund, warum wir beide uns die Nacht um die Ohren schlagen sollten«, antwortete die Ärztin. »Wenn ich sie gebraucht hätte, hätte ich sie angerufen. Sie hatte sozusagen Bereitschaft.«

»Verstehe. Also haben Sie kein Alibi«, fasste Marianne zusammen. »Sie hätten die Klinik unbemerkt verlassen können, um Vivien Sander aufzulauern und zu töten.«

Christina Winter sah sie überrascht an. »Was? Sind Sie verrückt? Ich bin Ärztin geworden, um Menschen zu helfen. Außerdem kannte ich sie gar nicht.«

»Das stimmt nicht«, behauptete Laura vehement. »Du kanntest sie vielleicht nicht persönlich, aber du hast sie gehasst.«

82.

Die Anwesenden starrten Laura erschrocken an.

»Das müssen Sie jetzt genauer erklären, Laura«, forderte Karl-Friedrich Behrens. »Hass ist ein starkes Motiv.«

»Jetzt bin ich aber gespannt, was sich unsere Möchtegernärztin zusammenfantasiert hat«, keifte Doktor Winter.

Marianne sah ihre Enkelin auffordernd an. Laura nickte und fuhr fort. »Erinnerst du dich, als ich dich in der Klinik besucht habe? Ich habe mich für die Ausstattung der Bordklinik interessiert, und du warst so freundlich, mich herumzuführen.«

»Natürlich erinnere ich mich«, giftete Doktor Winter zurück.

»Du hast davon gesprochen, dass du eigentlich Plastische Chirurgin bist und dass die Arbeit auf einem Kreuzfahrtschiff nicht dein Traum ist«, erinnerte sich Laura. »Ich habe mich gewundert, warum du nicht in einer Schönheitsklinik arbeitest. Du hast mir erzählt, dass es einen Zwischenfall gegeben hatte, der alles veränderte.«

»Ja, und?« Christina verschränkte trotzig die Arme vor der Brust. »Manchmal geschehen eben Dinge im Leben, die man so nicht geplant hat.«

Laura schüttelte den Kopf. »Hier geht es nicht um Zufälle oder Schicksal.« Sie zeigte auf Noah. »Gestern Nacht wusstest du nicht, wer der Patient war. Als ich dir vorhin die Einladung in die Klinik gebracht habe, hattest du allerdings von einer Arzthelferin erfahren, dass es sich um Noah Hofmann handelt, den Ehemann von Vivien Sander. Du hast dich dann sehr abfällig über Vivien geäußert. Ich habe mich über deine heftige Reaktion gewundert.«

»Das ist ja lächerlich«, erklärte Christina Winter.

»Wie hat sie denn reagiert?«, fragte Marianne nach.

Laura blickte in die Runde. »Sie sagte, dass diese selbstgefällige Ziege der Grund sei, warum sie diesen furchtbaren Job als Bordärztin machen muss.«

Die Gäste blickten Christina Winter verwundert an. Die Ärztin stand auf und strich ihren Kittel glatt. »Das wird mir hier jetzt echt zu doof. Ich muss für ein dämliches Spiel doch keinen Seelenstriptease machen.«

»Bleiben Sie noch einen Moment«, bat Marianne, als die Ärztin Anstalten machte, zur Kabinentür zu gehen. Marianne blickte ihre Gäste ernst an. »Frau Doktor Winter hatte allen Grund, Vivien Sander zu hassen. Das Model hat das Leben dieser ausgezeichneten Ärztin fast zerstört.«

Christina schluckte und nahm wieder Platz.

»Woher willst du das wissen?«, fragte Martin erstaunt.

»Nachdem ich die Informationen von Laura hatte, brauchte es nur ein paar Anrufe. Ich habe jetzt schon Angst vor der Telefonrechnung.«

»Das wird richtig teuer«, bestätigte Olli. »Warum stürzen Sie sich für ein Spiel in Unkosten?«

»Das wirst du in wenigen Minuten erfahren«, versprach Marianne. »Zurück zu Ihnen, Frau Winter. Sie hatten eine erfolgreiche Praxis für Schönheitschirurgie in Düsseldorf. Jetzt arbeiten Sie auf einem Schiff. Was ist passiert?«

»Sie wissen doch bestimmt schon alles«, erwiderte Christina bockig.

»Das ist richtig, aber wir möchten es von Ihnen hören.«

Die Ärztin nickte resigniert. »Also gut. Ich habe vor einiger Zeit bei einer jungen Frau eine Brustvergrößerung vorgenommen. Die Operation ist erfolgreich verlaufen, doch die Patientin hat sich nicht an der Wundheilungsplan gehalten. Sie kam verzweifelt wieder zu mir in die Klinik. Die Nähte hatten sich entzündet. Ich wollte meinen guten Ruf nicht verlieren und bot ihr an, sie erneut zu operieren, um noch ein schönes Ergebnis zu erreichen. Sie war erleichtert, und wir machten sofort einen Termin«, berichtete Christina Winter. »Am nächsten Tag rief sie mich an und sagte den Termin ab. Stattdessen erklärte sie mir, eine Freundin hätte ihr geraten, mich auf Schmerzensgeld zu verklagen.«

»Aber Sie sagten doch, dass die Operation gut verlaufen war. Sie hatten sich also nichts zuschulden kommen lassen«, bemerkte Marianne.

»Das ist zwar richtig«, bestätigte die Ärztin. »Aber ich hätte das vor Gericht auch beweisen müssen. Die Patientin hatte eine ganze Armee hochdekorierter Anwälte beauftragt, die mich massiv eingeschüchtert haben. Ich geriet in Panik. Wissen Sie, ich liebe meinen Beruf. Ich hatte Angst, meine Approbation zu verlieren und ließ mich auf einen außergerichtlichen Vergleich ein. Ich hatte nicht mit der Höhe der Summe gerechnet. Außerdem machten sich Gerüchte breit, dass in meiner Praxis gepfuscht würde. Ich stand mit dem Rücken zur Wand.«

»Das war sicher nicht leicht für Sie«, bemerkte Noah ungeduldig. »Ich verstehe aber nicht, was das alles mit meiner Frau zu tun hat?«

Alle Anwesenden hingen an Doktor Winters Lippen.

»In meiner Verzweiflung habe ich die Patientin noch einmal kontaktiert, in der Hoffnung, dass wir uns auf eine niedrigere Summe einigen könnten. Sie hat gelacht und gemeint, dass ihre Freundin Vivien sie bereits vorgewarnt hat, dass ich so etwas versuchen würde. Ich habe die Patientin dann auf *Instagram* gesucht. Es gab mehrere Bilder, die sie zusammen mit Vivien Sander zeigten. Sie war die Freundin. Plötzlich war auch klar, woher die Patientin die Mittel hatte, so teure Anwälte zu beschäftigen.« Sie ließ die Schultern hängen und blickte traurig in die Runde.

»Und dann wollten Sie sich an ihr rächen?«, erkundigte sich der Richter. »Haben Sie sich deshalb auf die Stelle beworben?«

Christina Winter sah ihn entsetzt an. »Nein. Ich gebe zu, dass ich Vivien Sander gehasst habe, aber ich habe ihr nichts getan.«

83.

Alexander Harder fing an zu klatschen. »Bravo, Frau Larsen«, lachte er. »Was für eine komische Vorstellung. Das war es dann wohl. Wir sind alle unschuldig.«

»Nein, nicht alle«, versicherte Marianne.

Isa Witte stand auf. »Ich werde jetzt gehen. Das ist ja lächerlich. Hat Vivien sich das ausgedacht? Ist das ihre Rache, weil wir sie alle nicht ausstehen können? Sie ist daran selbst schuld, diese selbstverliebte Gans. Wann kommt sie denn, um ihren großen Auftritt zu genießen?«

»Ich würde jetzt auch gerne wissen, wo meine Frau bleibt«, erklärte Noah ungeduldig. »Sie sagten, Vivien sei die Hauptperson. Dann sollte sie beim großen Finale dabei sein, finde ich. Sie werden doch jetzt sicher ein Abschlussplädoyer halten, Marianne.«

Karl-Friedrich Behrens stellte sich neben Marianne vor die Anwesenden. »Ihre Frau wird nicht kommen können, Herr Hofmann«, erklärte der Richter ernst. »Sie ist tatsächlich ermordet worden und liegt tot in Ihrer Suite.«

Lilly schrie auf. »Das ist doch nicht wahr.«

Noah blickte entsetzt in die Runde.

Isa setzte sich wieder. »Sie war so ein nettes Kind. Wie furchtbar.« Henrik schenkte seiner geschockten Mutter Champagner nach.

»Es tut mir sehr leid, aber es ist die Wahrheit«, versicherte Laura. »Ich sollte doch heute Morgen Ihre Frau verständigen. Da Sie nicht auf mein Klopfen reagiert hat, habe ich, wie besprochen, die Tür mit Ihrer Karte geöffnet. Und da habe ich sie gefunden.«

Sarah fing an zu weinen. Ihr Vater nahm sie in den Arm und sprach beruhigend auf sie ein. Alexander Harder versuchte, sich seine Erleichterung nicht anmerken zu lassen.

»Das ist unmöglich.« Noah schüttelte den Kopf. »Vivien wollte doch nur schlafen. Ich verstehe das nicht. Was ist denn überhaupt geschehen?« Er begann zu zittern. »Sie war ein Engel. Wer sollte ihr denn etwas antun?«

»Dass Ihre Frau kein Engel war, haben wir ja gerade geklärt«, erinnerte Marianne sachlich.

»So reden Sie nicht von meiner toten Frau«, brüllte Noah sie an. »Ich will zu ihr.«

»Das geht nicht. Ihre Suite ist jetzt ein Tatort«, erklärte der Richter. »Da darf erst mal niemand rein.«

»Aber ich kann doch nicht einfach hier sitzen und mir diesen Unsinn anhören«, beschwerte sich Noah. Dann schluchzte er auf. »Ich muss doch irgendetwas tun.«

»Herr Hofmann, wenn Sie sich jetzt bitte wieder beruhigen würden? Ich würde gerne fortfahren.« Marianne blickte in die schockierten Gesichter ihrer Gäste. »Sie sind sicher alle gespannt, wer Vivien Sander umgebracht hat.«

»Von uns ja anscheinend niemand«, resümierte Olli gefasst.

»Aber wer war es dann?«, hauchte Lilly, bevor sie wieder in Tränen ausbrach.

»Dazu müsste ich etwas weiter ausholen, damit auch alle Gäste verstehen, was genau passiert ist«, bemerkte Marianne und sah streng in die Runde. »Am Ende werden Sie erfahren, wer der Mörder ist. Versprochen.«

84.

Die Gäste waren bestürzt und durcheinander. Niemand sagte ein Wort. Nur das leise Schluchzen von Lilly und Sarah war zu hören. Noah saß zusammengesunken in seinem Rollstuhl. Marianne straffte die Schultern.

»Die meisten von Ihnen kennen die Vorgeschichte nicht, und die ist sehr interessant. Lilly Marino war die Freundin von Noah Hofmann, bevor er Vivien Sander heiratete. Die beiden liebten sich und hatten gemeinsame Pläne für die Zukunft. Heirat, Zusammenleben, Kinder, alles, was sich ein verliebtes Paar so wünscht«, erläuterte Marianne. »Lilly hat eine kleine Modelagentur in Hamburg. Damit lässt sich kein Vermögen verdienen, aber sie kommt über die Runden. Noah hat als Fotograf gearbeitet, mit mäßigem Erfolg. Ab und zu konnte er einen Auftrag für Zeitschriften und Magazine an Land ziehen, aber in erster Linie verdiente er seine Brötchen als Hochzeitsfotograf. Lilly und Vivien Sander kannten sich schon seit Jahren, weil Vivien tatsächlich mal von Lillys Modelagentur vertreten worden war, bevor ihr der große Durchbruch gelang und sie zu einer internationalen Agentur wechselte. Vivien wurde ein Supermodel und sehr reich. Beide Frauen hielten aber Kontakt und blieben befreundet, auch wenn ihr Lifestyle kaum unterschiedlicher sein konnte. Als Vivien vor einiger Zeit in Hamburg war, lud Lilly sie zu sich ein. Stimmt das soweit?«

Lilly nickte schniefend. »Ja, wir waren Freundinnen. An dem Abend habe ich ihr Noah vorgestellt und sie gebeten, sich von ihm fotografieren zu lassen. Sie sollte die Bilder im Internet zeigen und seinen Namen nennen, damit er bekannt wird und bessere Aufträge bekommt.«

»Ihre Freundin Vivien hat Ihnen tatsächlich diesen Gefallen getan. Sie hat sich von Noah fotografieren lassen«, bestätigte Marianne. »Es ist nur noch etwas anderes passiert. Die beiden verliebten sich.«

»Ich habe es nicht fassen können. Er war die Liebe meines Lebens«, schluchzte Lilly. Dann zeigte sie auf Noah. »Er hat alles kaputt gemacht. Du bist ein elender Mistkerl.«

Noah wischte sich eine Träne aus dem Auge. »Hier ist jetzt kein Platz für eine weitere Szene. Meine Frau ist tot. Also sei still«, entgegnete Noah.

Marianne wandte sich direkt an Lilly. »Jetzt reißen Sie sich bitte zusammen, damit ich fortfahren kann. Es war allgemein bekannt, dass Vivien Sander die *Dalia Ocean* taufen würde, und Sie haben trotzdem genau diese Reise gebucht. Ich konnte das erst nicht verstehen, aber Sie haben mir erzählt, dass Sie es aus einem ganz bestimmten Grund gemacht haben. Sie wollten, dass das verliebte Paar ein schlechtes Gewissen bekommt und sein Glück nicht genießen kann. Der eigentliche Anlass könnte natürlich auch ein ganz anderer sein. Vielleicht planten Sie, Ihre Konkurrentin auszuschalten?«

Lilly blickte sie entgeistert an.

»So ein Blödsinn«, behauptete Noah.

»Sie hat Ihnen immerhin ein Messer ins Bein gerammt«, gab Christina Winter zu bedenken.

»Weil sie wütend war. Ich hatte sie auch provoziert. Lilly ist sicher sehr impulsiv, aber sie ist doch keine Mörderin«, verteidigte Noah die junge Frau.

»Nein, natürlich nicht. Lilly hat ja ein Alibi«, erinnerte Marianne. »Das habe ich Ihnen bereits erzählt.«

Olli rieb sich den Nacken. »Also war es jemand, den wir nicht kennen?«

»Ja, vielleicht gab es noch andere Passagiere, die Vivien gehasst haben?«, überlegte Martin.

Marianne schüttelte den Kopf. »Nein, der Mörder ist genau jetzt hier in dieser Suite.«

Die Gäste beäugten sich misstrauisch.

»Es bleibt nur noch Noah übrig«, schlussfolgerte Olli.

Marianne nickte und sah in die Runde. »Ja, es bleibt nur noch Noah übrig. Er hat seine Frau getötet.«

85.

Es war mucksmäuschenstill. Alle Augen waren auf Noah Hofmann gerichtet. Dieser schüttelte traurig den Kopf und blickte Marianne ungläubig an.

»Meine Frau wurde umgebracht, und Sie verdächtigen mich? Schlimmer noch, Sie machen eine Art Quiz aus diesem Unglück. Was sind Sie nur für eine grausame Person. Sie sollten sich schämen, Marianne«, verkündete Noah aufgebracht. »Außerdem haben Sie vergessen, dass ich ebenfalls ein Alibi habe. Kann es sein, dass Sie geistig nicht mehr ganz auf der Höhe sind? Ich fasse es nicht.«

»Genau, er war doch schwer verletzt«, erinnerte Oliver. »Und er hat die Nacht in der Klinik verbringen müssen.«

»Das ist vollkommen richtig«, versicherte Marianne. »Nachdem Noah von Laura und Olli in die Klinik gebracht wurde, war er nicht mehr in der Lage, aufzustehen und seine Frau umzubringen.«

»Na endlich kommen Sie zur Vernunft«, bemerkte Noah erleichtert.

Einige der verunsicherten Gäste sprachen leise miteinander, andere hingen ihren Gedanken nach. Niemand konnte Marianne noch folgen.

»Noah hat doch auch überhaupt kein Motiv«, gab Isa zu bedenken. »Er hat eine der schönsten Frauen der Welt geheiratet. Und dazu noch eine sehr vermögende. Er hatte doch eine rosige Zukunft mit ihr.«

»Die Menschen tun aus Liebe manchmal Dinge, die auf den ersten Blick nicht nachzuvollziehen sind«, entgegnete Marianne geheimnisvoll.

»Mutter hat recht«, behauptete Henrik. »So blöd ist doch niemand. Er hatte quasi ausgesorgt.«

»Das Hospital kann Herr Hofmann auf keinen Fall unbemerkt verlassen haben«, erklärte Christina Winter.

»Sie haben völlig recht, Frau Doktor«, bestätigte Marianne. »Noah war die ganze Zeit in der Klinik, bis Sie mit ihm vorhin zu diesem Treffen gekommen sind.«

Die Anwesenden sahen sie fragend an.

»Jetzt verstehe ich gar nichts mehr«, bekannte Martin.

»Es ist eigentlich ganz einfach«, behauptete Marianne. »Noah Hofmann hat seine Frau getötet, bevor Laura und Olli ihn in die Klinik gebracht haben.«

»Aber das kann so nicht gewesen sein«, widersprach Olli. »Wir haben gesehen, wie Vivien die Bar verlassen hat. Noah ist die ganze Zeit an der Theke geblieben. Nach dem Anschlag von Lilly waren wir bei ihm und haben uns um ihn gekümmert.«

Luca und Laura bestätigten Ollis Aussage.

»Du vergisst aber, dass du ihn eine Weile alleingelassen hast, um die Sachen aus der Bar zu holen«, erinnerte Marianne.

»Das hat wirklich nicht lange gedauert«, beteuerte Olli. »Außerdem war er doch verletzt.«

»Fakt ist, dass Noah Hofmann mehrere Minuten alleine auf der Toilette war und für diesen Zeitraum kein Alibi hat«, fasste Marianne zusammen.

»Ich konnte aber nicht laufen«, bemerkte Noah genervt.

Marianne ignorierte seinen Einwand und wandte sich an ihre Enkelin. »Laura, wie lange dauert es, um von der Toilette auf Deck zwölf zu der Suite von Vivien Sander auf Deck acht zu rennen?«

»Etwa zwei Minuten«, berichtete Laura.

»Woher willst du das denn so genau wissen?«, fragte Henrik erstaunt.

»Meine Oma hatte mich gebeten, die Strecke abzulaufen und die Zeit zu stoppen.«

»Und wie lange braucht es, um von der Toilette zur Bar zu gehen, die Sachen einzusammeln und sie auf meine Kabine zu bringen?«, erkundigte sich Marianne weiter.

»Da Olli noch ein paar Worte mit dem Barkeeper gewechselt hat und in der Kabine auch mit dir noch kurz gesprochen hat, würde ich sagen etwa neun Minuten.«

Marianne blickte in die erwartungsvollen Gesichter ihrer Gäste. »Neun Minuten.« Sie musterte Noah einen Moment. »Gehen wir davon aus, dass Sie vier Minuten für den Weg hin und zurück gebraucht haben, wären da noch fünf Minuten übrig. Und diese Zeit ist eindeutig ausreichend, um einer schlafenden Frau die Kehle durchzuschneiden. Vor allem, wenn mit Gegenwehr nicht zu rechnen ist, weil Sie ja wussten, dass Vivien eine Schlaftablette genommen hatte.«

Noah massierte sich erschöpft die Schläfen. »Ist die Märchenstunde bald vorbei? Das Schmerzmittel wirkt nicht mehr. Ich möchte zurück in die Klinik. Es geht mir wirklich nicht gut.«

»Es wird nicht mehr lange dauern« tröstete Marianne den Patienten. »Kommen wir zu Ihrer Wunde. Hat Lilly Sie wirklich verletzt?«

»Laura, Luca und ich haben gesehen, wie Lilly das Messer in sein Bein gerammt hat«, meldet sich Olli verunsichert zu Wort.

»Was genau habt ihr denn gesehen?«, erkundigte sich Marianne. Die drei sahen sich irritiert an. »Ihr glaubt, gesehen zu haben, dass Lilly ihn verletzt hat.«

»Wieso glauben?«, fragte Olli. »Wie waren doch dabei.«

Marianne hob mahnend den Finger. »Ihr habt gesehen, wie Lilly hinter den Tresen greift und plötzlich ein Messer in der Hand hat. Anschließend hat sie eine Bewegung gemacht, als ob sie zustechen würde.«

Die jungen Leute nickten bestätigend.

»Lilly ist dann total ausgeflippt und hat das Messer über Bord geschmissen«, berichtete Olli.

»Das hätte ich genauso gemacht«, erklärte Marianne. »Das Messer durfte ja auf keinen Fall gefunden werden, nicht wahr, Lilly?«

»Warum?« Lilly sah sie erschrocken an. »Es war ein normales Barmesser. Ich war so durcheinander und habe mich entsetzlich geschämt. Das Messer hat mich plötzlich so angeekelt. Da habe ich es weggeworfen.«

Marianne schüttelte den Kopf. »Das war kein Barmesser. Es war ein Fakemesser. So eines wie man es im Theater oder beim Film benutzt. Die Klinge fährt in den Schaft. Es sieht nur so aus, als ob sie im Bein stecken würde.«

»Sie haben wirklich eine blühende Fantasie«, rief Noah dazwischen.

»Und hinter dem Tresen hat es nur gelegen, weil Noah es dort platziert hatte«, erläuterte Marianne weiter. »Ich schätze, in dem Moment, als Lilly mit ihrer peinlichen

Show anfing und singend die gesamte Aufmerksamkeit der anderen Gäste auf sich gezogen hatte.«

»Aber das Bein hat doch geblutet. Sie hat ihn verletzt«, merkte Laura an.

»Gesehen habt ihr nur, wie er mit seinen Händen sein Bein hält und stöhnt«, fasste Marianne zusammen. »Er nimmt ein Stofftaschentuch aus der Hosentasche, eine altmodische Marotte, aber praktisch für diesen Teil der Inszenierung, und presst es auf sein Bein. Ihr seht in dem Moment alle zu Lilly, die hysterisch schreiend an die Reling läuft. Ihr seid erschrocken. Will sie wohlmöglich sogar springen? Für Noah alle Zeit der Welt, eine Kunstblutkapsel im Taschentuch zu zerdrücken und sich auf das völlig unversehrte Bein zu pressen. Ihr seid perfekt getäuscht worden.«

86.

Lilly starrte Marianne fassungslos an. »Aber so war es nicht«, beteuerte sie weinend. »Ich habe ihm wehtun wollen.«

»Wie ging es dann weiter?«, erkundigte sich Martin gespannt.

»Dann ist alles so passiert, wie die drei es geschildert haben«, erklärte Marianne. »Laura und Luca haben die hysterische Lilly auf meine Kabine gebracht, und Olli hat dem angeblich Verletzten auf die Toilette geholfen.«

»Sie meinen, er war tatsächlich unverletzt, als er die zehn Minuten allein war?«, fragte Henrik verblüfft.

»Es ging ihm bestens«, bestätigte Marianne. »Ich sage Ihnen, was in der Zeit geschah, zu der alle dachten, Noah läge voller Schmerzen in der Toilette und wartete auf Hilfe: Noah hatte Olli weggeschickt, um die Sachen aus der Bar zu holen. Sie erinnern sich? Olli hatte die Toilette verlassen und ist nach rechts auf das Außendeck abgebogen, dem direkten Weg in die *Seabreeze Bar*. Noah musste nur ein paar Sekunden warten. Dann verließ auch er die Toilette. Er bog allerdings links ab ins Treppenhaus.«

»Und dann?«, fragte Noah gereizt.

»Sie mussten nur vier Stockwerke nach unten rennen, um zu Ihrer Suite zu gelangen. Zu der späten Stunde war das Treppenhaus verwaist. Was dann folgte, wissen wir ja leider. Sie öffneten mit Ihrer Schlüsselkarte die Tür und schnitten Ihrer schlafenden Frau die Kehle durch.«

»Riskant. Ich hätte trotzdem jemandem begegnen können«, warf Noah ein.

Marianne schüttelte den Kopf. »Und wenn schon. Es ist nicht verboten, nachts über das Schiff zu laufen.«

»Und wenn Laura schneller zurückgekommen wäre?«, überlegte Olli. »Dann wäre doch alles aufgeflogen. War das nicht sehr riskant?«

»Nein. Alles war gut durchdacht. Lilly hat mit ihrem Theater ja dafür gesorgt, dass Noah genug Zeit hatte. Nach dem Mord an Vivien verließ er die Suite wieder. Das Messer nahm er mit. Er eilte zurück zu der Toilette und musste dann den schmerzhaften Teil des Plans vollenden.«

Die Gäste lauschten voller Spannung. »Er musste sich das Messer selbst in den Oberschenkel rammen. Ich nehme an, er wollte sich nicht so schwer verletzen, aber er hat ein Gefäß getroffen und wäre tatsächlich fast verblutet.« »Woher hatte Noah denn das echte Messer?«, überlegte Martin. »Man kann keine Waffen mit an Bord schmuggeln. Das Gepäck wird doch durchleuchtet.«

»Ich nehme an, es stammt aus dem Steakhaus. Er muss es sich dort vorher besorgt und auf seiner Kabine deponiert haben. Nachdem Noah sich die Verletzung zugefügt hatte, hat er es wahrscheinlich in Papierhandtücher eingewickelt und im Mülleimer der Toilette versteckt«, vermutete Marianne. »Die fleißigen Putzkräfte haben den Müllbeutel vermutlich längst ausgetauscht.«

»Wenn es sich tatsächlich so abgespielt hat, dann war Lilly doch eingeweiht«, resümierte Martin.

»Natürlich. Der Mord an Vivien Sander war eine gut geplante Tat von beiden. Lilly konnte ihrer Freundin nicht verzeihen, dass sie vermögend und erfolgreich war und sie mehr oder weniger vergessen hatte. Doch Lilly hatte Noah. Die beiden lieben sich so sehr, dass sie gemeinsam eine bessere Zukunft planten. Noah verdrehte dem Model den Kopf, um es später zu beerben.«

Noah applaudierte. »Was für eine spannende Geschichte, Marianne. Vielleicht sollten Sie Krimis schreiben.«

»Wissen Sie, mich macht das traurig«, sagte Marianne. »Sie und Lilly sind ein Traumpaar. Sie hätten doch glücklich werden können, auch ohne das große Geld.«

»Sie können nichts von dem beweisen,« schrie Lilly. Sie lief zu Noah und nahm seine Hand.

»Das stimmt leider«, gab Marianne zu. »Ich bin mir aber sicher, dass die Spurensicherung etwas finden wird.«

Karl-Friedrich Behrens wandte sich an Noah und Lilly. »Ich habe den Kapitän verständigt. Man wird Sie und Frau Marino in Kopenhagen festnehmen. Ich bin mir auch sicher, dass man das Messer finden wird. Auf der Tatwaffe wird das Labor noch genug Spuren finden, die Sie als Täter entlarven. Sie landen im Gefängnis.«

»Wie sind Sie dahintergekommen?«, erkundigte sich Noah neugierig.

»Der Mord war geklaut«, erklärte Marianne.

»Geklaut?« fragte Martin erstaunt.

»Ja, von Agatha Christie. Ich liebe Krimis, und *Der Tod auf dem Nil* gehört zu meinen Lieblingsbüchern.« Marianne blickte zu Lilly und Noah. »Sie haben es wohl auch gelesen, oder? Sie haben sich grob an ihre Anleitung gehalten. Es gibt eine Leiche, aber die Hauptverdächtigen haben augenscheinlich ein wasserdichtes Alibi. So wäre Ihnen fast der perfekte Mord gelungen.«

EPILOG

»Das ist sie also«, verkündete Marianne etwas enttäuscht. »Die weltberühmte *Kleine Meerjungfrau*. Ich habe mir die Nixe irgendwie größer vorgestellt.«

Zusammen mit ihrer Enkelin, Luca und Karl-Friedrich Behrens stand sie am Langelinie Kai in Kopenhagen und betrachtete die zierliche Statue auf dem Felsen. Außer ihnen bestaunten noch mehrere Dutzend Menschen aus aller Welt die bekannteste dänische Touristenattraktion.

»Sie ist wirklich klein. Genau 125 Zentimeter misst die Bronzestatue«, zitierte Laura aus ihrem Reiseführer.

»Ich bin trotzdem froh, dass wir uns nach dem anstrengenden Nachmittag zu diesem Spaziergang entschlossen haben. Ich brauchte dringend frische Luft«, meinte Marianne.

»Da haben Sie recht«, pflichtete der Richter ihr bei.

»Eine Sache hast du nicht aufgeklärt«, bemerkte Laura. »Wer hat denn diesen Schraubenschlüssel geworfen? Oder war es doch ein Unfall?«

Marianne zuckte mit den Schultern. »Ich weiß es nicht. Ich glaube aber nicht, dass jemand versucht hat, das Model auf diese Art zu töten. Vielleicht war es eine spontane Aktion. Eine dumme Idee. Lilly und Noah hatten damit nichts zu tun. Ihren heimtückischen Plan kennen wir ja jetzt.«

»Ich kann es noch gar nicht fassen, dass Sie diesen

Mord tatsächlich aufklären konnten, Frau Larsen«, erklärte der Richter anerkennend.

»Ich kann es ja selbst kaum glauben«, gab Marianne zu. »Eine furchtbare Geschichte.«

»Wie geht es denn jetzt nach der Verhaftung mit Lilly und Noah weiter?«, fragte Laura den Richter.

»Sie werden sich vor Gericht für ihre Tat verantworten müssen. Noah Hofmann wird des Mordes angeklagt und Lilly Marino der Beihilfe. Ob die Verhandlung in Dänemark, Norwegen, Deutschland oder Italien sein wird, kann ich gar nicht sagen.«

»Wollen wir noch ein Stück gehen?«, fragte Marianne.

Sie spazierten weiter in Richtung Zentrum.

»Was geschieht jetzt mit der toten Vivien Sander?«

»Die Leiche wird natürlich aus der Kabine geholt und auf dem Schiff entsprechend verwahrt. In Deutschland wird es dann eine Obduktion geben.«

»Und die Tatwaffe?«, erkundigte sich Laura. »Oma hatte ja an ein Steakmesser gedacht.«

Der Richter nickte. »Das ist natürlich eine Möglichkeit, dass Noah sich die Waffe im Restaurant besorgt hat. Im Moment ist die Spurensicherung an Bord. Sie werden auch den Müllraum gründlich durchsuchen. Ich bin mir sicher, dass sie das Messer finden und damit auch Noahs Fingerabdrücke.«

»Das wird sicher ein spannender Prozess«, räumte Marianne ein. »Würden Sie den gerne führen, Herr Behrens? Ich meine, so rein theoretisch?«

Der Richter schüttelte den Kopf. »Nein. Ich glaube, ich möchte keine Urteile mehr fällen. Vielleicht sollte ich mich zur Ruhe setzen und das Leben genießen.«

Luca sah ihn verwundert an. »Was sagst du da?«

»Ich finde auch, dass Sie genug gearbeitet haben«, lachte Marianne.

»Ich habe vor allem genug verurteilt.« Karl-Friedrich lächelte Luca liebevoll an. »Du hast mit mir wirklich genug mitgemacht. Wollen wir irgendwo ganz neu anfangen?«

Luca nickte glücklich.

Nach dem schrecklichen Mord auf der *Dalia Ocean* erlebte sie jetzt tatsächlich ein romantisches Happy End wie beim *Traumschiff* dachte Marianne äußerst zufrieden.

ENDE

Weitere Titel finden Sie auf den folgenden Seiten und im Internet:

WWW.GMEINER-VERLAG.DE

Reporterin Sophie Sturm ermittelt:

1. Fall: Ostseegrab
ISBN 978-3-8392-0070-4

2. Fall: Dinnerparty
ISBN 978-3-8392-1008-6

3. Fall: Ostseehexe
ISBN 978-3-8392-1916-4

weitere:

Lieblingsplätze Hamburg
ISBN 978-3-8392-1083-3

Mordseekreuzfahrt
ISBN 978-3-8392-0180-0